Nir
INSPIRATION

KRUEGER WALLACE
PRESS

NINJA INSPIRATION

First published in the Year of the Dragon Hunter, 2017, by
Krueger Wallace Press

Email: wally@adam-wallace-books.com **or visit**
www.zombieinspiration.com **or visit**
www.kruegerwallacepress.weebly.com **or visit**
the **Collingwood Children's Farm. THERE ARE BABY ANIMALS!!!**

Editors: Robyn 'Tora' Donoghue and Gemma 'Fumiko' Dean-Furlong
Designer/Typesetter: Adam 'Hiroki' Wallace
Printed in Australia by McPherson's Printing Group
ISBN: 978-0-9944693-8-0
Text copyright © Adam 'Hiroki' Wallace 2017
Illustrations and cover copyright © James 'Takumi' Hart 2017

Cataloguing-In-Publication entry is available
from the National Library of Australia
http://catalogue.nla.gov.au

Do not insert this book into a ninja's cup of tea.
This book is not a pair of fart-proof pants or a 3.4 magnitude earthquake.

This book is dedicated to ninjas. You rock. And no, I'm not just dedicating a book to you so that you don't slice my head off and shoot a poison dart up my nose, it's because you are *totally* inspirational.

Except you, Kisame. I mean, you *are* inspirational in that you move like liquid fire and can kill a man with the nail on your left little finger, but you also drive me crazy.

Why?

Because you keep punching me in the face, when you know you got told to stop.

No. I don't want to hear it.

HEY!

Seriously.

You just punched me again.

There is no way you get a dedication now, that really hurt.

OW!

STOP IT!

That's it. I'm coming after *you* now!

You're going down, ninja boy!

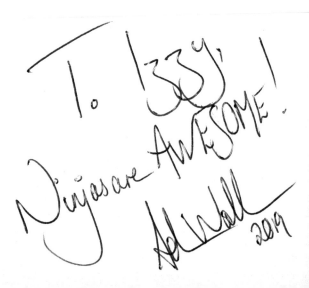

NINJA NAMES

(and their meanings)

Fumiko (Pronounced *Foo-mee-ko*) – Child of Literature

Hiroki (*Hee-ro-kee*) – Abundant Joy/Strength

Jiro (*Jee-ro*) – Second Son

Katsurou (*Kah-tsoo-ro*) – Victorious Son

Kisame (*Kee-sah-me*) – Demon Shark

Kokoro (*Ko-ko-ro*) – Heart, Spirit, Soul

Mangetsu (*Man-geh-tsoo*) – Full Moon

Michio (*Mee-chee-o*) – Man on the Path

Shun (*Shoon*) – Speed

Susumu (*Soo-soo-moo*) – Advance, Make Progress

Takumi (*Tah-koo-me*) – Artisan

Tora (*To-rah*) – Tiger

INTRODUCTION

So. That whole zombie thing, that was *crazy*, right?

I mean, everything's normal and then suddenly people are trying to bite your face off when you're not even at a Collingwood game? That is *WEIRD!*

It was awesome though, like *totally* awesome. I mean, I survived, so that was a win right there. James and Stacey survived too, so another win. Johnno became zombie lunch, which was sad but, you know, someone had to go.

Most of all though, it was awesome because the zombies taught me awesome lessons about being as awesome a person as I could possibly, awesomely be.

I even took on some of those lessons. Seriously. I did. I listened to the zombie teachers … except for Mr Collins, who I torched with a flamethrower. (It's okay. He ate my homework and was trying to eat my brain as dessert.)

Anyway, once the zombies were dusted, life seemed like it would settle back into a normal routine … yeah. A normal routine of *NINJAS ATTACKING PEOPLE AND SLICING OFF THEIR HEADS!!!*

Hahahaha, just kidding, *NO I'M NOT!!! IT REALLY HAPPENED!*

Not only did it really happen, it was the best thing that happened to me *EVER!* It's true. Sorry zombies, I know that you were awesome and taught me stuff and everything, but the ninjas? I mean, wow, those ninjas. I've loved ninjas since I was a little kid. I would dress up as one, act like one, throw ninja stars at my cousins … yeah, so that one got me in trouble. But ninjas are *SO* amazing.

They move with the sound of a gentle breeze, but have the power of a raging tornado.

1

They can kill you with a broken fingernail, and yet make a divine cup of tea.

They use ninja stars, **and they use ninja stars.**

Oh, and also … **THEY USE NINJA STARS!!!** I can **NOT** think of a cooler weapon. Nope, not even a bazooka.

The thing is, I have always loved watching ninja movies and everything, but ninjas in real life are even more awesome … except when ninjas in real life are chasing you and trying to use their ninja sword to full effect.

That's bad.

And scary.

And sometimes you only survive because … no, I can't tell you that yet! That's part of the story! That's part of the whole reason this book was actually written! Oh man, I totally almost messed up everything there! Phew, that was close. I am **soooo** lucky I didn't say anything yet, otherwise Sensei would have made me catch a thousand flies with a pair of tweezers.

A THOUSAND!

And that would take ages, and by the time I caught the thousandth one I would be an old man and my hands would be shaky and I would have bad eyesight and false teeth and I would be eating mashed corn and calling up talk-back radio all the time.

Uh oh, here comes Sensei now. What's that, Sensei? Use my words wisely? Why use a thousand words when three will do? Stop blabbing on like a blabby blabber?

Sorry, Sensei.

WHAT?

I **do** have to catch a thousand flies? With tweezers? Oh, come on, Sensei. Really? Can't I just get 30 and say it was a thousand? Our little secret?

No?

Fine, but I have to finish the introduction, is that okay? Yes, I promise I'll be quick. Yes, Sensei. A thousand flies …

BY TUESDAY? BUT THAT'S IMPOSSIBLE!!!

No, Sensei, I know nothing is impossible. Yes, Sensei, Tuesday sounds delightful.

Thank you, Sensei.

Oh, can I borrow your tweezers for the fly catching? I don't want to get fly guts on my tweezers.

I *have* to use mine? But then I'll get fly guts on my monobrow when I pluck it! Well, I know I can wash them, but what if I miss some bits? Yes, I should clean them as though they were to be used by Grandmaster Yoshi, which means that any speck is a failure.

Yes, Sensei, I will use my tweezers.

Thank you, Sensei.

Here we go.

DUCK!

That was a ninja star.

I just saved your life.

My name is Adam Wallace, and this is my story.

Disclaimer: You may be wondering why I have a sensei, and how I could possibly catch a thousand flies with tweezers. Well, that's because I … oh. Sensei. Hi. Yes, I'll stop talking now. I just wanted to tell everyone that I am now a … sorry, Sensei. I know I shouldn't give away the twist in the story on the first page.

Yes, that *would* be stupid bonkers.

Thank you, Sensei.

Yes, I know it's only two days until Tuesday.

The flies, the flies!

Extra Disclaimer: Okay, he's gone. The thing I was going to tell you is that I am now a … Sensei? Is that you disguised as a mermaid? That is amazing.

Yes, you are the disguise master and I am the student. Yes, you have other-wordly skills while I have the skills of a sleepy woolly mammoth. Yes, you have silky hair while mine needs a good wash.

Yes, the flies are waiting.

Thank you, Sensei.

HEY EVERYONE, I'M A NINJA!

What, Sensei? *Two* thousand flies now? Oh, come on! It just slipped out. No, I know a ninja never slips, but come on, *two* thousand?

Now an extra thousand for complaining? So that's *three* thousand now? Are you sure?

Now it's *four* thousand because I questioned your maths skills? Is that four thousand total or four thousand on top of the three thousand?

Five thousand total now?

Maybe I'll just stop talking and start catching flies.

Yes, I think that's a good idea too.

And yes, the story can finally begin.

Thank you, Sensei.

You're the best.

Yes, I'll do another thousand for sucking up. Are there actually even that many flies around? Can I catch some more than once? Like, does picking up a dead one count?

Sorry.

Let us begin.

CHAPTER ONE

'Okay, Adam Wallace, your turn. What are your plans for when you finish school?'

I groaned. Like, I groaned inside my head, not out loud, but it was still a groan. I had **NO** idea what I was going to do when I finished school. I still had ages to go anyway. We were on holidays, and the school had burnt down when some guy – I won't mention any names – had been playing with a flamethrower and had dropped it and accidentally shot the chemistry lab and had set the entire school alight. So it wasn't going to be reopened until next year anyway.

But here we were, talking about what we were going to do with our future. See, here's the thing. I was living in a refuge for kids whose parents hadn't been found after the zombie apocalypse, and the people there wanted to make sure we had every opportunity to succeed. So I was there, and James and Stacey were too, which was really sad, but also the only good thing about it – we were all still together. Stacey still held out hopes of finding her mum alive, but I was a bit more realistic, or pessimistic, or something.

Basically, I was pretty sure anyone we hadn't found by this stage was zombie lunch.

I was also pretty sure that the guy running these sessions, Arnold, had our best interests at heart, but that he was **BORING!!!** I was also *also* pretty sure that he asked questions I didn't know the answer to!

I was also *also* *also* pretty sure that I had better say something, because he had asked me like five minutes before, and I had just been sitting thinking all that other stuff. I really wanted to say I liked writing, that writing made me feel light and happy, but I'd already been told that was a cop-out, like not a real future. Besides that, I'd been failing English at school because I always wrote about sport, or always wrote the light, funny stuff that I really enjoyed.

8

I couldn't help it! That was what I liked writing about, and they were the things that came naturally to me.

But I knew that what *I* wanted to write and what the **teachers** wanted me to write were different things, and I assumed it would be the same in the real world.

So I didn't say anything about writing. Instead, I stood up, and said, 'I am going to continue to be a master zombie-killer.'

Everyone laughed. I liked making people laugh, especially with stuff I wrote, but I didn't like people laughing *at* me.

Arnold shushed them and then he looked at me.

'Adam, you know that the apocalypse is over.'

'No, it isn't,' I said. 'There have been reports of zombies roaming around, being captured and quarantined. We don't know if it will all start up again.'

'Yes, we *do* know,' Arnold said. 'We have the antidote that scientist in that place created that time, so even if people get bitten they won't turn into zombies.'

'They will turn into face-bitten-maybe-no-eyeball people though. Zombie bites still hurt, and I'm pretty sure some of them have rabies.'

Everyone laughed again, but my guts dropped, and not in a zombie way. Surviving the apocalypse and killing zombies was what I was good at. If there were no zombies, what then? What else did I have? I didn't know what my purpose for being on this earth was, aside from slicing off zombie heads.

Arnold sighed and smiled at me.

'You'll find your way, Adam. You will. It takes time, that's all. And you have to realise that you're young, and your goals can change. Take a seat now. Let's move on to Judson Gainfort. Judson, what will you do once you finish school?'

I didn't hear Juddy's answer. It would be something awesome, and I was too upset to listen. A hand rested on my shoulder. It was James, my equal-best friend.

'Pucker up, Wally,' he said. 'Don't worry about it.'

I held back a laugh. I was pretty sure he meant buck up. Pucker up means get ready for a kiss, and I wasn't going to be doing *that!* Not with James, anyway! Then Stacey, my other equal-best friend, punched me on the arm.

'You've got this, Wally. When you find your thing you'll be *amazing* at it. You'll have zombie-level focus and you'll smash it.'

'Totally smash it,' James said.

I smiled again. They were such cool friends.

'James!' Arnold said. 'You seem to be desperate to have a talk. Why don't you tell us what your future holds?'

James leapt out of his seat, flamethrower in hand.

'Oh yeah!' he cried. 'I want to be an action movie hero. I'll have like bazookas and flamethrowers, and I'll be all *BAM* and *POW* and *LOOK OUT* and *TAKE THAT, BAD GUY!*'

He waved the flamethrower around. Everyone ducked for cover. The flamethrower bumped the edge of a table, which in turn made James stumble backwards and he accidentally triggered the flamethrower and set the ceiling on fire.

'Everyone out!' Arnold cried, sprinting for the door. 'But think about this. It's a new world! How do you see your future? Create a vision board. Get your ideas down – big, small, normal, crazy! If you don't know what you want, have fun with it. Put down what excites you! It will change your life.'

We all bolted outside. As we left, a fire engine screeched in, sirens blaring. Firemen and firewomen and firedogs leapt off the truck.

'Hey guys,' James said as they ran past us.

10

'Hey James,' one of them said. 'Another little accident?'

'Yeah, only a level one though,' James said. 'Nothing like when I burnt down the school.'

I slapped myself in the forehead. Way to go, James! I had tried to keep your school-burning identity a secret, now **everyone** knows it was you!

We headed down to the creek, enjoying the shade after the heat of the fire. James still had the flamethrower, but was holding it very carefully. Stacey was listening to something on her headphones. She tapped me on the shoulder.

'Hey Wally, I don't want to scare James, but there have been more ninja attacks this week.'

I nodded.

'Yeah, I heard that too. We haven't seen any ninjas though, so I don't know how close they are to us.'

'Of **course** we haven't seen any ninjas, dorko,' Stacey said, punching me on the arm. 'You don't **see** ninjas. That's how you know they're ninjas.'

She was right, of course. If you see a ninja, that's not a ninja. Even with all those attacks, no one had actually **seen** a ninja. They were just guessing it was ninjas, because of the ninja stars and the poison darts and the grappling hooks and the heads sliced off with the ninja swords.

So yeah, it was a pretty good guess.

But the thing is, you never see real ninjas.

Like never.

Like, never ever.

Like –

'Hey, check it out,' James said, pointing. 'Just over there. It's a **real** ninja. How did that –'

Then he fainted, and with that faint, ninjas entered my life.

And things would never be the same again.

11

CHAPTER TWO

The first thing to realise here is that it wasn't a real ninja. I knew this as soon as it waved vigorously and then ran towards us, before tripping and rolling down a hill. It leapt up, brushed itself off, did a fighting pose, then ran towards us again. I could hear laughter from inside the ninja mask too, and I was pretty sure ninjas didn't laugh.

So when he got to us, we weren't overly scared.

A) We were sure it wasn't a real ninja, and

B) If it *was* a real ninja, it wasn't a very good one!

It was **A)**. The ninja reached up and pulled his mask off. It was Luke Metcalf, a kid we used to go to school with. His parents had survived, so he wasn't with us at the refuge.

'Hey Wally. Hiiiiiiiii Stacey,' he said. I rolled my eyes. Luke had a huge crush on Stacey.

'Hey Luke. What's with the costume?'

James woke up just at that moment.

'Costume? *COSTUME?* Is it Halloween? Wally, why didn't you tell me it was Halloween? And why has a ninja kidnapped Luke? Luke? Luke? *LUUUUUUUUUUUKE!*'

And then he fainted again. I turned back to Luke.

'So the costume? What's the story? I'm pretty sure you're as far from a ninja as anyone I've ever known.'

Luke laughed.

'Haven't you heard? There are ninja attacks going on. Well, when the zombies were everywhere, I survived by dressing up as a zombie, smearing guts and goo all over my body, and then walking around like this.'

He started grunting and groaning and shuffling around.

'Nice one, Luke,' Stacey said. 'We all know what zombies look like. We were in the apocalypse too.'

'Oh yeah, I know that, Stacey,' Luke said, stopping the zombie walk and straightening his costume. He smiled

14

his best romantic smile at Stacey. It kind of made him look like he was busting to go to the toilet but was holding on. 'And you were amazing in it. You're my hero. Or heroine. I don't know which word's right.'

Stacey put a hand on his shoulder.

'Thanks, Luke.'

'I love you,' Luke simpered, gazing at her. I rolled my eyes again and sighed. See, here's the thing. Stacey and I had decided to be best friends, nothing more, so we weren't like *together* together or anything, but still, back off, man!

'The ninja thing, Luke?' I said, moving things along.

'Oh yeah. Anyway, fact is I thought that if I dress like a ninja, maybe the ninjas will ignore me like the zombies did and I'll survive again. Right?'

'Sure,' I said. 'Definitely. I mean, to be honest, I do think that you do a better zombie impression than a ninja one, though. The ninjas may kind of guess that you're not the real deal.'

Luke leapt into a ninja pose, then started doing kicks and punches to prove me wrong. He even pulled out a ninja star, like an *actual* ninja star, and threw it at a tree, but missed and got James in the butt, just as he was standing up.

'*HEY!*' James yelled, jumping around, reaching behind himself, trying to get the star out of his bum. 'That really hurt. Oweeeeee oweeeeee ow ow!'

He jumped around some more. Luke ran over to help him but tripped and fell. Stacey sighed, walked over to James, reached down and pulled the shiny ninja star straight out of his butt. I stared at it … as in I stared at the ninja star, not at James's butt! There were drips of blood on the end of it. I wondered if vampires ever drank blood out of butt cheeks, and if it tasted the same as neck blood. James rubbed his tender buttock.

15

'Thanks, Stacey,' he said. 'You're good at pulling things out of bottoms.'

Now Stacey rolled her eyes, and then suddenly James squealed and jumped again.

'*OW!!! STACEY! WHAT'D YOU DO THAT FOR?*'

'Do what?' Stacey asked, genuinely confused. 'I didn't do anything.'

I looked at her hand. She was still holding the ninja star. I looked at James. He had another ninja star sticking out of his butt. And then another. And another. And another! His butt was starting to look like a Christmas tree. Luke screamed and ran off. He got about 20 steps before a net dropped over him and he was yoinked up into a tree. I looked all around us but I saw nothing.

And that's when I knew.

If I saw nothing, there was only one thing that could have thrown that ninja star into James's cushy butt and then netted Luke.

And that thing was … **A REAL-LIFE, TOTALLY GENUINE NINJA!!!**

I had fought zombies. I had torched my zombie teacher. I was a master zombie-killer. So I did the one thing I knew how to do when ninjas attacked.

I RAN LIKE THE WIND! (Not just like a gentle breeze either, this was like a gale-force, blow-the-washing-off-the-line wind ... well I was scared, okay!)

CHAPTER THREE

I didn't get very far. I took two steps then ran straight into James, who was also running away, and we crashed to the ground. Stacey helped us up, copping a ninja star in the arm for her troubles. She grunted in pain but didn't stop helping.

Things went up a notch. I saw movement out of the corner of my eye, and then, from behind a tree, a zombie shuffled out.

YES!

It was one of the random leftover ones, and it was in bad shape, even for a zombie. I couldn't tell its eyeball from its elbow!

Now though, it was Wally's time to shine. That zombie was going down! I grabbed the flamethrower from where James had dropped it when he fainted. As I lifted it up, I heard a metallic clang, and saw something fly off the flamethrower and go straight into James's botty. That something was a ninja star … because we were being attacked by ninjas.

Oh yeah.

I'd forgotten about them!

So that meant I had just blocked a ninja star that had been flying straight at my eyeball.

WOO HOO!!!

I breathed deep and let loose my very best battle cry.

'*AAAAAAGGGGGGGHHHHH!!!*'

Before I could fire any flames, though, I saw a puff of smoke to my left. Ninja! And then there was another puff of smoke. Two ninjas! But they didn't attack us. They attacked *each other!*

I was so amazed I forgot about throwing flames and just watched. We couldn't see much, they moved so fast, except every now and then they flashed in and out of sight, swords clanging and sparking, blood spurting out as they hit each other.

I saw the zombie shuffling towards them, wan̶ tasty ninja brain for breakfast. The ninja battle continue̶ zombie kept shuffling, and we just stood there.

'Wally, we have to get out of here,' Stacey said, her hand over her ninja star wound. James nodded. He was limping too, and still had a sore butt.

I shook my head.

'I can't, Stace. That whole finding what I want to do? I just don't know, but I *do* know I'm good at smashing zombies, so I have to do that. I have to feel like I have something.'

'Wally, it doesn't matter if you don't know right now. You have heaps of time. Maybe work it out when there aren't ninja battles and zombies in front of us!'

'Sorry, Stacey, you go, get safe. I'll only be a second.'

I fired up the flamethrower and aimed it as best as I could. As I was about to shoot, I heard a grunt, and saw that one of the ninjas had been thrown straight at the zombie, who roared with delight.

There was a puff of smoke as the other ninja disappeared.

I shot the flamethrower, and totally torched the zombie. Now he roared in *not*-delight. He roared in oweees and ouchies. I moved closer, flames firing out, and saw a ball of flame roll over the ground like a totally awesome tumbleweed. I finished off the zombie, then realised that the ball of flame was the ninja. I was tempted to leave him, seeing as he'd tried to turn us into human ninja star cushions, but I couldn't do it.

I raced over to Stacey, who was already at the creek. She had filled one of the buckets we kept down there on standby in case James dropped the flamethrower. She handed it to me and I ran over and poured it all over the ninja, putting out the flames.

ately, I ran out of water while there was still

eg, so I stamped on it really hard. This was

I wanted to help, and partly as revenge for

tars into James and Stacey. That stamp got

nd I fell to the ground, the ninja standing over

me, sword at my throat. He had the mask on and everything!

'Tell me why I should not kill you,' he said. His voice was deep, and he had a totally cool ninja-from-the-movies accent. His ninja suit was torn and burnt, and I could see his skin through it in patches.

'Because you've been bitten by a zombie,' I said. 'Soon, you will pass out. After that, your skin will start to fall off, black goo will dribble out of your mouth and nose, and the only word you'll ever be able to say again is brains. In my back pocket I have a bottle of pills. It's the antidote. It will save your life. Oh yeah, that reminds me. You should keep me alive *because I saved your life!* Twice now … well, twice if you take the pill.'

He stared at me and slowly sheathed his ninja sword. I grabbed the bottle of pills and threw one to him. He caught it, then slid it behind his mask and into his mouth.

'Don't you want some water to wash it down?' I asked, but he just swallowed it!

WHAT?

That had been a big tablet! *NINJAS CAN DO ANYTHING!*

He was safe from turning into a brain-biter now, but the wounds from the ninja fight, the zombie bites, and the burns from the flamethrower were kicking in. The ninja swayed, then fell face-first onto the ground.

I stood up and leant over him. James and Stacey stood by me, the three of us a team as always. I looked at them and raised an eyebrow. They nodded, understanding my telepathic message. I bent down and grabbed the ninja under the arms, and Stacey grabbed his feet. We started walking back towards the refuge. James didn't take a step, then, suddenly, he held up a hand.

'Woah. Wait. What are you guys doing?'

'Taking the ninja back to the refuge,' I said. 'That was our telepathic agreement. Right, Stace?'

Stacey nodded, but James shook his head.

'No, no way. I did **NOT** agree to that. I thought the message was that we were going for milkshakes. I was all up for that, but this is something else entirely. A dead ninja who's been bitten will attract more zombies, and ninjas, and ninja-zombie hybrids, and we do not want that.'

It was a good but unlikely point. I started walking again, but then felt a hand grip my wrist, and it was a grip like one of those car-crusher things.

'Not ... your ... place.'

The ninja was awake, just.

'Well, where then?' Stacey asked.

'My ... safehouse,' said the ninja, his voice coming in spurts. 'Here.'

He pulled a piece of paper out of his outfit. It had a little map on it. A little map showing directions to a ninja safehouse. I took it as the ninja passed out again. I looked at Stacey. She nodded. I looked at James. He nodded. Good. This time we were all on the same page. We started walking again, this time away from the refuge. James groaned.

'Seriously? But the milkshakes are **that** way!' he cried, pointing. 'You guys mind-talk in riddles, I swear.'

I laughed and Stacey and I kept walking. James ran and caught up with us.

'Fine,' he said, 'I'll come with you. But I reckon we should get our bikes at some stage. And milkshakes.'

It was a good point. We *would* get our bikes. But first, we would ***GO TO A NINJA SAFEHOUSE WITH A NINJA!***

Sorry.

Bit excited.

CHAPTER FOUR

It didn't take long to get to the safehouse. Well, it didn't take long to get to the spot on the map where it said the safehouse was. Then we couldn't see anything, aside from some trees and bushes and grass. We lay the ninja down and walked around, looking, but there was nothing.

It was James who found the key. He sat on the grass and plopped his chin in his hands, fed up with looking. What he didn't realise was that when he sat down, he sat right on top of a rock that he pushed into the ground and it set off a secret lever that opened up a hole in a tree. Inside that hole was *another* lever and when Stacey pulled on it, a huge bush that was off to the right split in two, and when we looked through, we saw the house.

Wow. So ninjas weren't just masters of disguise, they were masters of disguising houses too. That was pretty cool.

We dragged/carried the ninja through the gap in the bush, which closed up behind us. The actual front door was unlocked, but I realised that:

A) when he was home, he was a ninja, so no need to lock the door, and

B) it would take a miracle, or James, to even find the safehouse, so locking it didn't really matter.

Also, and this was a **C)** I hadn't thought of, when I went to open the door that familiar vice-like grip stopped me. The ninja was awake.

'You must think twice before entering a house owned by a ninja,' he said.

'Why?' I asked.

The ninja looked at me for a second, then, while we were still holding him, he somehow kicked open the door. Three guillotine blades dropped down from the roof, another one swung across the doorway, and a final one shot out from somewhere behind us, skimmed past my ear, and thudded into the wall. So if I'd actually opened the door, I would have been sliced and diced like a carrot for a casserole.

I turned to the ninja, who was now on his feet, my eyes wide, my hand going to my ear to check for blood. There was none. The ninja nodded and limped through the door. We followed, ducking and weaving as we went, just in case there were more blades. There weren't. Which was good … for our heads.

On the outside, the house looked like your normal, everyday, renovator's delight. Inside, it was amazing. There was a kitchen, but to get to that you had to go through a full-on ninja dojo like you see in the movies. Meditating mats, fighting areas, and weapons displayed on the wood-panel walls. There were doors to other rooms as well, but James didn't care about those. He was in heaven. He was like a weapon-finding sniffer dog, as we'd discovered in the apocalypse, and in this place he didn't even need to search. He just ran to the wall.

'Look what I found,' he squealed, standing in front of us with a ninja sword.

'Put that back,' said the ninja, as he sat in a chair.

'And these,' James cried, 'look at these!'

He was back in front of us with a handful of ninja stars.

'Those are not toys,' the ninja said.

James pretended to throw them, accidentally **did** throw one, broke an ancient-looking vase, then he was off and back again in an instant.

'Woaaahhhhh,' he said, eyes wide as he looked at the spiky ball on a chain he was holding.

Off and back – grappling hooks.

Off and back – poison-dart blowing things.

'Stop. Now,' said the ninja.

James returned the blow-things then grabbed a staff.

'Yeah,' he cried. 'I'm Donatello! Take that, Shredder!'

Suddenly, James was on his back, the ninja pressing the staff against his chest.

'I am wounded,' said the ninja. 'But when I say to stop, it is perhaps a good idea to stop. Is this understood?'

James made a little whimpering sound, which meant *yes*, then he fainted. The ninja took the staff, got off him, and swayed again. He was really hurt. Stacey stepped in and caught him, hooking her shoulder under his armpit.

'Come on,' she said. 'We need to look after those wounds properly. Where's your first-aid stuff?'

The ninja pointed to a glass cabinet, which had all these strange-looking herbs and flowers and seeds in glass bottles. Stacey walked over with him. She was always good at caring for people, looking after them, making them feel better. She was super cool and tough, but she had a heart of gold as well.

Yeah, she was awesome.

She had been training in first aid at the refuge too, so had an idea of what she should be doing with burns and cuts. I didn't know if she knew what to do with all the herbs though.

I watched as she dabbed at the ninja's wounds with a damp cloth and I understood. The ninja would help her with the herbs, but before that she would just care for him, and that would be enough for starters.

James had woken again and was sitting up, dagger in hand. I grinned at him. We were in a ninja house! James understood the grin, I assumed, and we high-fived, using only non-dagger-holding hands. This was so cool!

CHAPTER FIVE

Once the ninja was feeling up to it, he put on a new un-charred and un-shredded suit and we gathered in the centre of the training room, sitting on the ground, cross-legged, facing each other. The ninja looked at us, one by one.

'You three saved my life and tended my wounds. In the ninja tradition, we return kindness with kindness. My offer to you is this. There are rogue ninjas, those who go against tradition and honour, and who kill at random. They are the ones who attacked you earlier. They are a disgrace to the ninja code, and they are a danger to you. I will train you in the way of the ninja. Fighting, medicines, safety. This basic training can help protect you. They will probably still kill you, but it will take longer. Do you accept?'

I looked at the others. Did we accept? *OF COURSE WE DID!* I still had to find out what I wanted to do with my life in the future, but I figured that could be postponed for a few gazillion seconds if I was *GOING TO BE TRAINED BY A NINJA!*

The ninja held out his gloved hand, and we put our hands on top of it. He looked at us, one by one.

'Repeat after me,' he said.,'Number one, I will respect the way of the ninja.'

'Number one, I will respect the way of the ninja,' we said seriously.

'Number two, I will train hard, and do exactly as I am told.'

'Number two, I will train hard, and do exactly as I am told,' we repeated, trying not to laugh at saying number two.

'Number three, I will honour the rules, but face the consequences if I do not.'

I looked at Stacey, biting my cheeks. Her face was going red from trying not to laugh. James snorted out little bursts of breath as he tried to keep it all in. The ninja waited.

'What is it? Why do you not repeat the code of honour?'

I couldn't keep it in any more. I burst out laughing, and so did James and Stacey. We rolled around. The ninja was confused.

'What? Why do you laugh? Repeat the code!'

'We can't,' I said, getting things under control. 'It's too funny. You said … you said … **_BUTTFACE!!!_**'

That sent us into another round of laughter. The ninja watched us. Then he spoke more firmly.

'Number three, I will honour the rules, but face the consequences if I do not. Repeat the final rule.'

We breathed deep and repeated what he said, although it was hard to hear between the giggles. The ninja glared at me.

'The ninja does not multi task. When we say rules, we say rules. When we laugh, we laugh. Now, say buttface again.'

I shrugged.

'Okay. Ummmm, buttface?'

He continued to glare at me, then he suddenly launched into a total laughter attack.

He held his stomach. He giggled. He chortled. He leaned back and guffawed. He belly-laughed. Tears of laughter wet his mask. Like I'd said, I didn't even know ninjas were allowed to laugh, but he was laughing like buttface was the funniest word he'd ever heard.

Suddenly he stopped, breathed deep and refocused. We were staring at him with our mouths open.

He looked at each of us and nodded.

'Lesson one is complete,' he said. 'Take from it what you will, as the moth takes from the light. Full training commences tomorrow. We meditate at 6am.'

He stood up, turned and walked into another room. We looked at each other. Lesson one was complete? But what was the lesson? Was it that buttface is a funny word? I knew that already!

I realised that ninja training wasn't going to be as straightforward as maths. I only hoped I understood the lessons before we were attacked by rogue ninjas.

CHAPTER SIX

The next morning, we were attacked by rogue ninjas …

DAMMIT!

I was sleeping on a thin mattress on the ground, when a hand closed over my mouth. It was the ninja. My eyes went wide, and I saw he also had a hand over Stacey's mouth, and a foot over James's mouth. His other foot held the door closed.

His eyes burned into mine, giving me the secret message. I nodded. Eggs and hash browns sounded delightful for breakfast. Then I heard a tinkle of broken glass, and realised that now *I* was missing the actual message.

The ninja rolled so he was sitting down. Unfortunately that meant James, who had been about to talk, ended up with a ninja butt fully covering his face.

The ninja raised a finger to his mouth, and Stacey and I nodded. So did James, which just meant he head-butted the ninja's butt. So it was a butt-butt, maybe? A head-butt-butt? It wasn't even really a butt, more a nose-butt rub. Whatever, it didn't matter. What *did* matter was who was in the other room. I found out who that who was when a ninja burst through the door!

Our ninja leapt off James and super ninja-kicked the intruder in the head. **Awesome!** I was not only impressed at the kick, but also at the fact that our guy could barely walk the night before.

The first rogue ninja was rocked back into one running in right behind him, and the battle was on. I wanted to help, but it would have been like trying to take bits of eggshell out of a bowl someone was using an electric mixer in. If I reached into that fight, there was a good chance I would lose a finger!

James, however, was ready to go. He leapt to his feet, roaring, a trident in his hands. What the ...? Seriously, where did he get that from?

'What? I was sleeping on it,' James said, sensing my question. 'It was really uncomfortable.'

Then he roared again and swung the trident at a ninja. It missed, but accidentally blocked the sword of our guy, and then scratched his arm!

Whoops, James!

It did distract the rogues though, and gave our ninja the chance to get on top. He did an awesome flying somersault, landed on top of their heads and cracked them together. Hard. Like, really hard. Like, really, *really* hard. Like, knocked them into ninja dream-world hard.

We got some yellow ribbon and tied up the unconscious bad guys and took them outside, resting them against an old oak tree, then turned back to the house.

'What happens when they wake up?' I asked.

The ninja motioned for me to turn around. I did. The rogue ninjas were gone!

'They've escaped!' I cried. 'They're gone!'

Our ninja shook his head and grabbed the door handle to steady himself. His injuries from the night before were obviously still bothering him ... well, those plus the gash James had accidentally given him with the trident.

'They have not escaped,' he said as we went inside. 'They will be dealt with. Now. Fight is over. We meditate.'

'But who what how what how who where?' I spluttered.

The ninja gave me nothing. He just sat on the fighting mat in the dojo, legs crossed. We stared for a bit then joined him.

It seemed like our second lesson was about to begin.

'Meditation not only calms the mind,' said the ninja, 'but also the body. It improves focus, reactivity and concentration, slows the heart rate, and teaches restraint. Focus now, on your breath.'

Yeah, we didn't care about any of that right now.

'How did you fight those guys with all the injuries you had?' Stacey asked as she settled down, cross-legged. 'I saw them. They were bad last night.'

The ninja sighed.

'Your care and the herbs helped, a lot. In addition, I used the will of the dolphin. To show weakness is to invite attack.'

'Ahh, but we were already *being* attacked,' James said, crossing and uncrossing his legs to get comfortable.

'A dolphin does not show pain. An attacker wants the easy kill.'

'Oh, cool,' I said, then I realised something. '*HEY!* But we're the easy kill!'

The ninja sighed again.

'Very good. Now, we meditate. No more talking.'

And that was that. He was meditating. I waved my hand in front of his face. Nothing. I clicked my fingers. Nothing. I did kissy-kissy noises, I pulled faces, I danced the hoochy-coochy.

NOTHING!

I looked at Stacey and shrugged, then closed my eyes. I liked this idea of being able to shut out distractions. I found that *SO* hard. Like, if I was doing homework or something, I would be up out of my seat, getting something to eat, haha that rhymed. Then I would get out my phone, I would play a game, I would watch a video of grandmas falling down water slides, I would go back to homework, I would last about five minutes and then I would be off again.

But the ninja? He was a machine at this. I wanted that, and if meditation helped, I was in. So I rested my hands on my knees, and I closed my eyes. James and Stacey did the same.

34

I breathed in slowly, deeply, trying to quieten my thoughts. It was *really* hard though. I mean, for starters, I was meditating with a ninja, for crying out loud! It's hard to *not* think about that!

I kept breathing, and then something bad happened. Like, something *SO* bad. As I breathed in, just when I was starting to calm myself down and not think about the ninja as much ... I got a whistle nose.

I breathed in through my nose ...

squeeeeeeeeeaaaaaaaaak.

I breathed out through my nose …

squaaaaaaarrrrrrrrrrrrrrrrrrk.

I breathed in through my nose …

squeeeeeeeeeeeeeeeaaeaaaaaaaaaaak!

I breathed out through my nose …

squaaaaaaaaaaaaaaaaarrrrrrrrrrrrrrrrrrk!

I wriggled my nose.

I blocked one nostril and did a fast, hard breath out the other.

I wiped the snot off my pants. I sniffed in really hard. I breathed in again, normally, and …

SQUUUEEEEEEEAAAAAAAAAK!!!

I opened one eye and snuck a look at the ninja. *AMAZING!* He hadn't even moved! He was totally still. I couldn't even tell if he was breathing anymore.

That was really cool.

Not only did I distract *myself* easily, but I *hated* it when I was trying to do something and I got disturbed, like when a mosquito is there when you're trying to sleep. You can hear it, and it flies near your face, and then suddenly the noise stops. You wait, seeing if it will fly away again, but really you know it's sucking away on your blood like a little mini vampire.

So you try and squish it, but all you do is slap yourself in the face!

Which hurts!

Then there is no noise, and you worry that the mosquito has flown into your ear and is laying eggs and one day all these baby mosquitoes will hatch and fly out of your ear just when you're talking to a girl you like.

Then, two seconds later, you hear the mosquito buzzing again. This is good because there is no mosquito laying eggs in your ear, but bad because it's back and you slapped yourself in the face for no reason.

You jump up and yell and scream and wave your arms and get fly spray and spray it everywhere and then it's quiet but you still can't sleep because of all the spray and so you lie out on the couch and are almost asleep when you hear …

A MOSQUITO!!!

Or something like that. I sighed, let the thoughts of mosquitoes fly away, and tried meditating again. I closed my eyes, settled into position, relaxed my shoulders, and breathed in slowly …

SQUEEEEEEEEAAAAAAAAAAAAK!!!

Dammit.

CHAPTER SEVEN

Stacey, James and I finished meditating after about ten minutes. The ninja went for over an hour. We went into the kitchen, which was fully stocked with foods and herbs and spices and cookbooks like *Snacks of the Forgotten Warrior*. We chatted over breakfast about what to do next.

'I think we keep training with him,' I said. 'I mean, I still have no idea what I want to do when I leave school. I did start my vision board though.'

I held up a piece of paper. I'd drawn a picture of a ninja on it, and a picture of me next to him.

'Does that mean you want to **be** a ninja, or want to be **friends** with a ninja?' Stacey asked.

I shrugged.

'Both, obviously,' I said.

'I'm actually not sure about this, Wally,' James said. 'I think we should escape and go back to Arnold.'

I shushed him straight away. Even though the ninja was in another room, he was a ninja! We didn't want him thinking we might escape.

'James. Zip it. We're with a ninja. He will hear everything we say!'

'Really? Even if I talk this quietly?'

'Yes,' I said. 'He's a ninja.'

'What if I say *really* quietly that ninjas are smelly?'

Suddenly the ninja was there, meditation done, sword drawn. He sliced my vision board in two with his sword (**DAMMIT!**) and stood over James.

'This is not true,' the ninja said. 'Ninjas take personal hygiene very seriously. We bathe and we use deodorant created with the sweetest smelling flowers of northern Japan, and our hair is always silky smooth.'

Then he turned and left the room again.

'He's really quite amazing,' James whispered, quietest of all.

'Thank you,' said the ninja, appearing out of nowhere.

James looked at me, eyes wide, and slapped his cheek in amazement.

'Meditation was lesson two,' said the ninja. 'You did it for ten minutes. You failed lesson two. We practise more meditation tomorrow. That is lesson three.'

'What's lesson three? Meditating again?' Stacey asked.

The ninja nodded.

'Wouldn't that be like lesson 2a?' I asked.

The ninja shook his head.

'Ninjas are smelly,' James whispered as quietly as he could, pushing his luck. The ninja spun around, sword drawn. James gasped.

'I told you! I smell delightful!' the ninja boomed. 'Here. Sniff!'

He strode over to James, who cowered back like a scared mouse. The ninja raised his sword.

'*NO!*' Stacey and I yelled, stepping forward to protect our friend.

'*STOP!*' the ninja commanded, thrusting his armpit at James's face. 'Now smell my armpit.'

Ewwwwww. This ninja was gross, man. Still, when a ninja tells you to do something, it's a good idea to do it. So James leant forward a touch, his face all screwed up, and he breathed in. Suddenly, his mouth broke into a smile, and his eyes unscrunched and opened wide. He stared at us.

'**OH   MY   GOD!**' he said. 'That armpit smells … *AMAAAAAAAAAAAAAAZING!* I kid you not, you guys. This is, oh, seriously. More. More.'

He leant forward and breathed in deep. He reached out and pulled the ninja's armpit closer to his face. He buried his nose in the armpit. The ninja pushed him away.

'*NO!*' James said. 'More. Please!'

'Oh, you gotta let us smell it too, dude,' Stacey said.

The ninja sighed, and lifted his other arm. Stacey and I ran over and smelt it. James was right. It was amazing. It was like vanilla and coconut and berries all at once.

'How about the hair?' I asked. 'Can we see your hair as well?'

'Enough,' the ninja said. 'No hair. My mask remains on. Tomorrow we meditate again. It is the *again* that is lesson three.'

We waited, not knowing what that meant.

'At my village,' the ninja said, putting his sword away and giving me a whiff of those wonderful underarms again, 'we train in the way of the ninja. Every day, from the age of two to the age of ten, I threw the *shruiken*, or ninja star, 10,000 times. This is how you become a master. Repetition. You must practise so often your body does a movement all on its own. Once I was ten, my training load increased.'

Increased?

From 10,000?

We all gasped. Now *THAT* was working hard on a skill. I mean, I practised tricks on my bike heaps … well, what I had *thought* was heaps, but I reckon I would maybe do it for an hour or two at the most.

Then there were bunny-hops.

Damn, I wish I could do those things, but it never happened. I would do the move, thinking about what to do, but I just couldn't get both wheels off the ground at the same time, which usually ended with me hitting kerbs and flipping over the handlebars onto my face.

So I would stop practising. I would give up.

'You do that with every weapon?' Stacey asked. 'Like with swords and everything?'

The ninja nodded.

'Yes, although after the age of ten we specialise in three. This is why we do more repetitions of each. I selected the star, the sword, and of course *nunchakus*.'

'*YES!*' James cried. 'Of **course** nunchucks! They're the best!'

'Can you show us?' Stacey asked.

The ninja looked around.

'Displays of skill are seen as bragging,' he said, 'and are not allowed by my sensei. If I do such a display I will be punished in the way of the forgotten walrus.'

'Sure, but your sensei isn't here now,' I said, trying to negotiate, and also trying to understand the walrus thing. 'So you can do whatever you like right? How can you get in trouble if he doesn't know you've even done anything?'

The ninja looked at me.

'My sensei is very powerful. At my village, he is the most skilled ninja of all.'

I decided to talk in his language … like, not Japanese, because I don't know Japanese, but in the sort of sentences he would understand.

'Sure, in your village he's skilled, but we aren't *in* your village now. It's like a tree falling in the woods for him, you know? If you show us your skills, and he doesn't see it happen, has it really happened at all?'

The ninja nodded slowly.

'You speak well. I accept your argument. I will show you a fraction of my skills.'

Wow! I had just convinced a ninja to do something. Maybe *that* was my thing. I mean, I wasn't the most confident speaker or anything, but one time when a zombie was going to eat our brains I convinced him not to … sure, I convinced him with a bazooka, but that's still negotiating right?

So maybe this could be my future career, even though it scared me and made me feel a little bit chucky in the guts.

But maybe I could grow to enjoy it. I could be a lawyer, or one of those people who sells stuff on TV, or a hypnotist, or I could talk down people who were going to jump off a building, or I could do international negotiations for the American president, oh man, the pressure!

No, no way, negotiator wasn't it at all. I decided to focus on watching the ninja be awesome with weapons instead.

He took us outside and tied us each to a different oak tree. Then he put on a show. First was the sword. He was amazing. He swished it and swashed it and did this whole routine, finishing with throwing the sword at James, who squeaked but then laughed when the ropes holding him dropped away. Stacey and I would have clapped, except our arms were still tied to trees.

Then the ninja worked the stars. Some just missed our faces, or our arms. One flicked a booger hanging out of James's nose, but the star never touched his face! And finally he threw them so they cut the ropes holding in me and Stacey.

Now we did clap, and then he pulled out the *nunchakus*. Oh boy. He was amazing. He did a whole Bruce Lee routine, then told us to throw acorns at him. So we did just that, one acorn at a time, and he whacked them away.

'More,' he said, getting into it now. 'All at the same time. I did not practise like a third-born skunk for nothing.'

So we threw more acorns. Handfuls of them. The ninja nunchucked every single one, not one of them touched him. Our final acorns flew at his face but he smacked them back so one hit each of us in the forehead. We clapped really hard, and then rubbed our heads.

That had been awesome and painful at the same time!

'See?' I said. 'Aren't you glad I convinced you to do that? It was awesome!'

The ninja nodded and bowed, then headed back towards the house. He didn't see the zombie that was lurching at his back from behind a tree. His sword flashed and the zombie's head rolled off down the hill.

Oh. Okay. So maybe he *did* see it. I made a mental note *never* to sneak up on a ninja. Yeah. That's a good idea.

CHAPTER EIGHT

That night, I couldn't sleep, so I got up and went to the front room. The ninja was sitting in a chair, watching the door. He wasn't wearing his mask. I decided to try and sneak up to get a glimpse of his face.

I tippy-toed over. The ninja didn't move. I got within a metre when suddenly he spun around, jumped, scissor-kicked my head and flipped me onto the ground.

Oh yeah. *Never* sneak up on a ninja. I forgot about that one.

He let me up and sat in the chair again. I pulled a chair up next to him. I have to say, his hair was *AMAZING!* It really *was* silky smooth. I wanted to touch it, but resisted ... because he would probably take out my liver. I decided to change things up a little.

'So,' I said. 'You like us, right?'

He shook his head, and it was like watching a shampoo commercial.

'No. I tolerate you because you helped me.'

'Naw,' I said, 'I can tell. You like us.'

I clapped my hand on his shoulder. It was like hitting a reinforced steel wall that had been reinforced. Yeah. It was hard. He turned his head and looked at me, then clapped *me* on the shoulder. It sent me flying forward off my chair and I ended up sprawled on the ground. I pretended it was nothing and sat up again, being a dolphin and acting tough.

'Yeah. You like us.'

He didn't say anything, but he didn't hit me either, so that was a win!

'Why are you even here?' I asked. 'Have you been banished or something?'

That wasn't just to get him talking. I was actually interested in his answer. He didn't talk for a bit, then, without looking at me, he spoke.

'This is my punishment,' he said. 'Four weeks in the safehouse. I must spend this time in solitary. I must save face.'

'Solitary? Oh, so we ...' my voice trailed off.

He nodded.

'You are a nuisance, and may rob me of my place in the clan. But honouring those who save us, who risk all for us, this I value above all. I cannot control what the clan says when I return, but **I can control my actions** and so I train you. It is like in a fight. You cannot control another, only react to what he does. The one who controls his own emotions and stays in the moment, he will win.'

That was cool. Yeah, I respected that. I thought about our future vision board project thing.

'And being a ninja, that's all you ever wanted?'

There was a pause.

'Yes,' he said, but I wasn't buying it.

'No way, come on, you can tell me, we're like best buds now! What do you *really* want to do?'

He sighed.

'You will most likely die before too long, so I see no harm. I am an excellent cook. I wish to open a restaurant.'

'Woah, that's awesome,' I said, genuinely excited.

The ninja stared at me, looked away, then he started talking. People did that with me. They liked telling me their stories. So I sat, and I listened. I knew I could do that.

'The ninja training, the weapons, it all leads to death. To protect oneself, you must kill others. To carry out an assassination, you must kill others. I do not *want* to kill others. I want to cook for them. I want to make people happy. Food makes people happy.'

I grabbed his shoulder, nearly breaking my little finger. I was really excited for him, and my mind was racing.

'Dude, that is **awesome**. Seriously. Not just that you know what you want to do, which is brilliant, but a ninja restaurant? That is an amazing idea. Oh man, I can see it in my mind already! You **have** to do it!'

The ninja hesitated, then shook his head. I reached up my hand to touch the flowing locks ... until my hand was grabbed in a grip that made my toes hurt.

'Do not touch the hair,' he said. 'Training is my life. My sensei, he knows what is best for me, for my future. To be a ninja is the greatest honour. I was destined for it since birth. My father was a ninja, and his father, and his father, and his mother, in disguise, and all the other fathers for 1000 years. I have no choice.'

'No way, man! My dad was an engineer, and I don't want to do that! Writing reports about concrete? **BORING!** And how does your sensei know what's best for you? Does he even **know** you want to cook?'

He nodded, and a waft of jasmine filled the air.

'He knows. That is why I am here. That is the reason for my punishment. I do not just want to cook for ninja. I want to cook for everyone, make everyone happy. But this is not allowed. It is not acceptable in my clan. It is law. Outsiders are forbidden. We must cook only for ninja. Our secrets must not be shown to the outside world.'

I shook my head. It didn't smell like jasmine.

'I don't reckon you know how lucky you are. I have **NO** idea what I want to do with my life. All I have is zombie smashing, and that's not much good when the zombies are gone! But you, you've found something you love doing, you know? That is the best. Law shmaw, if you can cook amazing food, everyone deserves to experience that. Oh man, you **have** to do this. I'll help you. I'll help you make it happen. What do you need from me?'

He stared at me again, and I thought I'd gone too far, so I looked away. Then he spoke.

'Your enthusiasm, your wanting to help me, it …'

His voice trailed off, but I knew what he meant. I guessed he didn't get a lot of support for his idea, well, none, and that was one thing I got swept up in, helping other people make awesome things happen.

'Does this mean …?'

Now my voice trailed off. He nodded.

'Yes.'

I did a little fist pump, grabbed a pencil and piece of paper off the table and wrote down: *Be Ninja Restaurant Assistant Chef*. The ninja watched.

'You know how to cook?'

'No.'

'You can cut up food?'

'Well I've never done it before but –'

'Have you ever cooked food in your life?'

I shook my head and sighed.

The ninja put his hand on my shoulder.

'My name is Jiro. I accept your offer of untrained help.'

I whooped and punched the air, but misjudged and punched Jiro in the face. It was like punching a jaw made of super strong steel. And diamonds. And steel diamonds He didn't flinch. I almost broke my hand. I recovered quickly though … at least, I dolphined it and pretended it hadn't hurt too much. Jiro smiled. I liked that.

'Your excitement for my idea pleases me,' he said. 'Thank you. Now. I wish to help you also. You are not a zombie killer. This is something you did. It is very impressive, but it is not you. To find what you might become, listen to Lao Tsu, who says, "When I let go of who I am, I become what I might be".'

I stared at him, then bowed my head slightly.

'I have no idea what that means,' I said.

He smiled and put his hand on my shoulder, about to explain, but then suddenly he ripped his hand away – shredding my new ninja restaurant vision board – and stood straight up, swords drawn, in a battle pose.

'Wake your friends,' he said, pulling his mask over his face, covering that hair.

I ran into the other room and woke James and Stacey. As we bolted back to Jiro, a voice boomed from outside.

'Jiro! Outside. Now!'

'Come,' said Jiro, lowering his swords. 'You will meet other ninjas. You will most likely die now.'

Oh. That didn't sound so good.

'Um, Jiro?'

He paused.

'The cooking thing?' I said. 'You know, you and me?'

'It is most unlikely,' he said. 'Now come.'

And with that he walked out the door, and we followed him. What choice did we have? There were ninjas outside.

CHAPTER NINE

When we went outside, I saw … nothing. Then, at exactly the same time, there were five puffs of smoke, and when they cleared, five ninjas stood in front of us. Woah, I thought, my mind ticking over, imagine if that was how the waiters at Jiro's restaurant appeared. That would be **awesome!** I made a mental note to remember that, and hoped I remembered it better than the **never** sneak up on a ninja thing.

Meanwhile, the biggest ninja stepped towards Jiro.

'Your punishment is over. You return to the village with us. Now.'

'No, Kisame, there are still two weeks remaining. I must complete my punishment,' Jiro said. He stood differently in front of this other ninja. He wasn't as upright, as proud, in fact he was slightly bowed over, almost defensively.

'Attacks are imminent,' Kisame said. 'Sensei orders all ninjas to return … even those who have shamed us as the clouds shame the sun in the eastern sky.'

No one said anything.

'That means you,' Kisame finished, pointing at Jiro.

'Oh well der,' I said under my breath, forgetting that under my breath is **over** my breath for a ninja. They hear **everything!**

Kisame turned his gaze on me, and I knew that he could take out my eyeball and play ping-pong with it whenever he wished. I swallowed.

'Ah, hi?' I said, waving. 'Love the outfit?'

Kisame stepped towards me. Far out, he smelled delightful. I closed my eyes and breathed in, only stopping when I couldn't breathe anymore … because Kisame grabbed me by the throat and lifted me off the ground.

'Chhhhh,' I said. 'Gnnnnnnnn. Accccchhhhh.'

Kisame squeezed tighter.

'Jiro, kill your prisoners and return to the clan.'

Kill his what now? I glanced at Jiro, who hadn't moved.

'Or would you prefer *I* kill them **now**?' Kisame said, his eyes narrowing, and his grip tightening.

'Ffffffft. Eeeeeeeennnnn,' I said. Stacey and James went to take a step, but they were covered by the other ninjas.

'Kisame, no!' Jiro said.

I was dropped, well, thrown to the ground, James and Stacey at my side in an instant, making sure I was okay. Kisame turned to Jiro.

'No?' he said.

Jiro nodded.

'No. I will kill the prisoners. They are my responsibility. I will prove to the clan, and to Sensei, that I am ruthless.'

'About as ruthless as a baby chicken,' Kisame said.

Man, this guy was really getting on my nerves. I did not like his attitude one bit.

'Do it then,' he said to Jiro. 'But we shall watch.'

Jiro nodded. **What?** So apparently he **didn't** like us. We were goners. All I could think of was to go for a distraction. So I stood up, puffed out my chest as far as it would go (which wasn't very far), and spoke up – something I never would have done before the zombie apocalypse.

'Hey! Kissy Kissy! That is your name right?'

Kisame was in front of me in an instant.

'It is not wise to mock a ninja's name,' he said. 'I could have killed you before. And my name is Kisame.'

'Well,' I said, 'I don't want you to *ever* kissah me!'

James laughed and we high-fived. I was like a duck: calm on the outside, scared I was going to have my bladder removed with a thumbtack on the inside.

'Yeah, don't kissah me either!' James said, jumping up and down. Kisame gave no response, he simply glared. We stood in silence. A bird flew overhead.

53

Stacey joined in the fun, pointing at Kisame.

'Yeah, Kissy Kisserson, that's why your parents called you Kisame, because they knew with breath as bad as yours no one would ever want to kissah you!'

I got a bit lost with that one but laughed anyway!

Kisame tried to respond, but he had nothing. I don't think ninjas got heckled much!

'You,' he said. 'I, no, wait, you, there is kissing ... what? Wait. *Your* breath is bad!'

It was terrible, but also lucky for us. If he *hadn't* been trying to think of a comeback, he most likely would have bent back our big toes until they touched our ears. Whatever, it was keeping us alive, so we kept going.

'Nice comeback, Kissy,' I said. 'I wouldn't kissah you if I had the choice between you and a zombie.'

'I wouldn't kissah you if I had the choice between you and a snail,' Stacey laughed.

'Yeah, I wouldn't kissah you if you were at a kissing booth and it only cost a dollar and all the money went to a charity for kids who have no food,' James said, then he got sad. 'Oh, those poor kids. They have no food! I *would* do it. I *would* kiss you. Can I do it now and pay you later?'

He started walking to Kisame, arms outspread, lips puckered. The other ninjas automatically stepped in front of Kisame, who waved them back. Stacey and I cheered James on.

'Kiss the ninja! Kiss the ninja! Pucker up! Pucker up!'

Suddenly, Kisame's sword flashed, but before it could slice James's nose off, it was stopped with a clang.

Jiro!

Kisame turned on his fellow ninja.

'You save him?'

Jiro didn't flinch. Now he looked proud again!

'They are *my* prisoners. I said *I* would kill them. Leave, Kisame, or I will kill *you* as well.'

Kisame laughed. It was a typical ninja movie villain laugh – hands on hips, head thrown back, gap between laughs.

'Ha. Ha. Ha. First, you think you will be number one but you can never defeat me. Second, you have shamed our sensei once already. You would do it again by fighting one of your own?'

'Yes, if *you* break the honour code, by killing the prisoners of another.'

'No,' Kisame said. 'To fight one of your own trumps honour code.'

'I don't think so,' Jiro said.

Kisame turned to one of the other ninjas.

'Shun. Which ranks higher?'

The ninja shrugged, and when she spoke I realised it was a woman.

'I thought it was honour, Kisame, but I could be wrong. Katsurou?'

The ninja she spoke to scratched his head.

'I do not know. I am still wondering if a straight beats a flush.'

Shun threw her hands in the air. Kisame grunted.

'Katsurou,' he said. 'Poker is tomorrow night. Concentrate.'

They continued to argue the matter. James, Stacey and I slowly backed away, taking our chance to escape. Unfortunately, ninjas observe everything, so we stopped backing away … mainly because a ninja star somehow got James in the butt, even though he was facing them!

These ninjas had skills ... or James had a magnetic butt, one of the two!

While James hopped around and we tried to stop him so we could take the star out, Kisame and Jiro faced off.

'You go now, Kisame. I will kill the prisoners and then follow.'

He was so calm. I wondered if he was nervous inside like I'd been. Kisame stared at him and then turned to walked off.

'What?' I called out. 'No kissy kissy goodbye?'

'I want someone to kissah my butt to make it all better,' James said sadly.

I pointed at Stacey, she pointed at me, and the ninjas pointed at each other.

Kisame didn't point. He just glared some more. I thought I was a goner, but I knew/hoped/prayed/begged to the great ninja spirit that I was protected by the honour code.

I was.

Kisame grunted, then he and the other ninjas threw smoke bombs and were gone. Okay, it was confirmed, ninjas did the *coolest* entrance and exit ever. Not only did it help them escape, but I realised that it added to the mystery and reputation of the ninja.

How you leave a situation, that's what people remember.

Like at a concert. You always remember the first and last song most. When you go home, you aren't singing the fourth song of the concert! Singers start big, and end big, and so do ninjas.

I wondered if ninjas ever sang. I had thought they didn't laugh, and had been proven wrong, so there was probably a good chance they had singalongs as well.

If Kisame sang us a song, I was pretty sure it would be called 'I'm Gonna Rip Your Hearts Out Using Only My Earlobe!'

Hmmm, sounds like a country and western!

I'm gonna hunt you down if it takes all day,
I'm gonna chase you round the globe.
I'm gonna use techniques known only to the ninjaaa,
I'm gonna rip your hearts out using only my earlobe.

Or something like that.

Anyway, he was gone, so there was no song, we still had our hearts, and we lived to fight another day. We high-fived and jumped around, only stopping when Jiro stood in front of us, ninja stars in hand.

Oh yeah. *He* was going to kill us. I'd forgotten about that.

CHAPTER TEN

We stood in front of the house, and we waited.

Jiro hadn't moved. The ninja stars were still in his hand. I could almost feel his anger growing.

'Ah, Jiro?' I said, trying to ease the tension. 'Perhaps you don't need to kill us? We can just pretend you did?'

Suddenly, with a ninja karate scream, and before we could even move, Jiro threw about 100 ninja stars straight at us. When there was no pain, we looked behind us, and realised that the stars were stuck in the house, and they traced our exact outlines! Thank goodness for the years of dedicated training, he was a genius at that!

We applauded, but Jiro still seemed super angry. He screamed again and ran straight at us, sword raised. He was so quick we were still clapping. The sword came flashing down towards James, who stopped mid-clap, the blade a millimetre from his nose. James gulped.

'James? Are you okay?' I asked. I was too scared to move, so was watching him out of my side-eyes.

He nodded, meaning he cut his nose on the sword, then he shook his head and lost five strands of hair.

James kept his head still after that.

'Yes, I'm fine,' he said, in an amazingly calm voice that was slightly British. 'Thank you for asking, Adam, my good man. Now, be a dear and go fetch me a clean pair of pants.'

I went to go get the pants, but as soon as I moved Jiro leapt into the air and did the coolest flying side kick ever into the door. It smashed into like a thousand pieces. Lucky he directed his anger at the door and not me, I did **NOT** want to be in a thousand pieces!

I looked at Stacey. She looked at me, and then we burst into applause again. James was still mid-clap, frozen. Jiro stood, shoulders slumped. Poor little, sad little ninja.

'*DUDE!*' Stacey yelled. '*THAT WAS SO COOL!* I want you to teach me ninja healing and ninja *THAT!*'

'That? What is that?' Jiro asked, still slumped.

'*ALL OF IT!* The sword and the stars and the kick and the *EVERYTHING!* Oh man, I need this. This is so my thing!'

Jiro looked at her.

'You do not hate me?' he asked. 'For what I did?'

'Hate you? What you did?' Stacey cried, jumping up and down now. 'Are you kidding? You did nothing but be the coolest! And you just showed me that you can control your anger enough to save our lives. Dude, if those stars had hit us, we'd be tenderised meat! You are an inspiration!'

I smiled at her. I didn't know if she would actually become a ninja or not, but she had excitement, she had a goal in sight, and that was so cool. Not only that, she had given me another idea for Jiro's restaurant, which I made a mental note of. I didn't need to write it down. It was good enough that I would remember it.

'Jiro?' I asked. 'Why so blue, ninja boy?'

Jiro didn't look at me, he just slowly started taking his stars out of the wall, one by one.

James was still mid-clap.

'Ah, Wallace, dear boy? The clean pants?'

I ignored him and waited for Jiro's answer.

'I have failed my clan, and I have failed myself,' he said. 'I did not kill you, as I told Kisame I would. I *could* not kill you. The bravery you showed to stand up to Kisame was that of a ninja. Besides, how could I kill those who saved my life? But to not assassinate, that is not ninja. That is refusing a challenge. On top of this, I lost control. A ninja should *never* lose control. They should be in sync with the eye of the otter. That door kick that impressed you? I should have used feather-touch instead of face-smasher.'

'That door kick,' I said, pointing to where the door used to be, 'was the most awesome kick ever in the history of the world! And like Stacey said, you not killing us was *total* ninja! You stood up to the challenge. You may have betrayed the clan, but you are a man of your word, and if your sensei doesn't get that, well, I'll karate chop his ears myself!'

Jiro raised his head now.

'If you do that, he will slice out your kidney with only his right ankle-bone.'

I shrugged.

'Dude, we support each other! We're a team now. Team Ninja!'

Jiro shook his head.

'We are not a team,' he said. 'Not remotely.'

'We are *so* a team,' I said. 'We're becoming equals.'

'We are not equals. I am a ninja master and you are mere children who occasionally get lucky.'

'You need us,' Stacey said.

'I tolerate you,' was the reply, although his voice had lightened.

'No, old chap, you love us,' James said. 'And you know what I love? Clean pants!'

'It is not love,' Jiro said, ignoring James's pants. 'I have you with me out of duty. The ninja holds my heart.'

'What, ninjas like Kisame?' I said. 'But he's an idiot.'

Jiro paused. I thought I'd gone too far, but he nodded.

'You are correct, but my loyalty is to the clan.'

'But he's *in* that clan. Why be loyal to idiots? Why even be *around* people who treat you like you're less than them? Look at me. I surround myself with the best crew *ever!* Anyway, what was that number one thing he talked about?'

'Kisame and I, we are number one and number two –'

'Heh heh, number two,' James giggled, interrupting.

Jiro stopped the giggle with a glare, then continued.

'Being number one leads to being Sensei's successor. This is what we strive for.'

'No,' I said. 'I mean, you may want that, sure, but we know what you *really* want to do.'

'No we don't. What does he want to do?' Stacey asked.

'Where are those clean pants, old boy?' James asked.

I turned to them.

'He wants to cook. He wants to open a ninja restaurant.'

The other two clapped and cheered, then James got sick of waiting and went to get clean pants himself.

'Right?' I said. 'It is *totally* awesome, and we *totally* support you, Jiro, not like the ninja bullies. Dude, knowing what you want to do, and having it be something you love doing? It is amazing. It's pure ninja mastery. See, *we're* your clan now. You proved your honour by saving us, and we proved our honour by standing up to Kisame. We have to stick together. It's the only way I see it. So let's go to your village and tell Sensei that you are going to cook for everyone and that he will eat it and he will like it or else he will feel the wrath of Wally!'

Jiro stared at me, and then he nodded.

'You are a good man. First, we meditate, then we return to the village, although it may not be the happy return you expect. Outsiders are not allowed, especially ones where I was supposed to have held their heart.'

'Held our heart? You *DO* like us!' I said.

'No,' Jiro replied. 'Held your heart in my hand after pulling it from your body. You will also not attack my sensei.'

'Why? Because you would protect him over me?'

'No, because as soon as you breathed he would pull out all your eyelashes without you even knowing.'

I *had* to meet this sensei, seriously. Jiro put away all the stars, and Stacey and I followed him inside. James in clean pants with no ninja star holes joined us, and we all sat in a circle to meditate. On my third breath, I got a squeaky nose. Jiro clipped me on the side of the head with his hand.

'Hey!' I said. 'Not relaxing, Jiro!'

He was already back in meditation mode though, always doing one thing at a time, 100%. I breathed in again, and my nose was clear! Woah, he had fixed squeaky nose! That was like fixing the impossible.

I went to speak but he held up a hand.

'This is what we do in a clan. We help each other. Now, focus on your breath. Just the breath. Slowly in, slowly out, breathe in light, breathe out darkness.'

I smiled and closed my eyes, focusing on my breath.

Yeah. I'd been right.

We were a clan.

He liked us.

CHAPTER ELEVEN

After a while of meditating – and it was certainly easier to do this time – Jiro started to talk.

'Woah!' I said, keeping my eyes closed. 'Keep it down there, ninja boy. We're trying to focus here.'

'Listen to my voice as you sit,' Jiro said, 'and you may learn something.'

'And what if we don't?' James asked.

'Then I will use the third toe on my left foot to disable your voice box,' was the answer.

'Then maybe we'll just sit quietly and listen to your lovely voice,' I said. 'Please continue.'

'Very good, your voice box will remain intact,' Jiro said, and I could almost hear the smile in his voice. Almost.

'So cool,' Stacey said. 'Totally learning the voice box move.'

There was *definitely* a smile in her voice.

So we sat.

And we listened.

And Jiro told us a story.

'Many people believe the ninja is magic, that we have powers beyond normal humans. This is not true. A ninja is not born with special powers, or skills. Some have talent, but so does everyone. A ninja's "magic" comes from hard work, from repetition, from working on those skills until they are second nature.

'Ninjas are also masters of disguise. A ninja becomes whatever they need to be, yet never loses the true essence of who they are. An assassin, silent but deadly.'

I giggled.

'What? What's funny?' James asked.

'*Silent but deadly*. Get it?'

'No,' James said.

Stacey stayed in meditation mode, copying Jiro.

'Come on, James,' I said. 'Silent but deadly? Loud and harmless? What am I talking about when I say those things?'

Jiro growled deep in his throat. I couldn't stop though. I was on a fart reference roll!

'Accidental follow-through? Better out than in? Better an empty house than a bad tenant?'

Stacey giggled then refocused, cutting off the laugh and slowing her breathing. I was impressed, but kept going.

'Rhymes with art? Whoops, I did it again? Pop off goes the weasel? A small explosion between one's legs? Alexander Popoff?'

James still wasn't getting it. Suddenly, Jiro spoke.

'*Farts!*' he shouted. 'He is making gassy references. This fool is comparing the deadliest assassins in the entire world to bottom wind … actually, that is amazingly clever! Hahaha, we move like the wind, and when we are silent we are deadly. *Hahahahahahahaha!* I love it, it is genius!'

He started roaring with laughter. Once again it was so weird hearing a ninja laugh, but it was really cool as well. I loved making people laugh, and to get a ninja cracking up was *awesome!*

Suddenly, the laughter stopped, and Jiro returned to his story.

'Ninjas must often pretend to be someone they are not, but they must remain true to themselves. The smoke bombs, the weapons, the silence – it is all to build an illusion.'

'With the whole disguise thing,' I interrupted, 'can you do that now?'

Jiro didn't answer, but then I opened my eyes because I realised a huge dog, like massive, was standing next to me. I grinned and stroked it and then suddenly it was gone and Jiro was back in meditation pose.

Wooooaaahhhhh. Not only was that super cool, I also had another idea for the restaurant. Non-dog Jiro continued.

'Many years ago, a rumour was spread that ninjas could walk on water, and were so spiritual, they could defy reality. At this time, there were ninjas who went against the grain.'

'And wanted to cook the grain,' I said. 'Like rice.'

'And wanted to actually **be** more than human,' Jiro replied, missing the joke. 'These ninjas wanted to **actually** walk on water. One ninja, Susumu – meaning *Advance, Make progress* – believed his name defined him. He was impatient, and created shoes he said would let the ninja walk on water.'

'What does your name mean?' James asked.

'*Second Son.*'

'Why do you have that name?'

'Because I was the second son born.'

'Makes sense. And Kisame. What does that mean?'

Jiro sighed.

'It means *Demon Shark.*'

'*WOAH!*' I yelled. '*ARE YOU SERIOUS? THAT IS LIKE THE COOLEST NAME EVER!!!* Oh man, his name is *soooooooooooooooooo* much cooler than yours. Demon Shark? Far out, if I could be called anything it would be that. How come you got such a terrible – I mean, please, continue.'

'Susumu made the shoes, 143 pairs, and he truly believed that they would help him walk on water. He wanted the quick advance, not the slow, hard training. This is not the ninja way. He gathered the clan around him, at the great lake with no sides. This was the lake Susumu would walk on.'

'Wait wait wait,' James said. 'Jiro, if we had ninja names, what would they be?'

'Oh yeah!' I cried. 'Awesome, James. Come on Jiro, what would our names be?'

'Nothing,' Jiro replied. 'Outsiders do not receive ninja names. It is a badge of honour, given at birth to the child of a ninja, or after honorable deeds are performed.'

'My ninja name would totally mean *Silent Warrior*,' I said, caught in the moment.

'No, no name for you,' Jiro said. 'Now, the story.'

'*Starlight Diamond*,' Stacy said, coming out of her meditation. 'That's me, for sure.'

'I am *Dragon Biter!*' James cried.

Jiro sighed and continued.

'The clan gathered. Susumu put on the shoes. He stepped into the water ... and he drowned. Ninjas practise many skills. Swimming is not one of those skills.

'The lure for other ninjas who believed in a quick fix was too great. They too stepped into the lake, and they too drowned. 143 ninjas died that day, the highest number of ninja deaths in one day since the Great Battle for Supremacy of 1302.'

'That's terrible!' Stacey cried. 'Why didn't they stop?'

'They did, eventually,' Jiro replied. 'One ninja, Michio – *Man on the path* – told the ninjas to stop, to try a different way. He believed in the power of repetition, but knew that to repeat the same mistake was a mistake in itself. The ninja, as a rule, do not like change. This is why we still use weapons invented many years ago. And this is why Michio was thrown into the great lake with no sides.'

'But they changed by trying the shoes,' Stacey said.

'Yes, and they paid the price,' Jiro replied.

'And they **did** listen to him,' I said. 'They stopped.'

'They stopped,' said Jiro, 'because there were no more shoes. They placed the last pair on Michio's feet before they threw him in. It is not good to think you can walk on water. This we must remember when we face my sensei.'

'Because he's made of water?' James asked.

'No, the lesson is deeper than that.'

'Deeper like a pool?' James said. 'He's going to have a pool party? That would be awesome. Ninja pool party, yeah!'

'Are we still meditating?' I asked Jiro.

He stood up and shook his head.

'No,' he said. 'Obviously not. It is time for us to leave.'

'Can you do the dog thing again? Like, were you really a dog or how did you do that?'

'We leave now for my village. Gather your things.'

That didn't answer the dog question at all, but I knew better than to argue with a ninja's order. I ran inside and put on my runners. I also grabbed some paper and a pen in case more vision board ideas came to me. Stacey got her jacket, and James came out with three ninja swords and a pair of *nunchakus*. We looked at him. He just shrugged and started walking along the creek.

Stacey ran and caught up with Jiro, and I walked behind them all, my mind racing. I was getting great thoughts for the Ninja Star Café – yep, that was the name I thought of – both how it could run and how we could advertise it. The ideas just wouldn't stop. It was amazing. I almost went into meditation mode as I walked, letting the ideas flow.

And flow they did, like a river with no sides and no dam and certainly no fallen trees in it; and there had probably been a fair bit of rain; and it was on a downhill slope; and the rocks were pretty far apart.

So yeah. It was good flow.

CHAPTER TWELVE

As I walked I was totally lost in my thoughts and totally not being observant like a ninja. I **was** focusing on one thing though, and not multi-tasking, and that was ***totally*** ninja.

Then I got confused.

Was I ninja or not?

I didn't know, and besides, the ideas and stories about Jiro's restaurant kept coming. I took a piece of paper out of my pocket and wrote on it: *Marketing Manager for Restaurants*.

Yeah, that would be a cool future career. Unfortunately, I was still walking, and wasn't looking where I was going, and I walked right into the creek ... face-first. The paper was soaked, so that was another vision board gone up in flames ... well, gone down in water. Whatever, I had no idea how to marketing manage a restaurant anyway!

I dragged myself out of the water and as I straightened up, Jiro appeared in front of me, in a battle crouch, swords drawn, ready to attack. Very slowly, he took a step closer, his weapons now above his head. He crouched lower, and then with a flick of his wrist but without a word, one of the swords plunged down towards my face!

It was like in slow motion. Stacey screamed. James screamed. The sword kept coming down towards my face and – and this is the weirdest and scariest thing of all – all I thought was: ***AWESOME!*** *Now I don't have to worry about what I'll do in the future! I don't have to do the vision board thing!*

The sword got closer. Then I had another thought: *Hey! We were a team. Team Ninja! This is not a good thing to do to your teammate!*

The sword got closer. I had one more, possibly final thought, this one out loud.

'AAAAAAAGGGGGGGGHHHHHHHHHHH!'

Yeah. Great last thought, huh?

Before the sword sliced my head into two half-coconuts, I heard a *pa-ching*, like steel on steel, and I was pretty sure my face wasn't made of steel. I opened my eyes and saw that Jiro was gone. I looked at James and Stacey. James pointed to the tree next to me. There was a ninja star in it. I looked at Stacey. She nodded. Jiro had saved my life! He'd deflected the star from hitting my face! **YES!** He was a true superstar ninja teammate clansman champion! He hadn't needed words. His actions had spoken with a *pa-ching* and a life-saving swish of his sword.

I looked around and then I saw Jiro. Well, I saw five of him. Wait, that wasn't him, those were other ninjas! They were fighting something I couldn't see and then I realised. *I could see them*. They weren't real ninjas. I mean, they had the outfits on and they were doing fancy flying kicks and spins and everything, but I could see them.

If you see a ninja, it isn't a real ninja.

They could fight though, and they were fighting Jiro – or he was fighting them ... they were fighting each other!

'Come on,' I said. 'We have to help Jiro.'

'No,' said Stacey. 'I don't think we do.'

I stared at her in shock.

'Are you serious? He just saved my life, and you want to become a ninja. We *have* to help him.'

'No, we *don't*,' she said, hands on hips.

'Yes, we *do!*' I said.

'Ohhhhhhhh, silent but deadly,' James said. 'Hahaha, now I get it, that is totally funny! Nice one, Wally!'

'Fine,' I said to Stacey, after high-fiving James. 'Why shouldn't we help him?'

She smiled.

'Because he's done.'

'He's who in the what now?' I said.

73

Stacey pointed, and I realised Jiro was right next to me, a ninja star sticking out of his arm.

'You beat them all?' I asked, amazed.

He nodded.

'They were not true ninjas. In these times there are many who say they are ninja, but they are not. They are martial artists who wish to join the rogue ninjas, as they have heard of the money available. If they can kill a ninja, or one protected by a ninja, they will be accepted into the rogue clan.'

'I knew they weren't real,' I said. 'Because I could see them. Oh, by the way, you have a little something.'

He wiped his face.

'No, it's, well, it's on your arm.'

He looked down and saw the star, then pulled it out.

'Sorry, I did not notice it during the fight.'

He handed it to me, and started walking again. Cool, I had a ninja souvenir!

'Come,' Jiro said. 'We are close. Our destiny awaits us.'

'How far have we got to go?' Stacey asked five minutes later. I expected an answer of like an hour or something, but Jiro just stopped and pointed.

'My home,' he said. I looked where he was pointing. There was a huge wooden fence I had **never** seen before, with a massive gate, and spikes at the top, and suddenly I had the sense that there were eyes watching us, although as far as I could see there was no one around.

Jiro told us his ninja village was behind the fence! I was seriously getting **less** observant, not more! Not only had I not seen the fence until he pointed it out, I had lived in this area all my life, and suddenly there was a ninja village here? Maybe it had just been built.

Yeah. That would be it.

'The village has been here for 300 years,' Jiro explained as we approached the fence. 'People see what they want to see, and believe what they want to believe.'

Okay, so this was getting ridiculous! ***300 years?*** I had seriously ridden my bike past this exact spot. It was right next to the golf course I played on. One time, I had actually hit a ball out of the course (yes, it was a terrible shot!) and walked out to find it, and had seen none of this!

I looked at James and Stacey, who both seemed as amazed as me. I pointed to the fence. Stacey shrugged, as if to say we should just go with it. James turned and ran, as if to say we should get out of there as fast as we could, but Jiro grabbed him by the collar, spun him around, and started leading him forward.

I shook my head in wonder and followed, walking toward the gate. Like Jiro had said, our destiny awaited. I just didn't know if that destiny meant me getting my nostrils filled with deadly ninja poison!*

*I sure hoped it didn't.

CHAPTER THIRTEEN

We entered the ninja village, and it was like walking into a ninja movie.

Seriously.

I didn't know why, but we could see everything. It was like the ninjas didn't care about not being seen in their village – which made sense, seeing as the actual village was totally hidden anyway!

So we saw ninjas training, fighting each other with all sorts of different weapons – that made James's eyes light up. Others were plunging their hands into hot coals, some were meditating, there was a temple looking type thing, and there was an old guy standing out the front of the temple looking type thing watching over everything. He had white hair, his hands were clasped behind his back, and his beard went all the way from his chin to his waist. He stood really, really still, and then suddenly his hand shot out and he caught a wayward ninja star. He looked at it, then tossed it back to the thrower, who hung their head in shame.

Oh, and when I say tossed it back, I mean with a flick of his wrist he sent that star flying straight into the guts of the thrower, who impressively showed no pain ... well, no physical pain at least.

Jiro started walking towards the old guy, who by now I was guessing was Jiro's sensei. Well, I was going to give that guy a – I hadn't even finished the thought when I felt a little tickle around my eyes. The sensei hadn't moved. I shrugged it off and we were halfway over to him when we were cut off by Kisame and his ninja mates.

Oh, great.

'So, you have come back. And you shame us again by bringing the dogs with you,' Kisame said.

'*There are dogs?*' James said. 'Awwww, I love puppies. Where are the puppies?'

He looked around, a huge grin on his face. When he realised there were no **actual** dogs, he looked at Kisame angrily.

'You do **not** tell someone there are dogs when there are no dogs,' he said. 'I don't care if you are a ninja or not, that's just mean.'

'I was not saying there were actual dogs,' Kisame said, and his buddies laughed.

'Well, I heard the word dogs, did I not?' James asked.

'Yes,' Kisame answered. 'You did ... **dog**.'

James spun his head around again, then turned back.

'**HEY!** You did it again! There was no dog **again**! I am getting a bit sick of this, Kissy Lips.'

'Aaaggghhh! You will call me Kisame! And there **is** no dog. I am calling **you** a dog!'

'Well, if you're calling me a dog, maybe try something like "Here, boy," or, "Come on." **That's** how you call a dog. They're not going to come over otherwise. Sheesh. You are seriously like the kissy of death, and not in a good way.'

Kisame groaned and ground his teeth together. I couldn't believe it. James was rattling a ninja!

'You mocked my name before,' Kisame said through gritted teeth. 'Now you mock me to my face in my home. This time, I will not be so lenient.'

I stepped forward, but Kisame flicked me away. Like, that wasn't a figure of speech. He actually flicked me away like you might flick away a bug. Then he drew his sword and turned to James.

This did not look good. Like, if there was looking good, and there was not looking good, and it was on a scale, this would be way off the not looking good side of the scale.

Way, way, waaaaaay off.

That's how bad it looked.

Kisame launched at James but Jiro intercepted the blow, like he'd done at the safehouse. This time though, there was no talk of honour codes. The two went at it like it was life or death, and it was. This was no sparring. This was out and out ninja attack. And they were amazing. Other ninjas stopped what they were doing and gathered around, but no one stepped in. I realised that to interrupt a ninja fight must be against the code.

So it continued, and it didn't look like there would be a winner … until Kisame fought dirty. He threw a smoke bomb into Jiro's face, and after the smoke cleared, Jiro was on the ground, a knee in his throat. Kisame raised his sword.

'*ENOUGH!*' a voice shouted from the steps of the temple looking type thing. It was the sensei, although then he was somehow in front of us.

'Kisame, to kill one of your own, even in self-defence, will bring death upon you.'

Kisame stood up and bowed, kicking Jiro as he rose.

'Yes, Sensei.'

'Jiro, you previously said you wish to cook for more than the ninja. This brought shame to our clan. Now you shame us once more by bringing outsiders to the dojo, and you shame us twice more by fighting one of your own. This is triple shame. You are banished like the bow-legged antelope.'

Jiro stood up and bowed, punching Kisame in the leg.

'Yes, Sensei,' he said. 'I shall complete another four weeks.'

'No, Jiro. This banishment, it is for life.'

Jiro rose quickly, shock in his eyes.

'Sensei, no. Please.'

'Yeah, come on, Sensei,' I said, stepping forward, Stacey at my side. I would have said more, but you know, the six swords at my throat made me reconsider.

'Why do you side with Jiro?' Sensei said.

'If I speak will my throat get sliced into sushi?' I asked.

'No,' Sensei said, making me feel relieved. Then he continued. 'Sushi is fish. Answer, and you shall get your answer.'

Well that made sense ... not! Oh well, Jiro had stood up for us, and it was *my* honour code to repay that.

'I side with him because this guy has saved us many times, and also because he's a ninja, and also because he has a dream to go after and also because ... he's my friend.'

The ninjas all laughed. Jiro stared at me. So did the sensei.

'The ban stands,' he said.

James giggled. Twelve swords appeared at his throat.

'What?' he said. 'It sounded like bandstands. Oh, you guys can laugh at fart joke wordplay, but I can't do this one? This really sucks.'

The sensei returned his attention to Jiro.

'You bond with outsiders in favour of bonding with your own. The glue is weakened. The rogue ninja attacks are expected in three weeks. You will not be here.'

'But Sensei, I fight as well as any. Better, even. You know I am number one.'

The Sensei was having none of it. He held up a fist.

'Leave, take them with you, and do not return.'

He looked at me.

'And if *you* return, I will take more than these.'

He opened his fist and some tiny hairs fell out. Well so what? He had hairy hands? I didn't get it, and then I realised. *They were my eyelashes.* I remembered the eye tickle from before. He'd stolen my eyelashes? But I hadn't even seen him move! *Woooahhhhhhh!* Okay, then, it was time for us to go.

We turned and walked out of the compound, the gate closing behind us, shutting out Kisame's laughter. I patted Jiro on the back.

'Okay, Jiro, it's just you and us now! So what's next? Go and fight some rogue ninjas? Kill some leftover zombies? Do some cooking and make some leftovers? What?'

Jiro spun around and grabbed me by the throat. James and Stacey gasped.

'There is no "we". Because of you, I have lost everything. **EVERYTHING!** I should not have returned, and we do not stay together. You are dead to me.'

'If you keep choking me I will be dead to everyone,' I managed to breathe out.

Jiro threw me to the ground, then pointed at me, James and Stacey, one by one.

'You do not follow me. We are over. The debt is repaid. If I see you again, I will create your vision board future – death by poison dart!'

'Well, that's a dumb goal for me to have. And I can't stop you so it's going to come true.'

'Then I suggest you train,' Jiro said. 'You believed us equals, a team, friends. We are not friends. We can never be friends. You are on your own now. Destroy someone else's life.'

He threw a smoke bomb, and when the smoke cleared, he was gone.

'Seriously though, what an exit,' James said. Stacey and I agreed, but I was so sad to see Jiro go. I actually liked him, and felt really bad for ruining things.

I had no idea what we would do next, but we started walking, and without a word being spoken, we walked in the direction of the refuge. It felt like we were back at square one.

CHAPTER FOURTEEN

When we arrived back at the refuge, which was in the process of being rebuilt, everyone was happy to see us, mainly because they'd all thought we were dead.

So that was nice.

What wasn't nice was that I totally felt like we had let Jiro and ourselves down. We hadn't even known him long, but it was long enough to see that he wanted to do something with his life, something that gave him excitement, made him feel awesome. We wanted that too, but the difference was that he knew what his thing was. We didn't.

'We have to find our thing,' I said to James and Stacey. 'Like Jiro, we have to find it. Why can't any of us find it?'

'Oh, I've got mine,' Stacey said. 'Easy. You know it. You saw me treat Jiro, and it made me feel so good to help him. And he showed me so much already with the herbs, I have to learn more. And then, like, the ninja stuff. For me it's like riding a bike but on another level. It's amazing.'

'And I've got mine too,' James said, smiling. 'Weapon finder! Watch.'

He ran into construction zone of the refuge and came out with a battle-axe. He put it down, ran off behind a tree and then jumped out holding a chainsaw. He laughed, turned it on, and swung around, accidentally cutting the tree right at the bottom and then watching as it landed on and crushed six of the construction workers' portable toilets!

'Whoops,' James said, throwing the chainsaw to the side, where it went up a tree and chopped off a branch. Attached to that branch was a net, and in that net was Luke, who brushed himself off and smiled at Stacey.

'I've been waiting for you, Stacey,' he said in his most romantic voice.

'Go home, Luke,' Stacey said.

'Yes, darling,' Luke said, before running off home.

'Anyway,' James said, getting back on track, 'imagine if anyone needed to find weapons of mass destruction! I'd be in and out of there in a day. Done.'

'Yeah,' I said, 'done because you would have accidentally set them all off!'

James punched me on the arm. I laughed, but inside I was churning. They *knew!* I still didn't know what I wanted, and I didn't know where to start.

The workers checked out their toilets, looking at the damage. Arnold came over to us, shaking his head at James. Then he looked at me.

'Adam, I'm glad you are all okay. Now, how is your vision board coming along?'

I sighed.

'I don't know, Arnold. I mean, I've been looking, and I did a couple, but they weren't *really* things I wanted to do, and then they got ripped up or drowned anyway.'

Arnold smiled.

'Adam, a vision board isn't about writing down what you think you should, or things you don't really want to do. It's about what you really *do* want to do, what excites you, what makes you feel alive, what you would do if you were guaranteed success. And you may not have to search outside of yourself. The answer may already be in you, you know.'

Like Jiro and his cooking, I thought. My thing needed to be the thing I would do even if I knew other people thought it was silly, or a waste of time, or against tradition. My thing needed to be the thing I did without thinking about it, something that I couldn't not do.

I thanked Arnold, then we got our bikes and went for a ride. I didn't really know where we were going, it was more just to get out and about and clear our heads.

Or my head, at least.

We did tricks here and there, and then we got to a bit of the path where there was a tree root. James bunny-hopped over the root. So did Stacey. I tried, but I was thinking about Jiro and what I could do and my ideas for his café and I clipped the root and flipped over the handlebars. James and Stacey crouched down beside me, worried I had broken something.

'Seriously cool stack, Wally!' James said.

Okay, so maybe he wasn't that worried.

Stacey looked at him and rolled her eyes, then turned back to me.

'Wally, take it easy. Lie there and relax. Here, chew on this,' she said, holding out a strange-looking green leaf. 'Jiro says it's good for pain relief.'

I grabbed the leaf and put it in my mouth, then gagged and almost spat it out again.

'What is that? It tastes like hair and smells like spit!'

Stacey laughed.

'Just eat it, okay?'

It took everything I had to not spew, but I ate it, and noticed that the pain from the fall actually reduced.

James patted me on the shoulder.

'It's okay, Wally, just keep at it. You'll get it eventually.'

I stared at him. He may not have realised it, but he had just said something so awesome. Just keep at it. My mind went back to everything Jiro had taught us. **Keep working at it. Repetition. Focus. Do one thing at 100%. Learn from your mistakes. It's about the exit. Do it so many times it becomes natural.**

Then I thought about Jiro, and his cooking, and how ideas to help him had just kept popping into my head from random stuff happening.

I looked at my bike. I *would* learn to bunny-hop, and I

knew what my thing was. It already **was** natural for me. I had thought it wasn't a real thing, but it was, and my brain already went to it without any effort. I jumped to my feet, grabbed my bike, swung it around and headed back to the refuge.

'Wally, what are you doing?' Stacey shouted as she leapt onto her bike.

'I've got it,' I said. 'I'm doing my vision board, and we're going to help Jiro, and when we do, we are going to help every ninja in the entire world!'

'Has your crash made you cuckoo?' James cried out. 'Have you forgotten he said he would kill us if he saw us?'

I laughed and kept riding.

'Who Jiro? Nah, Jiro likes us! **Woooooooooooo!** Come on!'

I rode as fast as I could. Good idea or not, I had to get this down before I lost it. This was it. This was my way to change the world.

Or is it over here?

Or here?

88

CHAPTER FIFTEEN

There's a picture of a
ninja here ...

Or is it here?

Or here?

Or is there no ninja at all?
(There is. You just can't
see it!)

I wrote for an hour. When I finished up, I showed the pages to James and Stacey.

Stacey smiled and nodded.

'Nice, Wally. Real nice. And totally you.'

James looked confused.

'It's not really a vision board,' he said, turning it over in his hands. 'It's more like a script thing.'

I laughed.

'That *is* my vision, James! See, that's me! But because I thought you may be confused, I did a special vision board just for you.'

I passed him my other sheet of paper, but he dropped it. At least this time it didn't get ruined, just dirty. James crouched down and read it.

WALLY'S VISION BOARD BUCKET LIST THING !!!

TRAIN TO BE AN AWESOME NINJA SUPERSTAR SO I CAN HELP PEOPLE! AND USE NINJA STARS!

No RAMP! WHAAAT?

LEARN TO BUNNY HOP!

MAKE CROP CIRCLES!

A BOOK BY WALLY.

WRITE!!!

CHEQUE IT OUT!
TO: THAT CHARITY DATE: 1/1/20??
HOW MUCH: $1,000,000
FROM: WALLY

DONATE $1,000,000!

BE BEST FRIEND EVER TO JAMES + STACEY + JIRO.

PUNCH KISAME IN THE FACE WITHOUT BREAKING MY HAND!

He passed me back the paper and smiled.

'Yeah, Wally. Yeah. Now *that's* you.'

'Thanks, James. Now, about Jiro. I meant it when I said we're a clan now, so we have to help him. Sensei said the ninja attack will be in three weeks, so we have three weeks to convince Jiro not to kill us, then convince him to train us in any way he can, go back to the ninja village, beat the rogue ninjas, help Jiro make up with his sensei, let me punch Kisame in the face, run away, get a hug from one of the ninja girls, then we can all go after our dreams. You in?'

'*YES!*' Stacey said. 'Very convincing! I'm convinced! But you forgot to add in "convince the ninjas to break tradition, let us stay in the village and learn the way of the ninja."'

'It's your dream,' I said. 'It's on the list! You in, James?'

'Yes!' James cried, 'but can you repeat the stuff we have to do again? I got lost after you said, "so we have three weeks".'

We all laughed, then James went straight-faced.

'I'm serious, Wally. Go through it again, please.'

I patted him on the shoulder.

'James, you heard it. You know it. Now, I have to learn how to bunny-hop. We'll go find Jiro tomorrow.'

I grabbed my bike and started to ride. Stacey helped me, giving me instructions and examples.

James sat and meditated, but he wasn't silent.

'Okay, I think I've got it. We have three weeks to practise our stuff, hug Jiro, convince Sensei to punch Kisame in the face, eat a nice meal, and dream of rogue ninjas.'

He smiled and relaxed.

'Yeah. I got this.'

We laughed and got back to practising, and this time I didn't stop after a couple of minutes.

92

CHAPTER SIXTEEN

We rode our bikes as fast as we could, which for Stacey was really fast, for me was kinda fast, and James did his best to keep up. How did we know where we were going? Well, I may have kind of sort of maybe perhaps forgotten to give Jiro back his map after we carried him to the safehouse.

Whoops. It didn't matter. I knew he would be glad to see us when we got there. We were going to fix everything.

As we rode towards the house, we were hit with a whiff of something amazing! I knew it wasn't Jiro's underarms, it was different to that ...

It was food!
Jiro was cooking!

I skidded to a stop, and so did the other two. We stood there, on our bikes, closed our eyes, and sniffed. I didn't know what the food was, but I knew I had to eat it.

We rode our bikes towards the house, really cautiously. Before we got there, though, we were all knocked to the ground by a ghost ... a ghost I knew was Jiro. It was like a ninja greeting or something. Yep, there was the sword at my throat, the ninja standing over me, the usual stuff.

'Tell me why I should not kill you,' Jiro said.

'Because we're a clan! We're here to help you,' I cried. 'We're here to get you back in the ninja good books with your sensei, and we're here to be trained by you so we can all kick some rogue ninja butt. And,' I said as I handed him a piece of paper, 'because of this.'

He took the paper and looked at it.

'We are no clan,' he said. 'You ruined everything, and now you return the map to my safehouse that you stole? This is supposed to make everything right? You should never have kept it to begin with.'

Whoops, wrong piece of paper. I tried to pretend I'd meant to give him the map.

'True,' I said, 'but you gave that map to me after I saved your life the first time we met. It was so romantic. I had to keep it.'

James laughed. Jiro glared. James zipped his lip. Jiro threw a ninja star that pinned James's nose hair to the ground, then threw another one into his butt. I handed Jiro the pieces of paper I had meant to give him the first time. It wasn't the vision board, it was the other thing I'd written. He read it, stared at me, shook his head, then ripped it up.

'It is not so simple. This little story does not make up for what happened.'

Stacey stood up. I didn't. There was still a sword at my throat. James didn't either. His nose hairs were still pinned.

'Jiro,' Stacey said, stepping towards him. 'Don't you get it? We're not leaving. You *are* in our clan. Whether you like it or not, we're a team. And I think you *do* like it. Those times you saved us, it wasn't just out of duty.'

'It was *always* duty,' Jiro said.

'Gnnnnn, brrrrrrrrr, moooooooohaaa,' James said, his mouth squashed against the grass. 'Butteeeeeee booo.'

Jiro sighed.

'His point is valid, but I cannot do this. I want to be ninja, but I want to cook for all. These are two opposing things I love. To save face, I must choose ninja. Cooking must go.'

'Maybe,' I said. 'But maybe not. Maybe you can do both.'

The sword trembled against my skin, then lifted.

'I will listen,' Jiro said, 'but your point must be as convincing as the sun is bright.'

I stood up.

'Awesome!' I said. 'But I think that any real discussion should take place over a good meal. And speaking of a good meal ... what is that smell?'

Jiro stared at me from behind his mask, and then he took it off, shaking out his hair. I was ready for it, but was still taken aback by the silky smoothness. James and Stacey, who hadn't experienced this before, stared in awe. Jiro smiled.

'If we are to be clan, you must all see me as I am.'

'Hair ... shiny,' James said, pointing. Jiro leant down to take his star and release James, and as he did James reached up and stroked Jiro's hair.

'Oh my god, it's like stroking a little bit of heaven,' James said.

Jiro pushed him over then walked towards the house. We followed.

'Now. I am cooking a delightful little dish,' Jiro said, joy in his voice. 'We start with *gyoza,* dumplings filled with vegetables collected using only one finger, then *teriyaki salmon* infused with the soul of the flying tortoise, then *milkshakes.* I think you will be pleased. Come. Quickly.'

We went, and we ate, and it was like we had won the lottery and the jackpot prize was this food. It was **INCREDIBLE!** It confirmed that cooking was what Jiro should be doing. Not just how it tasted, but how excited it made him.

We also discussed our plan with Jiro, and he agreed. We started training straight away (like, straight away after we'd eaten), and so our next two weeks and five days looked like this:

Wake at 4am … because Jiro would come in and punch us in the ribs.

Meditate for an hour.

Help prepare an **AMAZING** breakfast under Jiro's direction, then eat it without drooling too much.

Train for three hours in the way of the ninja.

Eat a gut-pleasing lunch made by Jiro.

Train for three hours in the way of the bike trick person thing. That was me. James trained in weapon finding and defense, and Stacey trained in medicine.

Eat a dinner, made by Jiro, that was the greatest party my taste buds had ever been invited to.

Meditate for an hour.

Discuss our plan.

Go to bed.

As the days went by we got better and better. We would block Jiro's 4am wake-up punch, we were more focused and relaxed, our skills improved by the day, and I hardly ever got squeaky meditation nose.

Finally, it was ninja village attack eve. After our evening meditation, we sat around. None of us wanted to sleep. We were all so nervous. This was it. Do or die.

'You will most likely die in the morning,' Jiro said. 'So thank you. Thank you for all of this. This three weeks has been most satisfying. You have all trained well.'

I smiled.

'The only way we'll die is if you get in our way,' I said. 'Dude, we are machines now.'

Jiro didn't answer. He just threw a ninja star at my face. I ducked, and it thudded into the wall. I pointed at him.

'Yeah,' I said. 'You totally like us.'

He nodded.

'I do. Now sleep. Tomorrow you will most likely die.'

We all went off to bed.

'Seriously though, why does he keep saying that die thing?' James asked. 'It's really annoying and is scaring me so much I think I might pee the bed.'

Stacey laughed and lay down on her mattress. I patted James on the back.

'James. Let's sleep. And you can pee the bed all you want. We'll most likely die in the morning anyway.'

James threw his hands in the air (not literally, they were still attached, he wasn't a zombie).

I laughed and lay on my mattress. I was acting all tough and confident, but inside I was scared stiff. The next day we would ride our bikes to a ninja village where we would battle rogue ninjas, probably Kisame as well, and maybe even the eyelash-grabbing sensei.

It wasn't going to be an easy fight.

CHAPTER SEVENTEEN

It turned out to be even harder than I thought. By the time we arrived, there was already a battle royale going on inside the ninja compound. We were late!

'Sorry guys,' James said. 'My fault. I just wanted silky smooth hair like Jiro.'

He shook his hair like he was in a shampoo commercial. It was actually pretty silky!

Jiro clipped him over the ear for stealing shampoo, and then we focused on the rumble. The real ninjas were fighting the rogue ninjas, but not only that, there was a horde of leftover zombies in the fight as well!

'Great,' Jiro said dejectedly.

'*GREAT!*' James, Stacey and I said excitedly.

Zombies we knew. Zombies were predictable, and reliable. With our new ninja skills, this was looking good. We got our feet ready on the pedals, Jiro drew his swords, and we entered the fray.

Stacey and I raised our weapons (I had a chainsaw and Stacey had ninja stars, thanks to James) and went for the zombies. Jiro went for the rogue ninjas. James unleashed the flamethrower on the zombies, the temple looking type thing, Kisame's butt, and the sensei's beard.

It was incredible. As I rode through the battle and chainsawed zombies, ninja stars flew past my face, ninja swords whizzed past my ear, I'm pretty sure at one stage I whizzed my pants, and ninja staffs just missed me and took out someone who was about to get me. The good ninjas had perfect control, the hours of practise all leading to this battle.

Stacey was amazing, as always. She rode that bike like it was part of her, flicking ninja stars left and right with perfect accuracy ... almost. One got Kisame. Actually, she may have meant that!

Great shot, Stacey!

I wasn't as skilled, but I had really worked on my focus and wasn't letting any zombies past me. I actually threw the chainsaw at one as it fought a ninja! It sliced off the zombie's head and sent it flying into a Zen garden!

Meditate on *that*, zombie head!

The ninja bowed his thanks, then spun and sliced a zombie in two. I rode over and picked up the chainsaw, but when I stood up, I was surrounded by zombies.

'Jiro,' I screamed. 'Meat tenderiser!'

The zombies fell to the ground, 50 ninja stars in each of their backs. But I wasn't safe yet. More appeared, and I had no way of escape.

'Sliced bread!' Jiro yelled, and then gave a karate scream as he raced by. The zombies looked exactly the same, but then Jiro flew by again, and as he did he nudged each zombie. It turned out they had been sliced into a thousand slices, like a big 3D jigsaw.

More appeared, but Jiro gave them the smashed avocado treatment and threw me out of there. Like, he literally threw me. Damn, that boy was strong.

After that, he flashed by every now and again to check in on me, James and Stacey, and then he would be gone, fighting somewhere else, slicing someone else.

On the flashing front, one bizarre thing happened. Ten rogues prepared to throw their stars at one of our ninjas. Suddenly, James leapt in front of the good guy, dropped his pants and took all the ninja stars right in the butt!

Whaaaaat?

James turned around, pulled the stars out, then flexed and smiled at the rogues like nothing had happened. The rogues were distracted by this amazing display of strength and were easily taken out by the ninja James had saved. James saw me staring and smiled.

'All those times I got hit in the butt by ninja stars toughened me up, and Jiro gave me tenderised meat training. This butt is unpainable!'

I gave him a thumbs-up and rejoined the battle. As I did, I saw Stacey dragging a ninja to safety beside a fence. She pulled a bandage out of her pocket and quickly bound his bleeding leg. She was so awesome! Being around such cool people inspired me to be my best!

Speaking of best, at one stage I saw Jiro back-to-back with Kisame, fighting off rogue ninjas and zombies, but it was full-on. They would punch a zombie, then punch each other, then say, 'I'm number one!'

Kick a ninja, kick each other, '*NO! I'm* number one!'

They were getting all their anger out on each other at the same time they were fighting rogue ninjas and zombies … they were *awesome!* They didn't even seem to tire. I actually stopped fighting and watched them for a while, then remembered focus was my new thing, so I went at it again.

James's flames from earlier were spreading from the temple looking type thing, and zombies were burning up everywhere. James was *still* torching things left, right and centre ... zombies, plants, ninja hair. It really felt like we were going well though, and then I saw it.

Trapped between a ninja statue and a Zen water fountain, Sensei was fighting off a horde of zombies. He was doing well for someone who was probably about a thousand years old, but he was weakening, zombie bites and scratches taking their toll.

Even so, he kicked some zombie butt, but when rogue ninjas joined the fight, Sensei was in a whole heap of trouble.

I started running to help but, as I took off, someone or something punched me in the side of the head, hard, and guess what? *IT HURT!*

I rolled over and ended up lying on the ground, a rogue ninja standing over me, sword raised, ready to strike.

I was done for.

The sword flashed down, but before it reached me a ninja flew across the front of me and finished the rogue.

Jiro!

I took his hand and stood, but as soon as I focused, I realised it wasn't Jiro.

It was Kisame.

'Oh, I could kissah you!' I said, hugging him. He pushed me away, turned, and was punched in the face by Jiro, who then stood defensively in front of me.

'I saved you because you are mine to kill,' Kisame said, pointing at me, 'I will not give another the satisfaction.'

'You must go through me first,' Jiro said. Yeah. He liked me. Kisame smiled and unsheathed his sword.

'My pleasure. Now we will see who Sensei should love more. I will finish you, then save Sensei.'

'No,' Jiro said, holding his sword up high. '*I* shall finish you, then *I* shall save Sensei!'

I rolled my eyes. We were in the middle of a battle, Sensei was weakening and about to die, Stacey was trying to protect fallen ninjas but was in trouble, the rogues and zombies were still a huge chance to win the fight, and these two were seeing whose ninja sword was bigger?

Urggggghhhhhh!

I saw James torch a bunch of zombies but he also accidentally torched the fence surrounding the compound. He also *also* torched the zombies going after Sensei, but he also also *also* torched some of the good ninjas who had gone to help, leaving the Sensei fighting on his own again!

Whoops.

Things weren't looking good.

Kisame and Jiro continued their own private war, swords clashing. I sighed and stood up.

It looked like this was up to me.

'If you idiots fought *together*,' I said, picking up one of the bikes off the ground, 'we would win this thing. You both want to be number one, but together, you would be the best number one team *ever!* No one could defeat you. And Sensei needs you!'

I got on the bike and rode flat out at the zombies as they closed in on Sensei, sensing that he was the one they had to finish ... or at least that he was the tastiest one to eat.

This was it. This was what all my training was for. I was going to go *over* the rogues and zombies, and *I* was going to save the Sensei.

Oh man, this would *totally* get me a ninja name!

I put my head down and made those pedals spin round like a ninja star. As I got closer to the line of rogues and zombies, I lifted my head, did all the right moves, and I bunny-hopped!

I seriously bunny-hopped!!!

THIS WAS AMAZING!

NOTE I am going to take a little time-out here. You may be imagining I bunny-hopped over the rogues, through the zombies that were on fire, over the zombies that weren't on fire, landed, skidded, picked up Sensei, gave him the zombie antidote, put him on my bike, carried him out of there, and we finished off every bad guy on the way out.*

Actually, let's just all meditate on that image for a while, that thought. Imagine it, feel it, and believe it really happened.

Yeah?

Okay, good. Now, the next chapter has the true story.

104

CHAPTER EIGHTEEN

I flew through the air, wind in my face ... and then I crashed straight into the back of one of the rogue ninjas. The front wheel bent, the bike bounced backward, and I landed on the ground with the bike on top of me, wheels in the air.

DAMMIT!

Suddenly, the wheels fizzed, as Jiro and Kisame used the spinning wheels to propel them into the air. They flipped over the bad guys, over the flaming zombies, and landed either side of their sensei – the man they both loved, the man they would protect to their dying breath.

Before they knew what was happening, the rogues were being attacked by the three greatest ninja fighters the village had ever seen. Inspired, the rest of the clan roared and attacked as well.

Stacey raced over to help me.

I didn't know where James was.

I was still under the bike, feeling a little winded. I wanted to help, but I couldn't get up! I took the antidote tablets out of my pocket, and threw them to Stacey.

'Sensei,' I said. Stacey nodded and sprinted off.

Kisame and Jiro, fighting as a team, were amazing. Stacey was amazing. The other ninjas, inspired now, were amazing. Their sensei, however, was kneeling on the ground, struggling, the transformation into a zombie beginning.

'Jiro!' Stacey screamed, and then she hurled the tablets through the air. Jiro spun with his sword, and in one move sliced off a rogue's head and opened the bottle. Tablets flew everywhere. Kisame nunchucked one towards his sensei, who opened his mouth and swallowed it whole.

AMAZING!

That saved Sensei, but the battle still raged. It was still a line ball call. I didn't know who was going to win, or if I would ever get the strength to get the bike off me.

What I also didn't know was that James would save the day. After the flamethrower had run out of juice, he had been forced to use his amazing weapon-finding skills.

And did he find another weapon?

Oh yeah, he did.

This was James's moment, and cometh the moment, cometh the James. He found … **A TANK!**

He drove that tank straight over the remaining zombies, squishing them into the dirt.

He drove through the rogue ninjas, scattering them aside, where they were jumped on by the good guys.

He drove straight up the steps and into the burning temple looking type thing, smashing columns and sending the entire 300-year-old building crashing to the ground.

The last of the rogues were captured and taken away, and then the ninjas all took off their masks, shaking out their hair. It was like a shampoo commercial on steroids. The silky smoothness was overwhelming, the smell of coconut and vanilla making me delirious!

Then things went bad. The tank, after smashing down the ninjas' most precious structure, had come out the other side. James poked his head out. Silky-haired ninjas swarmed up the sides of the tank and surrounded him. James reached out to stoke their hair, then realised they didn't look happy.

He tried to duck back inside, but was stopped, a ninja grabbing his collar and lifting him out. Oh, this did not look good, but then the ninjas lifted him into the air and cheered!

Phew!

Stacey and I cheered too. *Damn, James*, I thought, *even here, among these superhuman ninjas, you and Stacey are still my favourite people in the whole world.*

I stood up, put my arm around Stacey and watched as the ninjas tossed James up and down.

'He's pretty cool, huh?' I said. Stacey nodded.

'I think you are all … pretty cool,' a ninja's voice said. We spun around. Sensei stood between Jiro and Kisame, leaning on each of them, blood and goo still dribbling from his zombie wounds. Stacey and I bowed, and he returned the bow. I stood up and felt a little tickle above my left eye. Stacey giggled, for some reason.

'I thank all three of you,' the sensei said, glancing at James as he spoke. 'You have demonstrated that I was wrong. I judged you on how you looked, and not on your heart. Your bravery and skill is impressive. You, for example, setting up the jump for Jiro and Kisame. So very talented.'

Talented? I mean, yes, I had been brave in **trying** to help and do the whole jump thing, and I **had** bunny-hopped, but the result had been a total … Jiro shook his head. A tiny movement, but I was more observant now, and I noticed it.

'Hey, whose hand was that on my butt!' James cried.

I cleared my throat.

'Oh yeah, ahem, my bravery. Probably more the talent thing, you know, like, using that ninja's rock-hard back to flip the bike, putting the wheels up just-so. You know, so yeah, more talent, really.'

The sensei leant in close to me.

'Don't push it,' he whispered.

I laughed and nodded. He continued.

'Previously, I banished you. Now, you have earned your place. You are as welcome as the northern leaves.'

'Please stop now, I feel like I'm going to chuck,' James cried in the background, still being thrown up and down.

'Thank you,' I said. 'Does this mean we get our ninja names now?'

'No,' said Sensei. 'No, it does not mean that at all.'

Oh man, I had been so sure! Stacey stepped forward.

'Umm, Mr Sensei? Does as welcome as the northern leaves mean we can stay here forever? I would like to train. I would like Jiro to teach me in the way of the ninja. We have already begun.'

'I am seriously going to vomit!' James yelled.

The sensei raised an eyebrow at Stacey.

'Show me one thing you have learned,' he said.

Stacey didn't move, which was weird. I did feel a little tickle above my right eye, though. The sensei nodded.

'Very good. You may stay and train.'

'But she didn't even do anything,' I cried, and then I realised. 'Oh no. No way! Oh no no no *NO WAY!*'

'You know what she did?' Jiro asked.

'No,' I said. 'I just realised that I wasted my ninja hug on Kisame. That sucks. Oh, and not only that, *you* punched him in the face, so you took that one. This is the worst.'

Jiro laughed and then turned to his sensei.

'Sensei, I know it goes against tradition, but to cook food, for anyone who needs it, this is my dream. I am prepared to be banished.'

He bowed low. The sensei rested his hand on Jiro's shoulder.

'There is food in the underground shelter,' he said, 'and we have excellent open flames. Perhaps you would like to begin your journey by preparing a celebratory dinner? Then we shall see where your path takes you.'

Jiro stood up straight, looked at us in amazement, then turned to his mentor.

'Are you ... does this ... Sensei, really?'

The sensei nodded. Jiro turned and hugged me, then ran off. Great, two hugs. Well, I may as well go for two punches. I punched Kisame in the face, hard. He didn't even blink. I found out later I broke three knuckles and my wrist.

'Did you even *feel* that?' I asked. Kisame shook his head.

'You earned my respect in battle,' he said. 'You just lost it again. You punch like a baby ninja.'

AWESOME! Baby ninjas punched like little sledgehammers! Kisame bowed and walked off. We watched him go, then went to join the others for the feast Jiro had begun preparing.

'So, ninja training huh?' I said to Stacey. She nodded.

'Yeah, totally. And you?'

'Well,' I said. 'I can't let you have all the fun.'

Stacey laughed and put her arm around me, steadying me as the shock of my injuries kicked in.

'This,' she said, holding up a piece of broken mirror so I could check my face, 'is gonna be fun.'

'What? I look normal, aside from a few cuts and bruises.'

Then I saw my eyebrows. Or, more specifically, I saw where my eyebrows had been. Stacey held out her fist, opened it, and a smattering of tiny hairs fluttered to the ground.

Seriously? No eyelashes and now no eyebrows either? This was getting ridiculous!

'Oh yeah,' I said. '**So** much fun!'

CHAPTER NINETEEN

SIX MONTHS LATER

We were all gathered for the evening meal, in the dining room of the rebuilt temple looking type thing. I sat at the communal table with James and Stacey on either side of me. The ninjas filled the other spaces, but nothing filled the silence. It was like we were meditating again. My nose squeaked, making the ninjas glare at me.

Yep, definitely like meditating!

Jiro wasn't with us as he was preparing the food. My knuckles and wrist had healed, and James, Stacey and I were in full training. James was the weapons specialist, finding advanced weapons the ninjas could study and adjust to their needs. Stacey was the medical expert, learning the old ways of the ninja medicines and healing. She picked it up super fast, of course, she had already shown she was a natural healer.

And me? Well, I was writing every day, putting down all my thoughts, writing stories and playing with ideas, looking for ways to entertain the ninjas. I loved it, and although training took up most of my day, I still found time to write.

Jiro served up the feast, and then Sensei stood.

'Before we eat,' he said. 'Our new clan members have shown us that to work together is to create new bonds. I am pleased to say another new tradition is to begin. Jiro, these outsiders have changed us, for the better, and now it is time for the ninja to change the outside world. For the better. Please.'

He gestured to Jiro, who turned on the flat-screen TV (oh yeah, we'd introduced that tradition too). I couldn't believe what came on. It was an ad for the Ninja Star Café.

And this is how it went.

112

FADE IN:

A puff of smoke fades to show the Ninja Star Café logo. Mystical ninja music is playing. Logo fades to inside a café. There are people sitting cross-legged at low tables. Ninja weapons adorn the walls.

NINJA VOICEOVER

Come to the Ninja Star Café, and experience all the Ninja has to offer.

Be served by staff so quiet ... you won't even know they are there.

A family is sitting at a table, and suddenly a ninja waiter appears next to them, shocking them, but then they laugh nervously and give the thumbs up.

VOICEOVER

Be served by real ninjas, the masters of disguise.

A dog walks up to a customer, who leans down to pat it and then suddenly it's a ninja holding a waiter's notepad to take their order. The customer claps and laughs in delight.

VOICEOVER

Enjoy our wasabi-infused smashed avocado.

A ninja chef smashes avocados with nunchakus.

VOICEOVER

Taste the finest hand-made sliced bread, ingredients sourced from the mountains of ... I have said too much.

A ninja throws a full loaf of bread into the air, unsheathes a sword, seemingly doesn't move, replaces the sword, and a perfectly sliced loaf of bread lands on a board.

VOICEOVER
Try the meat of a million holes.

A ninja moves their arms in a throwing motion, but it's so fast it's a blur, then the camera pans to show a piece of steak pinned to a wall with 50 ninja stars stuck in it.

VOICEOVER
Feast on our ninja-style smoked salmon.

Ninja waiter places a plate of salmon in front of a customer, and then throws a smoke bomb onto it. When the smoke clears, the salmon is perfectly smoked and the waiter is gone. Customers cheer.

VOICEOVER
The Ninja Star Café, open to all. If you can find us, we won't be there.

The ad finished, and the ninjas went wild ... as in they stood and bowed. Sensei bowed to Jiro, and to me. Jiro, mask off, couldn't stop smiling, and neither could I. That ad had been the thing I had written and given to Jiro! This **was** what I wanted to do. I had suspected it, but now I knew. The ideas, the words, they came to me naturally, they flowed out of me. They **were** me, and I knew my writing could help people!

YES!

Sensei held up his hand, and the ninjas went silent.

'We have one more tradition to originate,' he said. 'For the first time in the history of our venerable clan, outsiders have been accepted as one of us. They have shown bravery and heart, and so are outsiders no more. On this day, they receive their ninja names.'

OHHHHHH MYYYYYYY GODDDDDDDDDDD!
Stacey, James and I high-fived, then James closed his eyes and crossed his fingers.

114

'Dragon Biter, Dragon Biter, Dragon Biter,' he whispered to himself.

One of the ninja minions placed three packages in front of Sensei, who looked directly at Stacey.

'Stacey. Your ninja skills increase as rapidly as the river flows, but your prowess at healing astounds us all. I give you the gift of a thousand herbs, and the ninja name of Kokoro, meaning *Heart, Spirit, Soul*.'

Stacey stood, bowed and accepted her gift, which was really big. It was literally a thousand herbs!

'Thank you, Sensei,' she said, then turned and gave me a huge smile. I was so proud of her!

'Wally, you are next. You write with passion and joy, you have brought laughter to the ninja, and you both inspired Jiro to follow his dream and helped him on his journey with your writing. You receive the ancient pen of the eagle, and the ninja name Hiroki, meaning *Abundant Joy*, as this is what your words bring to our clan.'

Wow! I stood, accepted the gift, and bowed. I was blown away. James stood up before I could even sit.

'My turn! Oh please, Sensei, is it Dragon Biter?'

'No,' Sensei said. 'No, it is not. However, your bravery in battle, to protect of one of our own, now one of your own, was unsurpassed. Your methods, perhaps, were unusual, but they were effective. Your gift is the shampoo of the fourth master, and your ninja name is Mangetsu, *Full Moon*, in honour of your ninja star blocking technique.'

James took the shampoo with a huge grin, and was about to display his ninja star butt-blocking technique when Stacey grabbed his hand, stopping him from flashing his butt.

I stared at Jiro, who came over and hugged me.

'Thank you,' he said. 'You are a true ninja, a true master.'

'But you ripped up the script,' I said. 'What I wrote. I saw you. When I gave it to you, you ripped it up.'

'And then I put it back together,' he replied. 'The ninja has the patience of the cornered beaver. Not only that, you risked your life to give it to me. To destroy it, I could not do that to a friend. Now come, we must eat.'

Woah. Wait a minute.

'To a what now?' I said. 'I'm your what now? Can you say that a little louder? Sensei, did you hear that? Anyone? Please? Oh, come on, you're **ninjas**, you hear **everything! He said I'm his friend!**'

Jiro walked off towards the kitchen, waving me away. I sat and started eating, and so did James and Stacey, my two best friends in the entire world by my side.

And now I had a third best friend, a feast in front of me, and a dream to follow as well.

I am Adam Wallace, I am a writer, and that was my story.

CHAPTER TWENTY

So that's that. We stayed with the ninjas and trained, like I said, and I continued to write. I also continued to make vision boards, adding in new goals and dreams as they emerged.

But the thing that didn't change was ideas coming to me, and once I started really writing, I wrote every day. Stories, songs, poems, anything! Basically, if a day ended where I hadn't written, well, it felt like I wasted that day.

That's what I want for you.

Find your thing.

The thing that, even when it's hard, you want to keep doing it.

The thing you would do if you were certain you were going to be successful at it.

The thing where if you **don't** do it, you feel like you're missing out.

When you get that – **BAM** – the world's at your feet, as silent as a butterfly's breath.

Other things changed too. Kisame was nicer to us. I mean, he would put poison dart poison in our breakfast that he'd already poisoned with poison, but he would also put an antidote in our juice, so that **was** nicer ... sort of.

The rogue ninja attacks stopped, so that was good. We'd wiped out most of them in the epic Bunny-hop Battle – that was what I was calling it anyway! We were on high alert though, because of the rumours of vampires stalking the night. Yeah, vampires. You know, blood-sucking bloodsuckers? Fanged wonders? I vant to suck your blood, blah blah blah blah?

What?

You think vampires aren't real?

Oh, so zombies are real but vampires aren't?

Come on people, if I have taught you anything it's that **AAAAAAAAGGGGGHHHHHHH VAMPIRE ATTACK!**

YOUR VISION BOARD

(Write or draw or cut out of magazines the things you love doing, or would love to do or achieve in the future. It can be anything at all. Big, small, silly, serious – it doesn't matter. Just put it down.
This vision board is simply for you.)

ABOUT THE AUTHOR

Adam Wallace never owned a ninja costume.
He always wanted to.
He never did.

He did have an Incredible Hulk costume though! That was
awesome. It was a pair of jeans that had been shredded
and cut off at the knee, and he wore no top.
He was kinda skinny though.
And he was white, not green.
And the jeans were blue, not purple like in the comic.
Okay, so it was a terrible Hulk costume, but he loved it!

Adam doesn't have a Hulk costume anymore, but he does
have a Where's Wally costume, and also a pirate costume.
This is because is nickname is Wally, and because he was
born on *International Talk Like a Pirate Day*.

Find out more about Adam Wallace at
www.adam-wallace-books.com

ABOUT THE ILLUSTRATOR

A little known fact is that another word for ninja in many languages is actually James.
Seriously.
Google it.

People around the world often shout, 'Eeek! A James!' when they see a shadowy figure kicking random objects or throwing pointy metal stars in their direction.

In fact, the most widely used name for the ninja star is the James star.
Seriously.
Google it.

So the next time you're doing a project on ninjas at school, you can share this valuable information with your teacher and all your chums.

To learn more useless facts about James, head over to
www.jameshart.com.au

ALSO BY ADAM WALLACE AND JAMES HART

Le voyage inspiré

Jean-Côme Noguès

Né à Castelnaudary en 1934, Jean-Côme Noguès est féru d'histoire.
Il a été instituteur, professeur, puis principal d'un collège parisien.
Il se consacre aujourd'hui totalement à l'écriture.

Du même auteur :

• L'été de Silvio

JEAN-CÔME NOGUÈS

Le voyage
inspiré

PROLOGUE

Il pleuvait, ce jour-là, sur la vieille Grenade. L'eau, rabattue par un vent âpre, pénétrait sous les tuiles et donnait à la maison une humidité malaisée à vaincre. Les deux braseros y suffisaient à peine. L'homme s'approcha de la table qui supportait de quoi écrire. Au moment de s'asseoir et de prendre la plume, une crainte le retenait. Il voulut tromper un peu plus long-temps la sensation pénible qui l'avait saisi. Difficile. Difficile serait la chasse aux mots pour traduire ce jeune temps sur le souvenir duquel la vie avait apporté des amoncellements confus, des événements rattachés par des liens mystérieux. La mémoire, elle-même, serait-elle fidèle ? Il se trouvait si âgé en ce soir d'automne ! Certes, des images se pressaient dans sa tête, les unes aux bords bien tranchés et aux couleurs intactes, les autres de contours imprécis, délavées par l'eau des décennies enfuies. Une émotion au bord du cœur, un parfum retrouvé dans les méandres d'une réminiscence olfactive, un son reconstitué au royaume silencieux où l'âme se rappelle, et ces images revenaient, parées de teintes désormais incertaines.

La nuit allait tomber sur le Génil. La servante apporta une lampe. Le bruit de la pluie attendrissait le vieillard, le ramenait à l'intérieur de lui-même mieux que n'y parvenaient les braseros aux charbons ternis de cendres. Il se sentit humble tout à coup, prêt à des sincérités sans calculs ni réticences, neuf, jeune de nouveau, simple et confiant comme en ce jour où, pour lui, tout avait commencé.

Il s'assit à la table. Lentement, paisiblement, alors que la pluie redoublait son vacarme sur les tuiles disjointes, il raconta...

1

Samedi 12 mai 1492

Il raconta... Il dit qu'il s'appelait Pedro Alvarez, mais qu'il perdit ce nom pour vivre la grande aventure dont les temps se souviendraient. Il dit sa naissance dans une famille pauvre de l'Albaïcin et son éducation faite dans les ruelles de Grenade, au flanc des trois collines. Il gagnait ses poux à la fréquentation des mendiants et sa vie par de menus métiers sans cesse improvisés. Il fut porteur d'eau, ânier, conducteur d'aveugle, vendeur de citrons et de figues charpardés dans les vergers, mais toujours heureux, heureux follement de respirer l'air de Grenade.

Grenade la musulmane secouée d'assauts, gardant les mystères de ses parfums et de ses poignards derrière les hauts murs de jardins secrets où des poèmes d'amour se chantaient, des vies se défaisaient dans la musique mouillée des jets d'eau et l'ombre acidulée des vélums et des branches. Il y avait survécu, en dépit de la misère, des rixes, des horions et des bosses, des mouches qui mêlaient leur menace noire aux couleurs somptueuses sous le bleu coupant du ciel.

Ah ! Grenade ! Ville aimée ! On répétait les paroles de la reine arabe à son fils Boabdil qui, le cœur navré de honte, ne cachait plus ses larmes en contemplant une dernière fois la cité du haut des jardins du Generalife : « Tu fais bien de pleurer comme une femme ce que tu n'as pas su défendre comme un homme. »

En ce 2 janvier 1492, Grenade parachevait la Reconquête.

Il raconta... Il dit l'entrée des Rois Catholiques. Terre retrouvée après des siècles d'occupation maure, mais aussi terre à jamais marquée par les architectes de l'éphémère dont on conserverait pourtant les arabesques de plâtre et les lacis façonnés dans le bois de cèdre, par les sorciers des torrents maîtrisés pour faire chanter les fontaines, par les seigneurs des arbres et des fleurs capables de recréer en ce bas monde l'ineffable beauté des jardins d'Allah. Il écrivit tandis que les mots regimbaient, se heurtaient, se dérobaient aux exigences d'une pensée exaltée par le souvenir.

Don Ferdinand d'Aragon chevauchait, entouré de chevaliers et de cardinaux, au centre d'une foule qui retenait ses vivats dans le recueillement. La reine Isabelle, suivie de quarante dames et cavaliers, passait,

10

blonde, royale en ce moment qui couronnait le vœu de sa vie. Grenade redevenue terre chrétienne ! Châteaux et villes un à un tombés pour la plus grande gloire de Dieu et l'unité du royaume. Castille de foi et de flamme. Aragon valeureux. La reine avançait au milieu des merveilles d'un art musulman qui chantait la pernicieuse douceur de vivre parmi les eaux et les oranges. Elle restait insensible aux beautés célébrant le dieu des infidèles et, quand le cortège s'arrêta, tandis qu'au sommet de la tour de Comares était dressée la Sainte Croix et montait la bannière de Castille, elle tomba à deux genoux sur le sol reconquis. Des larmes de pure joie roulèrent sur son visage. Un chant d'action de grâces jaillit des milliers de chrétiens assemblés.

Lui, il était dans la foule, écrasé, petit, minuscule. Un enfant encore. Il avait quatorze ans.

Passèrent l'hiver et le printemps. Sur la Sierra Nevada, les neiges diminuaient. Dans la vieille maison de l'Albaïcin, la famille, cette année-là encore, augmenta d'une unité et Pedro dut s'éloigner ainsi que l'avaient fait ses frères aînés avant lui, ainsi que le feraient les autres après lui. Il l'accepta comme une loi de nature et n'en fut pas autrement affecté. Les rues de Grenade craquaient de chaleur. Les nuits étoilées, dans les jardins et sur les places, laissaient le temps du rêve et l'estomac léger. Les petits métiers exercés jusque-là pour faire vivre la tribu familiale n'eurent d'autre but désormais que sa propre subsistance. Il y mit un nonchaloir naturel, une fantaisie innée qui, tout de suite, le comblèrent.

« Demain est un autre jour ! » répétait-il entre deux éclats de rire.

Encore fallait-il déjouer la méfiance des alguazils, braver les imprécations du marchand soupçonneux qui avait souvent quelques raisons de l'être, tendre une main toujours prête à quémander, prendre les jambes à son cou et réfléchir ensuite.

Il avait tous les dons pour se maintenir dans un monde picaresque où chaque heure demandait vigilance et autorité. Et pourtant, au fond de lui, un rien qu'il tenait secret le différenciait des autres. Il aimait les oiseaux. Souvent, il partait en songe avec les migrateurs de passage. Il les regardait traverser l'azur ardent qui faisait scintiller Grenade, et il se demandait où allaient ces nuées d'étourneaux, les cigognes obstinées, le vol tranchant des hirondelles. Vers la mer qu'on disait toute proche. La mer ! Comment était la mer ? Aussi bleue que le ciel ? Luisante comme les feuillages après l'averse orageuse ? Avait-elle l'éclat des neiges par un matin de printemps ? L'enfant mendiait un croûton ou bien il lui arrivait de dérober un fromage, de harceler un passant jusqu'à ce qu'il obtînt une aumône. Après, il montait parfois dans les collines, il s'enveloppait de solitude et de silence, et, couché dans l'herbe, pur de nouveau comme au jour de sa naissance, comme au premier jour du monde, il regardait passer les oiseaux.

12 mai 1492. Ce matin-là décida de son sort. À force de gémissements, de gestes suppliants et d'insistance éhontée, il venait de gagner une obole. Adossé à l'angle d'une porte cochère, un grand efflanqué, l'air faussement ailleurs, surveillait la scène d'un œil envieux. Pedro aurait dû s'éloigner vite. Au lieu de cela, il resta planté dans le jeune soleil, à examiner la piécette qu'il allait convertir en frugal déjeuner.

L'efflanqué se détacha du mur et s'approcha d'un pas balancé.

« Pourquoi viens-tu chasser sur mon territoire ? » grinça-t-il en sortant de dessous ses haillons l'éclat dur d'une lame.

Des mots ne suffiraient pas pour sauver la situation. Pedro le savait. Elle ne pouvait l'être que par l'affrontement ou la fuite.

« Je vais marquer sur ton joli museau que tu ne respectes pas nos lois », ajouta l'autre en s'approchant.

Il y avait dans ses yeux une détermination froide. Il y avait peut-être aussi, dans chacune des ruelles qui convergeaient vers la petite place où ils se trouvaient, une âme damnée à la solde du malandrin. Pedro, terrorisé, n'osait pas se sauver.

« Et la prochaine fois, je t'enlèverai définitivement l'envie de marcher sur mon terrain de chasse. »

Le vaurien fit dans l'air le geste de trancher une gorge. Le long couteau accrocha un rayon de soleil. Un éclair jaillit, aussitôt éteint. Pedro sentit sur sa pommette gauche la brûlure fulgurante d'une entaille.

Il y porta la main et, quand il vit le bout de ses doigts taché de sang, il sut qu'il devait quitter Grenade.

Il était seul au centre de la place, à l'endroit où l'ombre et la lumière, en une ligne nette, se partageaient l'espace. L'efflanqué avait disparu, silencieux, sûr de lui et de l'avertissement donné. L'estafilade signait le non-respect des lois de la rue et mettait à l'index celui qui la portait. Que le motif en fût insignifiant n'apitoierait personne. L'intimidation régnait avec force pour éliminer le plus grand nombre de concurrents dans le hasardeux métier des traîne-misère.

Pedro lava l'entaille à une fontaine puis, lentement, descendit les venelles, la tête basse, l'esprit absent...

« Pour Dieu ! Si tel est mon sort, se disait-il en fixant les cailloux enrobés de poussière chaude, qu'il s'accomplisse ! »

Ses pas le menèrent dans la ville basse d'où une route partait vers Séville assurait-on, vers plus loin encore, vers l'océan peut-être dont il savait si peu de choses. Qu'avait-il dans sa ceinture réduite à un méchant lien de chanvre enroulé plusieurs fois ? Rien. Si, la menue pièce de monnaie qui était à l'origine de sa destinée nouvelle.

« Avec une *perra chica* j'irai jusqu'au bout du monde ! » remarqua-t-il mentalement tandis que, d'un doigt prudent, il s'assurait de la présence du trésor contre la peau de son ventre.

Il n'eut pas conscience de ce que ces mots renfermaient de réalité prochaine. La piécette lui restait. Ses quatorze ans et leur insouciance balayèrent d'un grand coup d'enthousiasme la ville où il était né et où l'existence l'avait tenu, dès son début, à rude école.

« Regretter quoi ? »

Un carrosse passait, richement attelé de quatre chevaux blancs. Ses mantelets de cuir étaient abaissés. Le cocher discutait avec un laquais assis à ses côtés. Nulle escorte. Le haut personnage qui devait rissoler à l'intérieur de cette marmite roulante sous la chaleur de midi faisait sans doute confiance aux jarrets de ses bêtes et à la résistance des essieux. Pedro courut derrière le carrosse. Ses mains atteignirent une prise. Il s'agrippa, pieds collés au bois lisse, l'un après l'autre, à la recherche d'un point où se poser. Quand il y fut parvenu, s'adressant au Dieu des larrons, des *picaros* et des tire-laine qui était le même d'ailleurs que celui des honnêtes gens, il Le pria de conduire les fougueux étalons vers Séville.

La voiture roula longtemps dans les ornières profondes. Elle était solide, en effet, et ses essieux grinçaient leur souffrance sans jamais céder aux difficultés du terrain. Pedro, les yeux brûlés, la gorge sèche, crispait son corps tout entier pour ne pas tomber. La canicule le frappait impitoyablement. La poussière l'environnait, se collait à son front trempé de sueur. Une crampe naquit dans ses doigts. Il ne pensa plus qu'à elle, en surveilla le développement, sentit qu'elle gagnait la main, s'emparait du bras, raidissait l'épaule.

15

Sous lui, le sol défilait avec un bruit de cailloux broyés. Ces chevaux étaient donc infatigables ! Il se prit à espérer une allure moins folle. Peut-être même, le cocher allait-il mettre l'attelage au pas. Ainsi, la poussière retomberait, les élancements dans le corps diminueraient et Pedro pourrait changer de position. Étirer les jambes ! Avec quel plaisir il étirerait les jambes jusqu'à ce que disparaissent ces nœuds douloureux !

Un moment, il pensa sauter à la faveur d'une côte, mais l'idée de se trouver seul dans une campagne inconnue le retint. Des oliviers ramassaient sous leurs branches une dentelle d'ombre. Il ferait bon s'arrêter une heure, oublier le monde et dormir... dormir...

Les chevaux étaient arrivés au sommet de la côte. Ils se lancèrent dans la descente, et les oliviers à l'ombre douce ne furent plus qu'un souvenir.

La fournaise andalouse devint plus brûlante encore. Quelle folie avait donc jeté Pedro sur les grandes routes, sans manger ni boire, tributaire du destin pour trouver sa subsistance au long d'un voyage hasardeux ? Pourquoi un tel besoin de quitter Grenade aussi vite ? Le saurait-il jamais ?

Sous l'effet de la chaleur, sa respiration se fit plus oppressée. Un bourdonnement naquit dans ses oreilles. Le sang battait à ses tempes. Le paysage incandescent perdit de son éclat, devint métal sombre, dur à l'œil, et puis soudain incompréhensible nuit. Pedro fut étourdi un instant très court, le temps de desserrer l'emprise des doigts et de tomber dans la poussière.

Le rude contact avec le sol le ranima, mais il resta immobile, allongé, les bras en croix au travers de l'ornière, conscient de la décrispation de chacun de ses muscles. Le carrosse s'éloignait. Le garçon ne s'en alarma pas. Il allait pouvoir dormir. Rien ne comptait plus pour lui que cet impérieux besoin de dormir. Il en oubliait que, frappé d'insolation, il aurait dû se traîner jusqu'à une zone d'ombre, en quête d'une hypothétique fraîcheur.

Des sonnailles se mirent à tintinnabuler dans le silence de midi. Était-ce encore le sang qui battait aux tempes de Pedro et lui remplissait la tête de ce douloureux carillon ? Le chant des clochettes avait pourtant quelque chose de joyeux, d'aérien, le son clair du bronze. Une fête des grelots et non les battements mortels du sang en ébullition. Vinrent s'ajouter très vite l'écho d'un galop soutenu et le roulement d'une voiture. La terre desséchée résonnait comme tambour pour qui était allongé sur elle, dans l'abandon d'une grande fatigue.

Chacun de ces bruits mêlés s'amplifia jusqu'au moment où un ordre bref arrêta l'attelage. Pedro souleva une paupière. Il devina plus qu'il ne vit une paire de mules empomponnées de rouge et d'or. Leurs sabots fiévreux s'étaient immobilisés à trois pas de son nez. Un grelot sonna encore comme le point final du galop que les bêtes venaient de fournir.

La portière s'ouvrit et un homme descendit. Pour Pedro, ce ne fut d'abord qu'une ombre qui, en

17

s'approchant, se plaça entre le soleil et lui et arrêta le feu dévorant. Puis, les sens revenant peu à peu, le garçon vit deux jambes bien prises dans des bas bien tirés et deux chaussures qui n'étaient pas celles d'un grand seigneur, mais plutôt les confortables souliers d'un marchand aisé courant à ses affaires. Le blessé voulut ouvrir les yeux. Un brouillard de chaleur l'enfonça de nouveau dans les ténèbres. Il entendait tout, ne voyait plus rien et vivait une sorte de rêve quelque peu marqué aux couleurs du cauchemar.

« Passe-moi ta gourde », dit le marchand au cocher.

Le choc des flancs en peau de chèvre rebondis contre deux mains habiles à les saisir au vol, un instant de silence.

« ¡ *Hombre* ! s'écria le marchand supposé. Tu ne voyages pas avec de l'eau !

— Hé ! fit le cocher en manière d'excuse.

— Ton vin de Cadix a de quoi réveiller un mort et ce garçon ne l'est qu'à moitié. »

Le bon Samaritain souleva la tête du blessé, la cala contre sa poitrine. Il introduisit la canule de la gourde entre les dents serrées. Le vin coula. Un mince ruisselet sortit de la commissure des lèvres, glissa le long du cou, rouge sombre et généreux comme le geste ancestral de l'assistance au hasard des rencontres.

L'homme tira le garçon à l'ombre courte du carrosse et lui fit gicler une nouvelle rasade entre les dents. Pedro déglutit. Une chaleur se répandit dans son corps, toute différente de celle qui l'avait accablé. Une chaleur rafraîchissante. Il ouvrit les yeux.

« Là ! Bon ! Le voilà requinqué ! s'exclama l'inconnu. Par la Reine du Ciel, on ne va pas à pied à une heure pareille. D'où es-tu pour ne pas le savoir ?

— De Grenade, balbutia Pedro.

— Alors tu devrais le savoir. Où vas-tu ? »

Même s'il s'était trouvé au mieux de sa condition physique, le malheureux aurait eu du mal à répondre à cette question. Moitié parce qu'il avait l'esprit encore embrumé et moitié parce qu'il ne possédait pas de réponse, il ébaucha un geste dans la direction de nulle part.

« Je vois ! » fit le Samaritain.

Il avait de la chance de voir clair dans une situation aussi compliquée. Pedro, lui, se laissait envahir par un sentiment d'impuissance. Hors des murs de la ville-mère, il se sentait perdu. Ville de toutes les luttes, des lendemains aléatoires. Ville familière où le danger lui-même, pour si varié qu'il fût, gardait un visage connu. Dans le large horizon de la Vega auquel, enfant des rues, il n'était pas habitué, Pedro avait l'impression d'être perdu, étrangement menacé. Il se reconnaissait fils de l'ombre citadine, des coins de rue où l'on disparaît, du mur d'enceinte franchi en dépit des grilles. Il savait les escaliers dérobés, les masures oubliées, les mosquées désertées, les marchés où l'on se fond dans la foule pour mieux échapper aux alguazils les plus acharnés. Ici, les pierres, les bosquets, les sentiers courant à perte de vue sous un ciel trop grand, dans une nature trop vaste, le prenaient au dépourvu et secrétaient une angoisse sourde. S'y mêlaient la soif, une sensation de vide à l'âme, à moins que ce ne fût plus simplement de l'estomac. L'envie de se remettre entre les mains de quelqu'un poussa Pedro à retrouver des attitudes d'enfant. Son visage parut se gonfler sous l'afflux d'une émotion. Une buée mouilla ses yeux et deux larmes s'arrondirent, qu'on devinait lourdes et chaudes, et qui coulèrent sur ses joues sans qu'il esquissât un geste pour les dissimuler.

« *i Vaya,* Chinito ! » s'exclama le voyageur.

L'homme sembla découvrir l'entaille à la pommette qui, dans la chute, s'était remise à saigner. Il en approcha sa main tendue, mais, lorsque les doigts furent sur le point d'y toucher, il arrêta le geste. L'enfant baissa la tête.

« Qu'est-ce que c'est ?

— Rien.

— Tu ne t'es pas fait cela en tombant. »

Pedro prit un air de jeune animal sauvage capturé et ne répondit pas.

« C'est à cause de cette marque que tu quittais Grenade ? »

À quoi bon répondre ? Le garçon se vit percé à jour et en éprouva du soulagement. Ce n'était plus la peine de dissimuler. De cet inconnu mystérieux émanait d'ailleurs une impression de force. Apparemment, il ne jugeait pas et condamnait encore moins. Il se contentait de regarder, de comprendre à demi-mots, d'offrir une partie de son temps et le vin de sa gourde, le tout avec une grande gentillesse dans la voix lorsqu'il redit :

« *¡ Vaya ! Vaya !* Chinito ! »

Pedro renifla, s'essuya le nez d'un revers de main avant de demander :

« Pourquoi m'appelez-vous Chinito ? »

L'autre se mit à rire, comme s'il ne se rendait pas compte du désagrément qu'il y avait à être ainsi exposé à un avenir hasardeux.

« Ne t'ai-je pas trouvé sur le chemin, petit caillou ?[1] »

Ils rirent tous les deux ou, mieux que cela, ils sourirent. Entre eux passa une connivence heureuse. L'homme aida le garçon à se lever.

« Viens, dit-il, je t'emmène.

— Où ?

— Sur la mer Océane.

— Sur... »

Les mules s'impatientaient en secouant leurs grelots. La musique sonna aux oreilles de Pedro comme les carillons les plus clairs qui avaient remplacé la voix du muezzin depuis la chute de Grenade. Le cocher, suffoqué par la chaleur, ne fut pas fâché de remettre l'attelage en route. Les bonnes mules trotteraient leurs deux heures sans que l'on eût besoin de faire claquer le fouet. Des bêtes fort appréciables quand, depuis

---

1. *China,* en espagnol : petite pierre.

tant d'années, on endure des chaos sur les pistes anda-
louses. Le compère replongea dans sa torpeur coutu-
mière et le carrosse alla son train.

Pendant un temps qui parut interminable à Pedro,
son compagnon ne lui dit pas une parole. Lui aussi
semblait sommeiller, les doigts croisés sur la poitrine,
les jambes étirées. Le garçon eut le loisir de le considérer tout son saoul. C'était un homme au versant de
la vie car des cheveux blancs se mêlaient déjà à ses cheveux blond-roux. Il les portait mi-longs sous une
toque commode et sans excessive coquetterie, une de
ces coiffures de voyage qui vous protègent du vent, du
soleil et des averses. Le teint pâle n'était pas celui d'un
commerçant ordinaire habitué des marchés et des
échoppes en plein air. La chaleur qui régnait dans le
carrosse aux mantelets abaissés à cause de la poussière,
mettait sur ses pommettes et sur son nez des rougeurs
comme en ont les prélats au col trop ajusté et les hidal-
gos vieillissants quand ils ne sont pas encore desséchés
autant que bois mort. Le nez aquilin retenait surtout
l'attention. Dans ce visage long, il était lui-même d'une
longueur remarquable, mais ne déparait pas un
ensemble plein de noblesse.

« Qui est-ce ? » se demandait l'enfant abandonné à
ses songes.

Le dormeur ouvrit les yeux et Pedro reçut le choc
d'un regard bleu, acéré et pourtant détaché en apparence des choses de ce monde. On eût dit que les pen-

sées du garçon l'avaient réveillé et peut-être ne pouvait-on en douter car il déclara sans autre préambule :

« Je m'appelle Christophe Colomb[1] ».

Il avait tellement la tête dans ses rêves – Pedro le comprit plus tard – qu'il imaginait avec certitude qu'à ce seul nom son grand projet devait faire miroiter des horizons marins devant le plus humble chenapan de Grenade. L'avait-il assez porté en lui, ce projet ! Avait-il assez longtemps palabré, combattu pour qu'une main royale armât trois caravelles ! Il dut s'apercevoir que la tempête qui tant avait remué de vagues dans son crâne n'avait pas atteint du plus léger flocon d'écume la cervelle insouciante de ce gamin querelleur car il murmura pour lui-même en fermant de nouveau les yeux :

« Vanité ! Vanité des choses ! »

Il devait accepter l'évidence. Les caravelles partiraient du royaume d'Aragon et Castille avec la seule certitude du sens mystérieux qui n'animait que lui et l'assurait d'une route nouvelle.

« Je t'emmène aux Indes par l'ouest si rien ne te retient en terre d'Espagne. »

Pedro s'étonna de la conviction mise dans ces paroles. Un rayonnement émanait de l'inconnu, un pouvoir de convaincre par la chaleur de la voix et l'éclat du regard bleu.

---

1. Après avoir modifié les sonorités de son nom suivant le pays dans lequel il séjournait, Christophe Colomb se donnait très rarement son nom en Espagne. Il se nommait lui-même *El Almirante* (L'Amiral) et signait Christo Ferens.

« Tu as de la famille ? »

Un geste à peine esquissé, et le garçon balaya une famille de laquelle la faim et la nécessité l'avaient séparé depuis longtemps.

« Une maison ? »

En avait-il eu jamais une ? Un autre geste balaya la maison.

« Une affection, peut-être ? »

Mot vide de sens pour Pedro. Il avait connu l'indispensable solidarité des sans-abri toujours en butte à l'inévitable concurrence pour survivre. Il avait connu des amitiés face au danger, qui s'évaporaient une fois le danger passé. Il avait connu l'attention intéressée d'un receleur toujours plus avide et, de loin en loin, la douceur d'un sourire de gitane, mais, l'affection assurée et durable sur laquelle un enfant bâtit son univers et s'endort tous les soirs dans une quiétude heureuse, jamais il n'avait su ce que c'était.

Les mules trottaient. Au fil des heures, au fil des jours, le paysage se déroulait. Dans l'entrebâillement des mantelets, Pedro distinguait des terres calcinées, des îlots de verdure, des montagnes boisées et d'autres fauves et chauves. Il n'était plus dépaysé à force de dépaysement. Il s'éloignait tous les jours un peu plus de son lieu d'enfance et de son temps d'enfance aussi. Il se laissait emporter par le destin qui lui avait fait rencontrer un navigateur au regard bleu et à la parole laconique.

Quand l'attelage vint se heurter à un flot humain

étiré le long de la route, le cocher fit claquer son fouet en demandant le passage. Pedro se mit à la portière et il vit une centaine de femmes et d'enfants, de vieillards gémissants et d'autres affreusement silencieux, qui marchaient, harassés et tristes, repliés sur eux-mêmes pour oublier la terre des ancêtres perdue, la maison où ils étaient nés, avaient travaillé et aimé, souffert aussi et prié à la lueur des chandelles rituellement allumées. Les hommes valides encadraient le troupeau. Des ânes portaient les richesses qu'ils avaient pu soustraire à la rapacité des persécuteurs, mais il leur fallait abandonner parfois une partie de ces misérables biens pour hisser en croupe un aïeul chancelant, une femme sur le point de mettre au monde un enfant de plus voué peut-être à de nouvelles persécutions. Tous ces Juifs chassés d'Espagne par un décret royal devançaient les mesures d'expulsion et renouaient ainsi avec les moments les plus douloureux de leur histoire. Ils savaient que l'application du décret s'exercerait dans sa rigueur excessive. Ils allaient vers la mer, ses dangers et l'espoir pourtant d'une sauvegarde. Peuple condamné à l'errance, ils ne voulaient pas désespérer. Ils embarqueraient à El Puerto ou à Cadix et ils atteindraient un rivage hospitalier. Un jour, ils en étaient persuadés, une terre les accueillerait, qui ne serait plus d'exil.

Au moment où Pedro se pencha à la portière, une voix entonna un chant hébraïque. Elle monta d'abord, seule, dans l'étonnement général. Grave, bien timbrée, elle émut des fibres très profondes au cœur de chaque malheureux qui croyait avoir atteint les limites de l'extrême lassitude. Elle parlait de vie éternelle, de protection divine, de lait et de miel, de manne nouvelle et de courage renaissant.

Christophe Colomb repoussa Pedro d'un geste trop brusque. Il se pencha à son tour vers les pauvres gens en exode. Ses lèvres se serrèrent un peu plus, ses sourcils frémirent d'un mouvement aussitôt contenu. Tout le visage révélait une grande emprise sur soi-même et cependant une incontrôlable tristesse le marquait.

Un vieillard leva la tête au passage de la voiture. Il ne dit rien, ne demanda rien, ne gémit pas. Il regarda seulement Colomb dans les yeux et celui-ci ne put soutenir un regard qui réveillait en lui des choses enfouies. Il se rejeta sur la banquette. Dans la pénombre revenue, tandis que le rideau de cuir retombait, il écrasa ses pensées derrière ses paupières closes.

Pedro n'osa pas rompre le silence.

Un soir, ils atteignirent la mer. Elle se révéla à eux sans s'être annoncée, dans la splendeur d'un soleil couchant. La canicule était un peu tombée. Une brise courait sur les terres surchauffées. Le cocher avait roulé les mantelets des portières. Colomb, depuis un moment, ne disait rien. Savait-il qu'elle allait apparaître à ce tournant du chemin ? Sa vie tout entière était une alliance avec la mer. Il ne soufflait mot des beautés du golfe de Gênes et pas davantage des longues vagues vertes sur les côtes du Portugal. Simplement, il se tut pour assister à la rencontre d'un jeune loup dont il avait eu déjà le loisir de percer à jour le caractère, et de la mer.

Pedro étouffa un cri d'émerveillement. Ce qu'il fit ensuite, il l'exécuta dans un état second et n'en eut par la suite qu'une imparfaite souvenance. Il se pencha au-dehors, écarquilla les yeux dans la lumière en fusion du couchant et, devant ce bleu si dur, si cru, si intense, il ouvrit la portière, somnambule ébloui, sauta à terre en dépit du trot des mules. Raidi dans un trouble admiratif, il se planta au bord du chemin. Il resta ainsi, les bras légèrement détachés du corps, à noyer son regard dans un azur tel que même le ciel éclatant de Grenade ne lui avait pas permis de l'imaginer.

Un vaisseau passa dans un lointain presque irréel. Il voguait, toute sa toile gonflée pour mieux utiliser la brise. Pedro crut avoir atteint le pays des oiseaux migrateurs.

Le cocher, bonhomme, avait arrêté ses bêtes à l'ombre rabougrie d'un olivier. Colomb descendit de voiture et s'approcha de son protégé. Il le fit à petits pas, sans déplacer le moindre gravillon, comme s'il eût voulu ne pas troubler l'instant au cours duquel l'enfant rencontrait la mer. Il se tint debout derrière Pedro et il retrouva, face à la grande étendue immobile, le regard de ses quatorze ans.

« Elle n'est pas toujours ainsi, dit-il très doucement pour ne pas rompre le charme d'un coup.

27

« — Où irons-nous ? demanda Pedro en se retournant.

— De l'autre côté.

— C'est comment, de l'autre côté ?

— Dieu nous le montrera !

— Et il y aura quoi, de l'autre côté ?

— Les Indes !

— Les Indes, c'est quoi ? »

Colomb se laissa aller à un grand éclat de rire. De deux tapes à pleines mains largement ouvertes, il enserra les épaules de ce garçon bizarre.

« Les Indes ? C'est le pays de l'or et des épices. Nous y cueillerons la myrrhe comme en Arabie et nous serons les égaux des Mages venus d'Orient pour visiter l'étable où Notre-Seigneur a vu le jour. Seulement, nous, nous irons de ce côté-ci. »

Du doigt pointé sur le couchant, il indiquait la route nouvelle qui enfiévrait ses songes. Trop de livres lus, annotés de sa main dans une retraite studieuse l'avaient convaincu du bien-fondé de son entreprise.

« Nous y trouverons aussi le cinnamome qui étoile les prairies et tant de gemmes que nos caravelles...

— Nos caravelles ?

— Tu les verras bientôt. Elles seront magnifiques, mes trois filles de la mer océane. Elles m'auront coûté des peines pour les acquérir. Tu seras avec moi sur celle du commandement. »

La nature humaine la plus secrète éprouve à certains moments le besoin impérieux de dire, au moins une

28

fois, le feu de ses aspirations et ce qui se trouve à la limite du raisonnable au fond de l'esprit le plus prudent.

« Nous capturerons l'oiseau phénix, si Dieu le permet. Lui aussi est né en Arabie. Je ne l'invente pas. Des écrits l'attestent, qui sont sérieux et que les siècles nous ont légués pour affermir nos connaissances. Nous le trouverons, Chinito, et nous le rapporterons en Espagne pour la plus grande gloire de notre reine. »

L'enfant qui l'écoutait bouche bée, les yeux ronds, était un envoyé du Ciel. Sur lui, le cœur et l'esprit pouvaient se soulager du poids de toutes les prémonitions qui étaient autant d'appels au voyage.

Les heures succédaient aux heures et les jours aux jours. Pour Pedro, il y avait du bonheur à ne plus se préoccuper de chercher un croûton, un oignon, une poignée d'olives. Le soir, dans les auberges à l'odeur forte de friture et de harnais patinés de sueur, il lampait son écuellée avec les muletiers et les ouvriers agricoles, dans un brouhaha de voix, de cris, de chant profond, grave comme une plainte millénaire, aigu aussitôt après à la manière d'un jet de souffrance, et chaud toujours autant qu'une giclée de vin sortie d'une de ces gourdes en peau de chèvre retournée enduite de résine.

Un soir, ils firent étape dans une auberge où régnait une grande animation. Des paysans occupaient les tables encombrées de cruches et d'énormes omelettes à côté de miches dont la seule vue affolait l'appétit.

Pedro n'en croyait pas ses yeux. Il savait que de telles agapes pouvaient exister, mais qu'elles fussent à sa portée, sans qu'il eût à déjouer la vigilance de l'aubergiste ou l'égoïste plaisir d'un glouton, lui était source d'étonnement.

Colomb se fit servir sous une tonnelle de vigne, un peu à l'écart, tandis que le cocher pansait les mules.

« Assieds-toi là, Chinito, et dis-moi ce que tu penses de ces pigeons farcis. »

Deux larges coups de couteau mirent les pigeons en pièces, trois coups de dents les déchirèrent. L'enfant des rues, oubliant vite sa timidité, essuyait d'un revers de main l'huile dégoulinante sur son menton. Les volailles qu'il avait mangées jusque-là avaient été dérobées sur la broche d'un rôtisseur, empoignées à même les braises, emportées toutes brûlantes et dévorées si précipitamment qu'une peur se mêlait toujours à ces régals conquis de haute lutte. Pedro ne pouvait se séparer d'habitudes de chien errant et Colomb souriait de le voir si vorace.

« Tu as le temps ! »

Sa voix était douce. Nul reproche ne la teintait. L'enfant le sut plus tard, son maître, en le regardant manger, pensait au fils sans mère qu'il avait laissé au monastère de la Rábida.

« Et ce poulet ? Est-il convenable, au moins ? »

S'il l'était ! Encore affamé par les odeurs de la cuisine sommairement installée sous les figuiers, Pedro arracha une cuisse.

« C'est bon ? »

Il répondit par des hochements de tête, la bouche trop encombrée pour pouvoir parler. Colomb le contemplait de son regard bleu, un sourire aux lèvres. Soudain, le sourire se figea et le regard se perdit par-dessus la tête du garçon. Un homme venait de traverser la cour. Colomb le suivit des yeux jusqu'à ce qu'il allât s'asseoir sur le bord d'une auge à faire boire les chevaux. Voyant son maître distrait, Pedro en profita pour détacher l'aile du poulet.

Colomb fit un geste à l'inconnu qui sembla l'ignorer. Il restait assis au ras de l'eau, les coudes sur les genoux et les pensées sans doute au loin. Le maître de Pedro devina une faim secrète, quelque nécessité qui ne voulait pas dire son nom.

« Holà ! Ne peut-on vous offrir un gobelet de vin ? »

L'autre parut sortir de ses réflexions. Il eut une grimace qui lui redonna aussitôt un air d'enfance, et il s'approcha sans se hâter, avec l'illusion de pouvoir faire croire à un regret.

« N'y allons pas par quatre chemins, dit Colomb en versant à boire. Vous m'intéressez. Asseyez-vous. »

L'homme était jeune encore. Vingt-cinq ans, peut-être. Il s'assit, comme hypnotisé par l'étranger aux manières abruptes.

« Je suis capitaine de trois navires. »

Un silence suivit, au cours duquel Pedro allongea

une main prudente vers l'autre cuisse du poulet. Elle n'opposa aucune résistance.

« D'où êtes-vous ? demanda encore Colomb en hésitant à passer au tutoiement que l'apparente condition sociale de son interlocuteur aurait pu lui permettre.

— Malaga.

— Comment t'appelles-tu ? Je t'ai dit qui je suis, mais je ne crois pas avoir entendu ton nom.

— El Malagueño.

— J'ai compris. »

Ils burent posément. Chacun prenait la mesure de l'autre.

« Tu t'y entends aux choses de la mer ?

— Je suis de Malaga.

— C'est vrai ! J'aurais dû m'en douter. »

Quand, au matin, ils repartirent, ils étaient trois dans le vieux carrosse grinçant et c'est ce jour-là qu'ils atteignirent Palos.

2

Vendredi 3 août 1492

Christophe Colomb, au matin du 23 mai, s'éveilla d'excellente humeur. Ce fut du moins ce qu'il en parut à Pedro devenu définitivement Chinito. Le garçon s'accommodait du changement d'identité. Que pouvait lui être un nom, à lui qui ne possédait rien et avait même intérêt à laisser perdre sa trace ? Le monastère de la Rábida, monde de silence, était encore plus silencieux dans la canicule montante. La journée serait de feu, mais, pour le moment, des zones fraîches conservaient dans le cloître un air respirable. Des parfums de fleurs s'y mêlaient à une persistante odeur d'encens et à des relents d'humidité dans les coins où le soleil ne pénétrait jamais. Chinito se dit que c'était là le lieu idéal pour se faire oublier jusqu'à l'heure du déjeuner.

« Holà ! Tu m'accompagnes ! » lança Colomb en traversant le cloître d'un pas pressé.

Adieu, sieste du matin ! Adieu, quiétude ! Il devait obéir.

Le gamin ne se demanda pas où ils allaient. À quoi bon puisqu'il fallait partir ? Qu'importaient la direction à prendre, le but de la sortie puisqu'il fallait s'agiter, courir les ruelles brûlantes dont l'air marin ne parvenait pas à adoucir l'haleine. Il emboîta le pas à son maître.

Ils arrivèrent ainsi devant l'église Saint-Georges où une foule se pressait. Ce n'était pas l'heure de la messe, mais le bruit s'était répandu qu'une communication royale serait faite aux habitants de Palos et que chacun devait y assister. L'église s'avéra trop petite pour contenir tout le monde. Ceux qui n'avaient pu entrer s'agglutinaient aux deux portes et les questions fusaient dans ce public inquiet, se coulaient de bouche à oreille sans obtenir de réponse. On s'énervait à cause de la chaleur et de l'attente. Il y avait ceux qui croyaient avoir deviné de quoi il s'agissait et qui multipliaient les suppositions les plus folles. Il y avait ceux qui interrogeaient tout le monde pour conjurer leur impatience, et puis les silencieux, vieux marins enfermés en eux-mêmes qui n'attendaient rien de la terre et n'aimaient que la mer en s'octroyant le droit de maudire sa cruauté.

L'arrivée de Colomb provoqua un mouvement. Pour tous, il demeurait l'étranger. Sa présence soulevait une curiosité méfiante. On avait fait état, les jours précédents, de pourparlers avec Martín Alonso Pinzón qui était un notable de Palos familier de l'océan, le meilleur capitaine, le plus riche aussi. Pourquoi ne se trouvait-il pas là, Martín Alonso Pinzón, à cette heure ?

Christophe Colomb fendit la foule. Son regard glacé obligea les hommes à s'écarter. Quand ils ne le faisaient pas assez vite, un geste rude les y contraignait. Derrière son maître, se faufilant au mieux, Chinito jouait des coudes désespérément pour le suivre. Ils parvinrent à l'autel. Colomb s'agenouilla et, pendant une minute, donna les signes du plus profond recueillement.

Un murmure flotta sur l'assistance, qui alla diminuant et fit place à un silence hostile. Le notaire de Palos, Francisco Fernandez, venait de monter à la chaire de fer forgé et, un message à la main, savourait l'importance qu'il se donnait en laissant planer son regard sur les visages levés. Il fit durer cette attente jusqu'à l'extrême limite, jusqu'au moment où naquirent d'autres murmures. Alors, sentant que son autorité allait être malmenée, il déroula le message, le tint à bout de bras, chercha quelque rai de lumière venant d'un vitrail et, d'une voix forte, lut le contenu de l'ordonnance royale.

Il était rappelé aux habitants de Palos une vieille condamnation pour contrebande de laquelle ils ne s'étaient pas encore acquittés. L'amende était remplacée par l'armement de deux caravelles avec un équipement qui permettrait de soutenir une navigation de douze mois. Dans leur bonté inépuisable, les Rois Catholiques donnaient dix jours, à partir de la date où cette ordonnance serait lue en public, pour fournir les deux navires.

Le mécontentement remplaça vite la stupeur. Chacun y alla de sa désapprobation exprimée dans les termes les plus vifs. Qu'était cette histoire de contrebande oubliée de tout le monde ? Y avait-il un seul port sur tout le littoral qui ne se fût jamais essayé à la contrebande ? Et n'était-ce pas tout naturellement que des barques affrontaient les vagues, feux éteints, ou bien glissaient au clair de lune, un inoffensif filet de pêche à la traîne pour tromper l'ennemi ? Fallait-il ôter à des marins une des joies de la mer, peut-être la plus excitante ? Dix jours pour armer deux caravelles ! On les saignait comme des poulets !

Un vieux gabier, connu pour son esprit frondeur et le nombre de tempêtes dont il avait réchappé, rit bruyamment, sans respect pour le lieu saint dans lequel il se trouvait. D'autres rires suivirent. Colomb comprit que la partie était loin d'être gagnée. Chinito vit passer une ombre d'inquiétude sur le visage de son maître. D'instinct, il recula jusqu'à se dissimuler derrière un lutrin. De cet abri, il pouvait voir sans être vu.

Francisco Fernandez tenta de rétablir le calme en criant qu'il n'en avait pas terminé avec l'ordonnance royale.

« Écoutez ! Écoutez ! » répétait-il à ceux qui ne voulaient plus l'entendre.

Sa voix dominait à peine le brouhaha.

« Écoutez donc ! Tous ceux qui ont des comptes à rendre à la justice pour des délits ou même des crimes et ne sont pas encore passés en jugement, tous ceux-là, s'ils s'enrôlent sur les caravelles, sont assurés qu'aucune poursuite pénale ne sera retenue contre eux. »

Le rire s'étrangla dans la gorge du vieux loup de mer aux innombrables tempêtes. Ainsi pour qui, pour quoi les prenait-on ? Palos n'avait pas assez de gens dont naviguer était le métier ? Il fallait aller chercher des voleurs, des assassins, des mécréants pour hisser la voilure ?

« C'est une offense qui nous est faite ! clama-t-il bien haut.

— Qui peut croire encore que nous avons peur de l'océan et que nous ne sommes pas capables d'aller jusqu'à l'autre bout ?...

— C'est quoi, l'autre bout ?

— Vous en voulez combien, des marins, señor Fernandez ?

— Quatre-vingt-dix ! »

Christophe Colomb avait répondu à la place du notaire. Il se tenait au centre de la nef, dos à l'autel, face aux visages mal rasés et puant le vin, qui le sondaient sans aménité. Il n'eût fallu qu'un geste pour que cette masse de défiance se précipitât sur lui et, le ceinturant, le renversant, le piétinant, allât avec une sorte d'allégresse mauvaise le jeter dans le rio Tinto où des barques attendaient le moment de gagner la haute mer.

L'homme au rire tonitruant prit une autre résolution. Il s'approcha de l'étranger, le toisa en silence puis, lentement, sûr de l'effet qu'il produisait, il descendit l'allée centrale. On lui ouvrit le passage... On lui emboîta le pas... Tous étaient rassurés de voir que l'un deux avait pris la responsabilité de la résistance. L'église se vida. Plus la moindre attention à Colomb. Parfois un clin d'œil narquois au notaire toujours juché dans la chaire comme un hibou dans quelque échauguette de clocher. Les uns rentrèrent chez eux, les autres, plus nombreux, s'égaillèrent dans les tavernes.

On y attendait le retour de Pinzón. Rien ne se déciderait sans son avis et, pour tuer le temps, on vidait chopes et gobelets tandis que la tension montait. Chinito fit le tour des bouges, silencieux comme il avait appris à l'être, plus léger qu'un courant d'air, l'œil vigilant, l'oreille en alerte. À peine le remarquait-on et il y avait bien peu d'hommes pour le reconnaître. Parfois cependant un buveur s'arrêtait de boire et s'écriait en le montrant d'un geste menaçant :

« Je t'ai déjà vu, *muchacho !*[1] Tu étais avec l'étranger ! »

Chinito s'évaporait aussitôt dans les jurons et les

---

1. Garçon.

rires, emportant un renseignement qui pouvait devenir utile à son maître, un mot dont dépendrait peut-
être l'armement des navires. Il était revenu aux jours
périlleux de Grenade, y puisait une sorte de joie âcre
qu'il croyait avoir rejetée définitivement en se mettant
au service du navigateur, mais à laquelle il avait été
trop habitué pour qu'elle ne lui fût pas encore nécessaire.

Un soir, il entra dans une salle basse. Des marins s'y
pressaient, nombreux. À une table était assis un
homme vêtu de noir, avec un beau rabat de dentelle.
On ménageait autour de lui une distance respectueuse.
Il fit servir à boire pour tout le monde et il les laissa
boire le temps qu'il leur fallait. Eux buvaient et se taisaient, conscients que les conversations devaient
s'éteindre afin que l'homme noir pût prendre la
parole. Ils burent posément, se surveillant du coin de
l'œil, avec le souci de faire durer la chope assez longtemps, mais pas trop. Ainsi le voulait leur sens de la
politesse. Quand le premier reposa son pot, les autres
engloutirent d'un coup ce qui leur restait.

« Alors, dit Pinzón, il faut aller chercher du gibier
de potence pour enrôler des équipages à Palos ?

— Qui a dit ça ?

— Cela m'est venu aux oreilles.

— Avec un drôle d'accent, pas vrai ?

— En effet. Pas avec l'accent de chez nous.

— Té ! »

La discussion était engagée. On pouvait se mettre

d'accord. Martín Alonso Pinzón laissa tomber négligemment :

« Je dois être moi-même un de ces bandits puisque je serai du voyage. »

Un silence étonné accueillit ces mots. L'armateur eut au coin des lèvres une ébauche de sourire qu'il réprima.

« Je n'ai pas envie de laisser ce Christophe Colomb aller seul au pays de tant de richesses. Et vous, les gars ? Avez-vous pensé que, d'après les récits anciens conservés par des sages, d'autres navigateurs ont pris autrefois ces routes maintenant oubliées ?... Qu'ils sont parvenus dans des contrées où l'or brille à profusion ?... Tant d'or que les palais des rois et les maisons de tout un chacun en ont les toits recouverts ?... Des maisons aux tuiles d'or, Paco ! Avec autant de tuiles que ta maison en a, elle, d'argile cuite. Est-ce que tu peux imaginer cela ? Et vous, hommes de Palos de Moguer ? L'occasion vous est offerte d'aller puiser l'or à pleines mains. Vous laisseriez à des voleurs, à des criminels ces richesses que les indigènes méprisent par ignorance et donnent à qui veut les prendre ? »

On l'écoutait, chopes oubliées, bouches ouvertes, yeux qui voyaient des rivages auxquels on avait toujours pensé, des terres qui devaient bien exister et qu'on eût voulu atteindre si la crainte d'un au-delà de l'horizon n'avait pas retenu en deçà de certaines limites. Et maintenant le señor Pinzón affirmait que ce pays était désormais accessible, qu'il suffisait de le suivre, lui, l'homme d'expérience dont on ignorait le montant de la fortune, mais qu'on savait très riche. N'aurait-il pas, sans en rien dire, déjà navigué dans ces eaux lointaines et rapporté des cargaisons précieuses ?... Qui pouvait le dire vraiment ?... On prétendait même que...

« Non seulement je ferai partie du voyage, reprit Martín Alonso mais encore, en réponse au rescrit des souverains, c'est moi qui armerai les navires. J'en fournirai deux. »

Ce fut la joie bruyante soudain libérée. Pinzón sut l'entretenir. Il avait une grande habitude des hommes et connaissait l'art de s'adresser à eux pour faire tomber les résistances.

« Lequel d'entre vous n'est pas tenté par cette aventure qui prouvera notre courage avec nos qualités de marins ? Toi, Eusebio, tu voudrais rester à pêcher les anchois sans jamais t'éloigner de la côte alors que nous reviendrons, la tête pleine de ce que nous aurons vu, les cales pleines de ce que nous aurons troqué avec ces peuples ? Tu continueras d'essuyer les tempêtes du golfe du Lion et puis celles de ta femme quand tu ne rapporteras pas assez de poisson ? »

On rit plus fort car les colères de l'épouse d'Eusebio étaient connues et plus d'un les avait subies avec le malheureux pêcheur au sortir d'un trop long temps passé au cabaret ou à un retour de la barque vide. Chinito rit aussi. Il ne connaissait pas la virago mais ce rire le faisait se fondre davantage dans une assistance avec laquelle il allait partager pendant des mois, une année peut-être, l'espace vital d'une caravelle.

« J'armerai la Niña, lança Pinzón avec une œillade grivoise qui s'opposait à son rabat blanc et à son austère habit noir. Tu la connais, Manolo, et toi aussi Hernandez. Vous l'avez vue à Moguer. C'est la *Sancta-Clara*. Comme elle est une belle petite avec des formes... »

D'un geste, il évoqua une silhouette aux charmes affichés. Les mots n'étaient pas suffisants pour célébrer les beautés de la Niña.

D'autres envols de doigts, des lignes souples esquissées dans l'espace dirent mieux que des phrases les attraits fardés de la Pinta. À l'énoncé de ce nom, une femme sortit de l'ombre, provocante, la lèvre rouge et le sourcil étiré sur la tempe. Elle louvoya entre les tables, se cambra comme une nef qui défie les vagues. Aussitôt, parmi les sifflets et les interjections, la deuxième caravelle au titre tapageur déclencha les premiers enrôlements.

« Demain ! Demain ! plaisanta Pinzón. Je vous attends demain avec mes registres ouverts ! »

On but encore pour célébrer l'entrée future de Palos dans la gloire. Les brumes de l'alcool ne firent pas perdre pour autant à Eusebio son sens de l'arithmétique la plus élémentaire.

« L'étranger a dit qu'il lui fallait quatre-vingt-dix hommes. On la connaît, la Niña de Pero Alonso Niño, puisque Niña on l'appelle maintenant. Elle peut embarquer au plus vingt-quatre marins. Et la Pinta une quarantaine, pas davantage. Quarante et vingt-quatre font soixante-quatre. Et les autres ?

— Les autres seront sur le troisième navire. Il est à quai. Il vient de Galice, c'est pourquoi il est baptisé la Gallega. L'équipage qui l'a conduit jusqu'ici l'appelait plutôt *Marigalante*. Son propriétaire est Juan de La Cosa. Il nous faut bien quatre-vingt-dix hommes en tout. »

Ils étaient là, au matin du 3 août. La veille, une messe avait déjà réuni ceux qui restaient et ceux qui partaient, tous coureurs des mers, experts en pirateries, commerces négriers et coups de force dans les îles. Les uns pas rebutés par les abordages, les autres receleurs des produits de la course lointaine, ils étaient aussi des pêcheurs intrépides. Ils s'agenouillèrent sur les dalles de l'église Saint-Georges, écrasés d'émotion après l'énervement des jours derniers, prosternés devant Dieu qui les soutiendrait au bord du grand mystère.

La nuit d'août, poisseuse et sans un souffle, enveloppait encore les trois caravelles tandis que les hommes répétaient des gestes tellement connus d'eux qu'ils en devenaient machinaux et que l'on aurait presque oublié, à les exécuter, la solennité de ce départ avant l'aurore.

Colomb se tenait debout sur le château d'arrière de la *Marigalante* qu'il avait rebaptisée Santa-María pour ne pas tracer une route nouvelle sous les vocables de trois filles de port. Il levait les yeux vers la chape de touffeur qui pesait sur l'embouchure du rio Tinto. Chinito, inconscient de la gravité de l'heure, restait à portée de sa voix. Cet homme représentait son seul appui. Le garçon ne laissait rien derrière lui qui valût la peine de se retourner. Il songeait à sa famille, certes, mais il était l'oiseau qui, ses ailes faites, ne revient pas au nid. Il en acceptait la dure loi. Son cœur se souvenait de quelques douceurs d'enfance et chérissait à sa façon ceux qui avaient trouvé naturel de ne pas le retenir.

Grande était son impatience d'aborder à des rivages où, selon les promesses de Pinzón, les palais aux tuiles d'or regorgeaient de richesses. Il se moquait bien des magnificences de l'obsessionnel métal. Il avait osé risquer une ou deux questions sur les récoltes qu'on pourrait amasser dans ces pays, et il lui avait été répondu que les orangers poussaient à foison et tant d'autres arbres dont on ne connaissait encore ni le nom, ni la saveur des fruits qu'ils donnaient.

Sur les berges, la foule grossissait. Ce n'était pas le bruyant attroupement des campagnes de pêche. Chacun ressentait la grandeur de l'heure. Personne ne savait pourtant que, ce jour-là, dans le petit port de Palos, naissait une ère de l'humanité. Mais, de l'homme à la silhouette estompée par la nuit d'août finissante, une impression étrange émanait qui forçait le respect et poussait au silence.

Le capitaine de l'armada calcula que, s'il donnait le signal du départ une demi-heure avant le lever du soleil, il atteindrait la haute mer dans la splendeur rose-violacé des premiers rayons.

« Au nom de Notre-Seigneur Jésus-Christ, levez les ancres ! »

Le long du mât de la Santa-María monta le pavillon blanc frappé d'une croix vert foncé portant sur les branches les initiales des Rois Catholiques. L'air immobile fit de cet emblème une triste coulée de toile. Les caravelles durent gagner l'entrée du port à force de rames. Mais, quand elles atteignirent la barre de Saltes après laquelle s'ouvrait le large, une brise gonfla les voiles. L'écume naquit autour des étraves. Ce fut alors une belle agitation parmi les matelots. Sur les ponts encombrés de trop de gens qui participaient au voyage, on courait à la manœuvre. Il fallait rectifier les vergues, profiter de ce vent providentiel. Un doux balancement épousa la houle régulière et les trois grands albatros porteurs d'espérance cinglèrent ensemble vers le sud.

Christophe Colomb ne doutait pas de l'origine divine du souffle qui les entraînait. Chinito le regardait à la dérobée. Il était debout, le diable roux, tourné vers le sillage de la Santa-María et il semblait voir dans les torsades de l'eau toutes les exaspérations passées qui s'éloignaient, toutes les acrimonies, les humiliations éprouvées, la confiance remise en cause, les paroles retirées, les promesses non tenues. Il triomphait. Avec la terre disparaissait un monde d'incompréhension qui, jusqu'à l'heure ultime, n'avait pas saisi la gloire d'un dessein comme jamais encore on n'en avait conçu.

Dans un élan d'affection que sa trop naïve jeunesse ne put maîtriser, Chinito vint aux côtés de l'homme déconcertant. Il n'osa pas le frôler comme il en avait envie, encore moins lui parler, pas même le regarder.

« Je pars ! » murmura Christophe Colomb pour lui-même.

La Niña, la seule des trois qui fût une vraie caravelle, était la plus rapide. Elle volait devant par la grâce de ses voiles latines. La Pinta la suivait. Parfois, Colomb sortait de ses pensées pour surveiller la marche du navire commandé par Martín Alonso Pinzón. Chinito avait entendu des conversations de part et d'autre. Il avait assisté à des entretiens qui avaient failli se muer en affrontements ouverts après des heures d'opposition sourde, de marchandages insidieux, de froides politesses ou de flatteries intéressées. Il savait l'entente fragile et forcée qui liait les deux hommes aux caractères aussi fiers. Il avait perçu leur rivalité pour conquérir la richesse, la gloire, et l'or de Cipango. Quand il voyait Colomb, lèvres serrées, épier les évolutions de la Pinta, il comprenait le dépit de son maître obligé de traiter avec quelqu'un d'aussi redoutable pour que le voyage pût enfin se réaliser.

La Santa-María, plus lourde, fermait la marche. Le pavillon vert et blanc claquait maintenant dans la forte brise marine, et la croix, sur les voiles gonflées, frappée au plein mitan de la toile, faisait face à l'inconnu.

Chinito reçut une mission de confiance. Jointe au service personnel de Colomb, elle le remplit de fierté, mais aussi le condamnait à la perpétuelle angoisse de se rendre coupable d'un instant d'oubli. Il fut chargé de retourner les *ampolletas*. C'étaient des sabliers dont le contenu s'écoulait en une demi-heure. Dans la vie hors du temps des voiliers sur la houle toujours déserte, l'existence était fractionnée en tours de garde. La hauteur du soleil, l'apparition de la première étoile, un air plus frais venu de l'horizon ou la couleur plus rousse de la lumière, un bleu des vagues plus profond étaient autant d'indices pour se repérer dans la fuite d'un jour trop semblable aux autres. Mais cela ne suffisait pas. Chinito devint la main qui comptait les heures. Il y apporta un sérieux sans faille, cochant sur une baguette de bois tendre chaque retournement de sablier. Un quart durait huit *ampolletas*. Les membres de l'équipage qui, depuis le petit matin, retendaient les écoutes, s'usaient les yeux dans la hune à déceler une improbable voile sur la mer ou balayaient le pont assailli par les embruns auraient mal accepté un sablier oublié.

Le 6 août, qui était un lundi, le Malagueño descendit de la vigie à la fin de son tour de guet et signala que, depuis un moment, la Pinta élargissait ses distances avec les deux autres caravelles. Le vent soufflait pourtant. Les voiles gonflées permettaient une bonne route. Comment fallait-il interpréter cette manœuvre de Pinzón ?

À la façon dont Colomb braqua sa lunette sur le voilier qui n'était plus qu'un gros point à l'horizon, le Malagueño, Chinito sur les talons, dut comprendre comment le capitaine l'interprétait. S'il n'avait pas, comme le mousse, l'occasion de vivre quotidiennement dans l'entourage immédiat de Colomb, il était trop habitué par contre à la vie en mer pour ne pas percevoir la rivalité profonde entre les deux navigateurs. La rumeur lui avait rapporté des informations qu'il avait pu confirmer lui-même. On parlait en mangeant la soupe de fèves. On se racontait les événements du jour, les mots entendus à la dérobée dans la promiscuité du navire. Surtout, on se souvenait des propos de taverne, des bavardages sur la place de Palos et dans les ruelles. Les silences de Colomb, la brusquerie de certaines de ses attitudes disaient sa méfiance envers l'homme qui avait basé l'entreprise sur sa fortune et son habitude des gens de mer.

« Regardez ! » s'écria Chinito en tendant le doigt.

L'équipage avait vu en même temps que lui la fumée qui montait du château d'arrière de la Pinta. Ce n'était pas une fumée d'incendie, mais la haute colonne noire du signal d'alarme. Chinito en oublia ses sabliers. Christophe Colomb donna des ordres. La Santa-María changea sa course pour rejoindre la caravelle qui appelait à l'aide. Quand les bateaux se rangèrent, flanc contre flanc, la nouvelle sauta d'un bord à l'autre :

« Le gouvernail !

— Il est sorti de ses gonds.

— Comment ça ?

— J'sais pas ! »

Un gouvernail si solide ! Ce Cristóbal Quintero, propriétaire du navire, à qui on avait un peu forcé la main pour qu'il lançât la Pinta dans une opération dont elle pouvait fort bien ne jamais revenir, n'avait-il pas intérêt à ce que le voyage s'arrêtât pour elle aux Canaries ? Au-delà commençait l'inconnu.

« Tu n'as pas remarqué quelque chose ?

— Non.

— Gómez Rascón s'entend avec Quintero. Il a déjà travaillé avec lui...

— Eh bien ?

— Il se tenait à l'écart, de l'air de celui qui ne connaît rien à l'affaire, comme s'il n'avait jamais vu un gouvernail de sa vie.

— Il voulait pas avoir des histoires.

— Il se pourrait qu'il en ait. »

Chinito servit des bols de bouillon à son maître, au patron et au pilote de la Santa-María qui s'étaient réunis sur le gaillard d'arrière pour s'entretenir d'une avarie aussi inexplicable.

« Si encore la mer était démontée, remarqua Juan de La Cosa. Une vague trop dure peut entraîner un accident de ce genre. Mais la houle est régulière et nous filons bon train.

— Un gond a peut-être cédé, avança Pero Alonso

Niño, le pilote, qui voulait se montrer réservé. Un point de rouille suffit. Le bois s'affaiblit. Pourtant, Quintero n'a pas la réputation d'être négligent. »

Le bouillon refroidissait et aucun des hommes ne songeait à le boire. Chinito recula dans l'ombre. Il profita de ce que chacun des trois suivait sa pensée sans oser la formuler en clair pour avaler le fond du seau. Ce lui fut un petit réconfort.

Car il commençait à se demander si la chance l'avait véritablement accompagné alors qu'il fuyait Grenade. La vie à bord s'était vite révélée une suite ininterrompue de tâches multiples. Les marins lui faisaient payer la protection du capitaine. On le tenait le plus souvent à l'écart. Les conversations s'arrêtaient lorsqu'il s'approchait d'un groupe, ou bien reprenaient de plus belle car on ne doutait pas qu'il rapporterait les propos à celui auquel ils étaient indirectement destinés. Sans perdre longtemps de vue les *ampolletas,* Chinito devait laver le pont, répartir les écuelles de soupe au prix de récriminations nombreuses et de mouvements d'humeur lorsque la louche n'était pas assez pleine. Il lui fallait monter dans les gréements pour tendre un cordage, répondre à l'appel du guetteur dans la grande hune en se hissant le long d'un filin qui lui brûlait les paumes et les jambes.

La première ascension dans le monde aérien du navire ! Vieillard écrivant, il s'en souvenait encore. Il ressentait avec toujours autant d'acuité la peur qui lui fouillait le ventre, l'impression de vertige accentuée à chaque mouvement. Il montait, il montait. S'il fermait les yeux, il craignait de lâcher prise. S'il les conservait ouverts et s'il regardait au-dessous de lui, la houle l'attirait, le pont se mettait à tourner, l'horizon chavirait. Les mille grincements des agrès mêlés au claquement des voiles le cernaient d'un vacarme assourdissant. Le pilote, en particulier, prenait un malin plaisir à lui faire transmettre des ordres à la vigie perdue dans l'azur fouetté de vents. Chinito comprit plus tard que Pero Alonso n'était pas méchant homme, mais que, formé lui-même de cette façon au métier de la mer, il croyait agir pour le bien du mousse.

« Hé, *chico*[1] ! Monte dire à Miguel... »

Chinito crachait dans ses mains avant de saisir le cordage à l'oblique dissuasive. Un jour de malchance, ses mains s'ouvriraient, ses genoux et ses pieds desserreraient leur étreinte et il s'écraserait sur le pont ou bien disparaîtrait dans la mer. Tout serait fini alors des misères de ce monde. Chinito n'arriverait pas au pays des toits d'or et des oranges profuses.

À cette pensée, il crispait un peu plus les doigts sur le chanvre rugueux. Ses jambes se tordaient au prix de brûlures nouvelles et il montait vers les nuages, vers le grand ciel bleu et vide, sous l'œil goguenard du matelot de veille rompu à tous les balancements du navire.

Au troisième jour, la crainte se fit moins acérée. Le

_____

1. Garçon.

mât sembla perdre de la hauteur, et le vent prit un goût de sel, un parfum d'eau que Chinito remarqua pour la première fois. Le moussaillon osa regarder au-dessous de lui. L'équipage ne prêtait aucune attention à ses progrès. Les passagers qu'on avait embarqués parce qu'ils voulaient être de ce téméraire voyage et les premiers à atteindre le pays du Grand Khan par l'ouest bavardaient avec le capitaine. Personne ne s'occupait du garçon perdu entre ciel et mer. Alors, tout soudain, tout magnifiquement, la peur et le vertige s'en allèrent. Ils laissèrent la place à une merveilleuse impression de liberté. Chinito rit tant il était heureux. Il était oiseau. Il n'avait plus de poids, il n'avait plus de peine. Un accord venait de se nouer entre lui et la Santa-María. C'était l'heure du couchant comme en ce jour où il avait découvert la mer. Le soleil flambait. Chinito allait jusqu'au bout du monde et il fut certain d'atteindre le pays des milliers d'oranges.

Il était accroché aux vergues, se jouant maintenant de l'oscillation régulière imposée par la houle, la poitrine emplie de hardiesse, la tête éperdue d'une joie de vivre qui lui donnait envie de chanter.

Brusquement, les hommes coururent à bâbord. Du récipient de métal fixé à la poupe de la Pinta comme il y en avait un sur chaque navire, une seconde fois en deux jours, la colonne de fumée noire monta. En même temps, l'intervalle avec le navire se creusa de façon visible.

La Pinta se trouvait de nouveau en difficulté. Son

gouvernail venait de sauter alors qu'il avait été réparé la veille et que rien ne justifiait une telle faiblesse après des années de vaillante navigation.

Le Chinito d'autrefois posa sa plume pour écouter le bruit de la pluie. Vieil homme aux doigts secs qui se faisaient douloureux à l'épreuve de l'écriture, il se revoyait, jeune garçon vainqueur de son vertige, allant vers une énigme avec insouciance et des larmes de fatigue vite ravalées.

Lui revenaient en mémoire le front soucieux de Christophe Colomb à l'annonce de l'avarie et les ordres que le capitaine donna pour que l'on fît route vers l'île de Lanzarota afin d'aborder au plus vite à la Grande Canarie.

Au plus vite ! Pedro Alvarez tendit les mains vers le brasero avant de reprendre sa plume. Au plus vite ! Le ciel tout à coup avait paru s'associer au sourd dessein du saboteur. Car sabotage il y eut. Le vieux marin, en y repensant, en était convaincu.

Il s'égarait, perdait le fil de sa narration à cause du bruit endormeur de la pluie. Pedro fit un effort pour que resurgissent de ses souvenirs la Santa-María et ses deux sœurs.

Donc le ciel, soudainement, ne fut plus avec eux. Des vents contraires obligèrent d'abord les pilotes à une navigation difficile. Puis tomba la bonace tant redoutée. La Grande Canarie ne put être atteinte qu'au soir du 11 août.

Pendant que la Pinta blessée dérivait et embarquait de l'eau en essayant de gagner Las Palmas, Christophe Colomb partit à la recherche d'un navire de remplacement. Son impatience augmentait avec la fuite des jours. L'automne venait et, même dans ces régions au climat délicieux, on en sentait l'approche à de très petits riens qui mettaient une fièvre dans l'esprit du capitaine. Une teinte du ciel à certaines heures de la journée, des brumes attardées, un alanguissement des masses florales débordant en cascades des jardins clos, une tombée du soir plus rapide, la présence des lampes et des lumignons qu'on avait presque oubliés en traversant l'été. L'océan avait une respiration différente pour qui le connaissait.

Il fallait trouver une autre caravelle et hâter le départ. Laissant la Niña dans les chantiers navals de Las Palmas où l'on changea ses voiles triangulaires contre une voilure carrée plus capable d'affronter le large, Christophe Colomb partit pour La Gomera. Chinito y entendit parler de l'île bleue, fantomatique, qui, certains jours, apparaissait au-dessus des flots. Des pêcheurs, des marins, plusieurs femmes du port assurèrent l'avoir vue. Cela durait peu et revenait pour disparaître et réapparaître au moment même où l'on commençait à douter de ses yeux.

« Une île toute bleue, comme un morceau du ciel figé à la crête des vagues.

— Loin ?

— On ne saurait te dire.

— Loin ? insistait Chinito.

— Elle ne semble pas loin. »

Le capitaine attendait au château San Sebastian le retour de la dame qui gouvernait La Gomera. Il rentrait le soir sur son navire, lourd d'impatience et de visions pour avoir contemplé les flots si longtemps.

« Sais-tu ce que j'ai appris, Chinito », dit-il un jour où il lui fallait s'abandonner à la confidence.

Le garçon n'eut pas à répondre. Son mutisme était réponse. Quand le capitaine monologuait au sortir de ses longs isolements, il était l'oreille patiente et le cœur reconnaissant.

« Un gentilhomme, alors que nous nous promenions sur les remparts, m'a montré l'ouest en m'assurant qu'une île apparaît parfois lorsque le temps est clair. Une île...

— Bleue.

— Tu le savais ? »

Chinito opina, intimidé d'avoir coupé la parole à son maître.

« Dis-moi ! Tu le savais ? »

Colomb le tenait aux bras de ses mains crispées. Une excitation qu'il ne contrôlait plus s'était emparée de lui. Sa voix haletait.

« Comment le sais-tu ?

— Des pêcheurs l'ont vue. Des femmes aussi.

— C'est un appel, proféra Colomb dans un grommellement. On la voit encore de Madère et des Açores. Comment avais-je pu l'oublier ? Un homme de Madère l'a affirmé un jour devant moi au roi du Portugal. Il faut partir, Chinito !... »

Le lendemain, dans le crépuscule, sans plus d'espoir de trouver une remplaçante à la Pinta, ils revinrent à Las Palmas. La Santa-María navigua par une nuit de feu. À Teneriffe, le volcan s'était réveillé. Le ciel rougeoyait. Des coulées de lave traçaient des chemins ardents aux flancs de la montagne. L'air sentait la combustion satanique. Les marins effrayés se signaient dans l'obscurité. Le capitaine vivait de sa fièvre. Parmi les incertitudes du temps présent, une certitude lui restait chevillée au cœur. Les Indes l'appelaient.

Pinzón, après avoir dérivé pendant douze jours, ne voulut pas se séparer de sa Pinta. Elle était réparable. Plus de radoubements de fortune qui les mettraient à la merci d'un paquet de mer. La coque fut pourvue d'un gouvernail tout neuf et calfatée avec soin. Ainsi, elle pouvait aller jusqu'au bout du monde. Et n'était-ce pas justement au bout du monde qu'elle voulait aller ?

Les trois caravelles retournèrent à La Gomera pour y remplir leurs cales de ce qui était nécessaire à une longue navigation. Sur les quais s'entassaient des barils d'eau, des tonneaux de viande salée, des sacs de toutes sortes et, vidé à pleins tombereaux, du bois de chauffage aussi encombrant qu'indispensable.

Le 5 septembre, le capitaine annonça que le départ

était prévu pour le lendemain. Ils ne s'étaient que trop attardés dans les douceurs tropicales. L'heure était venue de couper les liens avec le Vieux Monde. L'île bleue attendait. L'impatience de Colomb se doublait d'une inquiétude. Le roi Jean, maître de ce Portugal que le navigateur avait dû quitter pour trouver des oreilles attentives au projet grandiose, se repentait sans doute de ne pas avoir armé les caravelles d'un voyage de gloire et d'or. Des vaisseaux portugais croisaient dans les parages afin de surveiller les mouvements du futur amiral de la mer océane.

« S'ils nous rencontrent, ils le feront prisonnier. »

On se répétait la menace. Comme toujours, le souci de Christophe Colomb, dit une seule fois et en peu de mots, ne se percevait plus qu'à son front barré de grandes rides et à ses silences desquels il ne sortait que pour donner des ordres brusques.

« Nous n'attendrons pas la pleine lune. Demain, à l'aube, nous partons. »

La messe les rassembla dans l'église de l'Assomption. Ils confessèrent leurs faiblesses récentes, se dépouillèrent des fautes anciennes au moment de quitter les terres connues. Oubliant que l'espace étroit d'une caravelle surpeuplée était le creuset de tous les péchés, ils s'efforcèrent de devenir meilleurs avant de voguer vers les Indes du Grand Khan, le Paradis terrestre ou...

Ils hésitaient à le penser, se refusaient à en prononcer les mots. Une peur insidieuse les harcelait à l'idée du trou immense, aux confins du monde, qui les engloutirait. Leurs voix s'élevèrent en un chœur de louanges. Le prêtre traça de deux doigts tranquilles une croix au-dessus des têtes inclinées.

Chinito, seul dans un coin, à genoux sur les dalles, laissa échapper un gros soupir.

3

Jeudi 6 septembre 1492

La mer semblait vouloir contrarier l'impatience du capitaine. Loin d'entraîner les trois coques de noix sur les flots où nulle voile encore ne s'était hasardée, elle étouffait ses mouvements comme pour retenir les marins au bord d'une fatale hardiesse. Ce fut une navigation lente, sans l'élan qui aurait dû porter les cœurs. L'aventure se refusait ou, tout au moins, se différait. Les Canaries restaient visibles sur l'horizon calme. La bonace persista jusqu'au samedi, si désespérante que, toute la journée du vendredi, les caravelles demeurèrent en panne. Les marins perdirent presque de vue le voyage qu'ils avaient entrepris. Les heures passaient lentement. L'équipage désœuvré s'assemblait par petits groupes sur le pont ou dormait, couché sur les planches, un rouleau de cordages ou une toile pliée.

Le soir vint, éclatant et rouge. Les vaisseaux gardaient la proue tournée vers le disque solaire. Avait-on déjà vu un couchant qui teignait les flots tout entiers, les traversait de lumière ardente et les frangeait de feu ?

« Moi, oui, Malagueño, j'ai vu un jour la mer aussi belle, affirma Chinito. C'était la première fois que je la voyais.

— Pas de ce rouge, *muchacho*.

— Il y a quoi, à l'endroit, où le soleil se couche ?

— Le saurons-nous jamais ? C'est pour le savoir que nous sommes partis. »

Au cours de la nuit du samedi au dimanche, la Santa-María se mit à frémir. Sa carcasse craqua, ses voiles se gonflèrent, et elle grimpa au sommet d'une vague, poussée par une force venue des profondeurs. Le vent souffla, belle brise marine qui entraîna la caravelle en direction du lieu où le soleil s'était anéanti.

Chinito n'en pouvait plus de veilles et de travaux. Son jeune âge réclamait le sommeil. Profitant de l'agitation générale que la levée du vent suscitait, il se réfugia dans un angle un peu abrité dont il fit son « chez lui ». Sur un bateau aussi surpeuplé, trouver un coin à soi relevait de l'exploit et rien n'en garantissait la durée. L'espace y était parcimonieusement compté. Le gamin parvenait mal à étirer les jambes. Le bois se faisait dur à son corps maigre, l'oreiller n'était que billot intraitable qui traversait la nuque d'une douleur lancinante.

La fatigue terrassa Chinito d'un sommeil hâtif. À peine le garçon eut-il le temps de penser aux nuits dans les bosquets de Grenade quand, lové comme animal des champs, le cœur tranquille mais l'ouïe aux aguets, il dormait sous les étoiles, parmi l'odeur tenace des jasmins.

Le premier rayon de l'aurore lui caressa la joue. Le mouvement du bateau pénétra son corps, et le sommeil s'en alla. S'en allèrent aussi les parfums de Grenade retrouvés en rêve. L'air saumâtre imposa sa réalité. D'un bond, Chinito fut sur pied. Le maître avait sûrement besoin de lui. C'est alors qu'il aperçut l'horizon vide à l'arrière du navire. Partout, autour d'eux, l'eau seulement. L'eau et son ondulation verte. Et ce vent enfin décidé à les entraîner au loin.

L'île de Hierro, la dernière terre connue, avait disparu. Quelle impression étrange cela faisait !

Les marins se penchaient sur le bordage, dans l'espoir de retenir encore la ligne bleutée d'une côte à fleur de houle. En vain. Le fil était coupé avec le monde bien délimité. Ils avaient tout laissé, tout abandonné parce qu'on leur avait dit qu'ailleurs, par des voies à trouver, ils atteindraient le pays de l'or. L'or valait-il pareil déchirement ? Tous se posaient la question dans l'angoisse de cette route qui risquait de les conduire au néant. Un seul osa l'exprimer à haute voix.

« C'est fini », murmura-t-il dans un soupir.

Fini, les jours d'Espagne, la petite maison rouillée par l'haleine des marées, l'auberge où l'on se racontait les tempêtes pour la centième fois, les pierres des quais si rassurantes et les galets à demi enfouis dans la terre battue.

Fini, les rentrées d'avant l'orage, la tablée d'enfants et d'aïeules autour de la soupe de poissons qui sentait l'ail et le basilic.

Fini, le lit qui voulait oublier les rigueurs du jour. Lit des naissances plus que lit des morts pour ces hommes destinés à être emportés par l'assaut d'une vague. Paillasse d'une vie rude mais précieuse, à laquelle ils songeaient dans le temps presque arrêté du quart interminable.

Le mât de beaupré toujours pointé vers le ponant, la Santa-María filait, lieue après lieue, au travers des flots.

Sur le gaillard d'arrière, Christophe Colomb vivait la joie de son envol loin du vieux monde. Chinito comprit qu'en ces moments il ne devait pas l'approcher. L'enfant, au souvenir de leur rencontre, avait besoin d'exprimer un attachement auquel le capitaine se dérobait. Déçu, il s'éloignait en essayant de dissimuler une envie d'affection autrefois masquée par la friponnerie dans les rues de la ville. Et puis, soudain, le maître l'appelait, comme s'il eût été désireux de trouver un confident sûr à qui parler.

L'heure était à l'effacement. Droit dans son manteau gonflé de brise, Colomb se tenait face à l'ouest dans un bel isolement altier. Son regard transperçait les réalités présentes pour en atteindre d'autres promises par Dieu.

Le coucher du soleil, ce soir-là encore, multiplia ses éblouissantes merveilles. Les voiles bises se couvrirent d'une rutilance. Les croix potencées, frappées en leur centre, brûlèrent d'un éclat fantasmagorique et, sur le front des matelots, un reflet de l'or espéré, tel un masque de carnaval au pays des grandes fêtes folles, estompa les soucis et les renoncements.

Rodrigo de Triana, venu de la Pinta, descendit des haubans avec l'aisance d'un mortel détaché de la terre. C'était le marin le plus joyeux, le plus vif, celui dont on recherchait la compagnie tout en redoutant les farces. Il sauta sur le pont, monta sur le gaillard d'avant, s'avança dans la lumière. À la proue, il entonna le *Salve Regina* selon une tradition de la marine espagnole à l'heure du couchant. Sa voix parvenait à ne pas se perdre au sein de l'immensité. Elle était belle et puissante, d'une beauté et d'une puissance qui ne recherchaient pas l'effet mais l'expression de la foi. Les gabiers arrêtèrent leurs travaux. Lentement, le bonnet au poing, ils s'assemblèrent autour du bas-mât et se mirent à chanter, insoucieux de leurs possibilités vocales, tous mus par le désir de se placer sous la protection de la Vierge. Il en résulta un chœur vibrant et mal accordé. Des larmes coulaient sur certains visages, de peine exprimée, mais aussi d'émotion et de réconfort.

Christophe Colomb contempla ces hommes dont il avait pris la charge. Le Ciel était avec lui, il n'en pouvait douter.

Le *Salve Regina* s'achevait. Il y eut ensuite un long silence peuplé seulement par le claquement des voiles. Les marins hésitaient à se séparer, émus encore après ce chant de confiance.

« Gens de la mer, lança Colomb, nous sommes partis pour un grand dessein dont nous retirerons belle gloire. Reprenez courage ! Je fais ici une promesse solennelle. L'océan est immense. Au bout est le Cathay. Nous l'atteindrons parce que Dieu le veut. Nous allons poursuivre vers l'ouest. Toujours vers l'ouest. Et nous rencontrerons, je le sais, le rivage des épices. Car je vous le dis et vous l'assure : la Terre est ronde ! »

Toutes les têtes étaient tournées vers lui, sourcils froncés, lèvres serrées. Tous se taisaient. Chinito se glissa à côté du Malagueño auprès de qui il trouvait toujours, à la différence du capitaine, une affection discrète qu'un mot, un clin d'œil, un croûton partagé traduisaient.

« Dieu le lui a dit ? » s'étonna le jeune homme à mi-voix irrévérencieusement.

Chinito leva la tête et répondit d'un sourire.

« Je vous fais la promesse, reprit Colomb après

avoir laissé s'aiguiser un temps les curiosités, je vous fais la promesse de ne plus naviguer entre la mi-nuit et le lever du jour lorsque nous aurons couvert sept cents lieues. »

Un murmure courut sur l'assistance, de déception et de surprise mêlées. Ce n'était que ça, la promesse ? Que voulait-il dire par là ? En quoi la nuit ou le jour pouvaient importer s'il fallait basculer dans le grand vide une fois arrivé aux limites de l'océan ?

« Je comprends votre stupeur, poursuivit le capitaine avec calme. Les Indes sont à moins de sept cents lieues, j'en suis convaincu. Mais s'il faut aller plus loin, elles doivent nous apparaître de jour. Car le roi et la reine, nos souverains bien aimés, dans leur générosité sans égale ont promis une récompense de dix mille maravédis de pension à vie au premier, quel qu'il soit, qui apercevra la terre. »

Une ovation accueillit ces paroles. Les matelots n'avaient pas toujours un maravédis dans leur ceinture quand la mer était mauvaise longtemps, le poisson rare et l'embauche difficile. Ils oublièrent qu'il fallait aller saisir au bord du grand abîme une fortune qui dépassait ce que leur esprit était en mesure de concevoir. Ensemble ils se mirent à rêver à l'incroyable magot. Chacun se prit à espérer qu'il serait le choisi de Dieu, et l'ombre tomba sur leur confiance revenue.

Les jours et les nuits passèrent ainsi. Le vent était avec les Espagnols. D'abord ils s'en félicitèrent et puis se rembrunirent. Un soir où la caravelle voguait avec un entrain renouvelé, Chinito reposait ses jambes fatiguées en les étirant sur le pont. Une conversation lui parvint. Il écouta. Deux loups de mer à l'expérience certaine échangeaient le fond de leurs pensées.

« Étrange, ce vent.

— Ouais. J'ai remarqué aussi.

— Depuis qu'il s'est levé, il n'a jamais tourné.

— Jamais.

— Tu sais quoi ? »

L'autre n'avoua pas son ignorance supposée. Il attendit une explication qui allait suivre inévitablement.

« On dirait qu'il va vers un grand trou.

— Comme s'il n'arrivait pas à le remplir.

— Hein ! Tu as vu ?

— Pardi ! J'suis pas moins futé qu'un autre !

— Moi, je me dis...

— Quoi ? interrompit Chinito que tant de lenteur impatientait.

— Toi, le mousse, claque-la. On t'a rien demandé. »

Le vieux loup tenait à exposer le contenu de ses réflexions et ce n'était pas ce freluquet de protégé du capitaine qui l'en empêcherait.

« Je me suis dit, reprit-il, que, si on a la chance de ne pas tomber dans le trou, on pourra quand même jamais retourner en Espagne.

— Ouais, marmonna l'autre pour faire croire qu'il y avait pensé tout autant.

« — Si le vent souffle toujours dans le même sens, comment on fera pour naviguer contre le vent ?

— Comment on fera ? » interrogea le compère en écho.

Aucun d'eux n'apporta une réponse. La crainte s'insinua dans leur esprit, plus forte d'avoir été clairement exprimée. L'idée sauta d'une cervelle échauffée à une autre. Elle s'amplifia jusqu'à pousser les hommes à maudire la bonne brise qui menait danser les bateaux sur la houle.

« Pourquoi ont-ils peur ? s'étonnait Colomb quand le patron du navire ou le pilote lui parlaient de leurs inquiétudes. Ces vents se déplacent toujours d'est en ouest et j'ai noté qu'ils empruntent une sorte de couloir. Je les ai repérés à Madère et sur les côtes de Guinée. J'ai fait mes observations. Chaque jour me convainc que j'ai vu juste.

— Ils pensent au retour.

— Dites-leur que nous décrirons une boucle pour sortir de ce couloir.

— Mais si aucun vent ne souffle de l'occident vers l'orient ? »

Colomb sourit à ces préoccupations d'un futur avant lequel devait se produire le grand événement. Il posa sa main gantée de velours sur le bras de Juan de La Cosa.

« D'ici là, nous aurons atteint les Indes. »

Chinito, que sa charge appelait régulièrement au château de poupe, un œil sur le sable filant et l'oreille traînante, retournait les *ampolletas* et essayait de comprendre, à travers les conversations surprises, la longue vogue des caravelles.

Étrangement, il n'éprouvait pas de crainte pour le retour. Après avoir vaincu le vertige auquel sa vie à Grenade ne l'avait pas préparé, il ne redoutait que les tempêtes à venir.

« Malagueño, tu en as connu, toi, des tempêtes ?

— Si j'en ai connu ! J'étais à peu près de ton âge quand j'ai embarqué pour la première fois. Les tempêtes les plus dures, je les ai rencontrées devant les côtes catalanes, en Méditerranée. La mer y pique des colères subites. Elle se soulève sans crier gare. À peine as-tu le temps de larguer les écoutes et de brasser les vergues qu'elle t'envoie son premier paquet. Et, en général, il est rude. Combien de bateaux sont allés par le fond avant même d'avoir terminé la manœuvre !

— Les vagues sont plus hautes que le bateau ?

— Ces jours-là, moussaillon, tu n'as pas à laver le pont. Elles s'en chargent. Par contre, tu peux écoper. Y a de l'ouvrage.

— Mais alors, si on est sur le pont ?...

— Tu as intérêt à te cramponner ou, si tu n'es pas nécessaire aux mouvements, à ouvrir la première écoutille que tu rencontres, à t'y enfiler au plus vite et surtout à bien refermer la trappe. Sinon...

— Sinon ?...

— La vague t'envoie au royaume des poissons. »

Chinito frémissait. Il contemplait la traînée blanche

que laissait le navire, sondait du regard les profondeurs et, le cœur en déroute, imaginait des lieues et des lieues verticales au sein desquelles son cri se ferait silencieux.

Que lui importaient les vents du non-retour ? Il était prêt à s'échapper vers des continents inconnus, à ne plus jamais revoir l'Espagne pourvu qu'un monstre écumant ne l'envoyât pas au royaume des poissons. L'expression du Malagueño le remplissait d'effroi. Le jeune homme s'en apercevait, essayait de le rassurer d'un rire.

« Nous n'y sommes pas encore, moussaillon ! Et la mer, ici, a l'air de vouloir nous rester favorable.

— Tu n'as pas peur, toi, de ne plus retourner en Espagne ?

— Non. »

La conversation s'arrêtait après cette question maladroite. Le Malagueño s'éloignait. Chinito, intérieurement, se traitait d'imbécile.

Au soir du 13 septembre, alors que la nuit tombait avec la rapidité surprenante dont elle fait preuve sous ces latitudes, une sorte de malaise oppressait l'équipage. Les hommes chuchotaient et contemplaient la mer avec défiance.

Chinito se sentait plus seul que jamais. Pourtant il ne désespérait pas de gagner un peu d'amitié.

« Encore une louche de soupe, Carlos ?

— Donne toujours. On verra après.

— Qui veut les miettes de biscuit ? Y en aura pas pour tout le monde !

— Ferme ton bec !

— Ouvre le tien, répliqua Chinito sans se laisser démonter.

— Tu nous prends pour quoi ? Pour des oiseaux ?

— De drôles d'oiseaux ! »

Paf ! Une gifle bien appliquée arrêta la discussion. La peur, au lieu de souder les hommes, les isolait en eux-mêmes.

Et Chinito retourna les *ampolletas* consciencieusement.

Donc le soir venait, heure de paix après les cent petites besognes de la journée qui, mises bout à bout, composaient une grosse fatigue. La paix ne durait pas. Un ennemi, depuis quelques jours, ne se laissait pas oublier. Chinito regagnait, sur le gaillard d'arrière où l'équipage ne montait qu'en cas de manœuvre, l'étroit recoin qu'il avait élu pour domaine. Rien de personnel n'y devait demeurer. Tout était dans l'idée qu'on s'en faisait. Mais le gamin, à l'écart de l'entassement du pont et des soutes, reconnaissait le bois, l'odeur, la rainure d'une planche, la trace de sel à l'angle où l'air marin avait bu l'eau du dernier brossage. C'était presque assez pour se croire chez soi si l'on avait de l'imagination et un grand désir de survivre.

La dernière *ampolleta* de son service retournée, il s'allongeait autant qu'il le pouvait et goûtait au plaisir d'être seul.

L'ennemi choisissait cet instant pour se manifester. Il commençait par un picotement sur une jambe, quelque chose d'irritant à force d'insistance. Chinito, tout occupé à chercher une position qui lui permît d'oublier la dureté des planches, n'y prenait trop garde. D'un geste machinal, il frottait son mollet gauche avec son talon droit ou bien il se grattait et essayait de trouver le sommeil en changeant de côté.

Une démangeaison lui venait à la hanche. Il se retournait encore. La démangeaison gagnait la poitrine. Une main dans l'échancrure de la chemise, il ratissait des ongles tandis que le sommeil le prenait. La démangeaison persistait. Chinito s'étrillait avec rage. Sur ses épaules maigres, au creux du ventre, sous les bras, les piqûres se répondaient à un rythme de plus en plus précipité.

La Santa-María avait embarqué ses passagers clandestins au bord du rio Tinto puis à La Gomera. Le jour, on les oubliait dans les mouvements nombreux du travail. Mais, dès que l'accalmie nocturne permettait d'espérer un peu de repos, la vermine se mettait en campagne. Elle était partout. On savait qu'on la trouverait bientôt dans les fèves et les pois de la pitance quotidienne. On la découvrait déjà, noire, diverse et inévitable, dans la brisure des biscuits. Elle attaquait la coque du navire plus sûrement que les lames de l'océan. Tapie dans les plis chauds du corps, elle attendait l'immobilité de ses victimes pour mettre en branle un arsenal de pattes, de suçoirs, de pinces et de dents.

Chinito ôtait chemise et culotte au clair de lune. Le vent de mer le lavait de ces assauts répugnants. Depuis combien de temps le gamin ne s'était-il pas lavé à l'eau douce ?

Il se souvenait du plaisir qu'il avait à entrer dans les canaux d'irrigation un mois plus tôt. La fraîcheur opaque montait le long des jambes, enveloppait les reins, lui arrachait des rires. Ses compagnons criaient de joie, s'environnaient d'éclaboussures, et l'eau entourait leur cou d'une caresse boueuse.

Sur la Santa-María, l'eau était parcimonieusement comptée. En aucune façon elle ne pouvait être gaspillée par une toilette pour laquelle la mer était inépuisable.

Inépuisable aussi était la morsure du sel.

Chemise et culotte secouées par-dessus bord éparpillaient au vent leurs hôtes acharnés. Chinito imaginait une pluie de puces et de poux tombant, imperceptibles vies, dans les flots. À ce remuement, les hardes acquéraient une fraîcheur provisoire. Il les revêtait avec une sensation de petit bonheur dont il devait se contenter et d'espoir dont il devait bientôt déchanter. Tous les maudits insectes n'étaient pas allés nourrir les poissons. Beaucoup s'étaient accrochés et, sitôt la quiétude rétablie, jouaient des mandibules avec une énergie accrue. Chinito finit par savoir dormir dans un harcèlement rongeur.

Il s'abandonnait au sommeil quand, le soir du 13 septembre, un remue-ménage se produisit. Les hommes quittaient leur poste pour se précipiter vers celui du timonier d'où était partie la nouvelle. Chinito tenta de surprendre des mots parmi les phrases brèves lancées dans tous les sens. L'agitation était trop forte pour qu'il pût saisir goutte. Il se leva et suivit ses compagnons.

« Que se passe-t-il ? »

Personne ne lui répondait. Une frayeur inattendue marquait les visages. Invocations à mi-voix et jurons fusaient des bouches hérissées de barbe mal rasée. Des gestes exprimaient le désarroi, la peur franchement avouée. Parce que chacun avait conscience de sa fragilité devant un danger inconnu, les mots et les mouvements se chargeaient vite de colère afin de libérer l'angoisse.

Le mousse joua des coudes pour parvenir à ce qui semblait être le centre d'un drame. Il se faufila ainsi jusqu'au timon où le timonier expliquait une vingtième fois l'étrange événement qu'il avait surpris.

« Je rajoutais de l'huile à la lampe... »

Il profitait de l'occasion pour mettre en valeur sa perspicacité pas toujours reconnue.

« Quelque chose me disait que tout n'allait pas comme je le voulais. Et qu'est-ce que je vois ?...

— La boussole !

— Oui !

— Depuis quand ?

— Je sais pas.

— Où on va, comme ça ?

— Je sais pas.

— C'est où, l'ouest ?

— Je sais plus maintenant. Je sais pas ! »

Le ton montait. Les réponses du timonier ne rassuraient personne.

« Qu'est-ce qu'il y a ? demanda Chinito en écartant les matelots du premier rang.

— Tu vois pas ? »

On lui montra du doigt la fleur de lys qui, sur le cadran de la boussole, indiquait le nord. L'aiguille s'en était légèrement écartée vers l'ouest.

« Il y a de la mauvaiseté là-dedans, dit un ancien qui avait vu bien des choses au cours de sa longue vie en mer.

— De la sorcellerie ! »

L'équipage au grand complet fixait ses regards sur l'aiguille, avec l'espoir de la voir revenir à sa position naturelle. Après les mots lancés, les prières et les menaces, le silence s'installa, lourd d'une peur d'animaux traqués.

Dans quels parages arrivaient-ils si la boussole ne pouvait plus leur servir de guide ? Le pays tant redouté des confins de la terre et de l'eau précisait ses avertissements. Tout ce qui était connu et reconnu, tant de fois vécu, laisserait bientôt la place à de grands mystères. Ceux-ci commençaient avec le déplacement de l'aiguille aimantée. Un signal était donné, une mise en garde terrible. Dieu allait punir la témérité des hommes qui avaient voulu déchirer le rideau d'ombre de sa Création.

« Dieu se venge ! cria un matelot.

— Dieu est avec nous. »

Une voix calme, froide, coupante les fit se retourner. Christophe Colomb s'était approché sans qu'ils l'eussent remarqué tant ils étaient absorbés par l'étrange phénomène.

« Ne soyez pas dans la crainte, dit le capitaine sur un ton patriarcal. Ce déplacement de l'aiguille qui vous surprend m'a surpris aussi pendant mes nuits de veille. Combien de nuits ai-je passées, depuis notre départ, en compagnie de ma boussole et de l'étoile polaire ? Le sommeil m'a fui. Je ne m'en plains pas, car j'ai pu ainsi recueillir des observations capables de vous expliquer pourquoi, devant vous, l'aiguille aimantée a glissé d'un quart de quadrant vers l'ouest. Elle a *norouesté,* tout simplement, si je peux inventer ce mot. C'est que l'étoile polaire, la plus belle, la plus pure, la plus froide, la plus constante pourtant des étoiles, n'indique pas exactement le nord. »

Des protestations naquirent à ces paroles. Affirmer cela remettait en cause un des principes essentiels de la navigation. À quoi se fier, dans l'infini de l'eau, si l'on ne pouvait accrocher son regard à l'étoile du soir ?

« L'aiguille se dirige vers un autre point, reprit Colomb. Un point invisible qui attire l'aimant. C'est le véritable nord et il est fixe. »

L'intuitif capitaine n'attendit pas les questions. Il esquissa un signe un peu bénisseur qui élevait une barrière entre l'équipage et lui. Par ce signe, il se voulait aussi rassurant. Le réconfort ne fut qu'imparfait. Plusieurs se laissèrent convaincre car ils avaient trop besoin d'être convaincus. D'autres rejetèrent ouvertement ce chef d'extraction obscure qui jouait les grands seigneurs et se prétendait le protégé de Dieu.

Chinito ne savait rien de la variation magnétique de la Terre. À peine la soupçonnait-on alors dans les milieux maritimes et ce n'était pas lui qui pouvait y comprendre quelque chose.

La fatigue du jour avait moulu ses jambes et ses bras. Une autre fatigue, sournoisement, s'emparait de son esprit au sein de l'inquiétude générale. Il regagna le coin, soulagé de s'y trouver seul. Recroquevillé, il se mit à pleurer inexplicablement. Larmes chaudes, presque bonnes à sentir tomber sur la main qui servait d'oreiller. Larmes d'épuisement. L'exilé de Grenade vivait une cassure. Il n'était pas inquiet pour un futur qu'il concevait à peine. La préoccupation du lendemain n'avait jamais embarrassé pour lui l'heure présente. Parce qu'il fallait trouver une justification à ces larmes, il revit la maison où il avait vécu ses premières années. Le visage de sa mère apparut dans les brumes du souvenir, idéalisé par l'absence, lointain, lointain jusqu'à devenir inaccessible et incompréhensiblement radieux. Ce n'était plus la femme aux mèches huileuses échappées d'un foulard, lourde de toutes les maternités passées autant que de celle qui encombrait sa jupe lasse. C'était un visage sans voix, un front sans chagrin, des yeux lavés de toute souffrance. Des yeux noirs, doucement lumineux, qui souriaient plus que la bouche.

Les larmes de Chinito puisaient leur source à ce regard maternel venu au travers des lieues de houle déserte, de vent obstiné à emporter l'enfant toujours plus loin vers un pays toujours plus redouté de ceux qui étaient des compagnons de route et pas davantage.

Et Chinito se mit à rêver aux contrées supposées vers lesquelles ils allaient. Il ne pensait ni à l'or, ni aux épices. Peu lui importaient ces richesses. Il rêvait d'une couche douce pour son dos harassé, immobile, immobile surtout et non pas bondissante, roulante et balayée d'embruns comme les planches dures à son cœur autant qu'à son corps dont il devait s'accommoder. Le jour béni entre tous arriverait où la vigie lancerait le mot « Terre ! » auquel il fallait bien croire encore si l'on ne voulait pas désespérer.

Ah ! Quel lit alors il se ferait ! Il volerait ses plumes au phénix dont le maître parlait. Comment ? Il ne le savait pas. Dans un parc plus beau encore que les jardins du Generalife, il lui tendrait un piège. Un parc enclos de murs en rempart sur des pentes escarpées. Chinito était un garçon des villes. Il n'imaginait pas les Indes autrement que sous l'aspect d'une Grenade fabuleuse. Donc, il tendrait un piège au phénix dans un buisson de roses. Et tant pis s'il devait le tuer puisque toujours l'oiseau renaissait. D'ailleurs, il ne le tuerait pas. Il n'en aurait nul besoin. Il le capturerait. Il mettrait sur la main un peu de blé d'Espagne et il le présenterait à l'oiseau au moment où celui-ci s'étourdirait de son chant. Ce serait dans les dernières heures du soir. Une brise venue des montagnes proches baignerait le jardin. Les roses fatiguées laisseraient tomber leurs pétales. Dans l'ombre du buisson, ignoré de tous, des hommes à la peau de cuivre ou d'ébène, des matelots pilleurs de perles et de gemmes, et des orpailleurs dédaigneux de la beauté des roses, Chinito mêlerait les pétales de soie et les plumes de feu. Il aurait la plus moelleuse, la plus chaude, la plus réconfortante des couches. Il aurait atteint son nouveau monde.

Le sommeil le prenait dans ces rêves débridés. Quelque part les pétales tombaient encore, imprécis, opalins. Les plumes se posaient, légères, irréelles. La dernière larme séchait sur la joue de l'adolescent.

Étrange coïncidence. Les phénomènes inexplicables se produisaient toujours le soir. Dieu était avec ses envoyés puisque le capitaine l'affirmait, mais il multipliait les présages à l'heure du noir venant, porteur de songes douloureux.

Le 15 septembre, les trois caravelles filaient bon train. De la Niña, un matelot cria qu'il avait vu des oiseaux. C'était encore le jour. Un héron était passé, très haut, et puis un paille-en-queue. L'homme avait reconnu cet habitant des falaises tropicales à ses ailes blanches et à la longue plume qui lui donnait son nom. On se persuada que le matelot avait bien vu.

Au soir, quand Colomb annonça quinze lieues parcourues, un bougonnement sceptique suivit l'information. Le capitaine se trompait ou les trompait. Vent en poupe, les vaisseaux avaient couvert au moins une vingtaine de lieues. Vingt lieues qui les éloignaient encore plus du pays chrétien. Équipage et passagers contemplaient les luisances de la lune sur l'eau et interrogeaient la houle pour mieux comprendre vers quel aboutissement ils cinglaient. Chinito percevait leur angoisse et se faisait rabrouer. Assis sur le tillac, le Malagueño chantait à mi-voix un chant dont il ne faisait qu'effleurer les paroles. Il les retenait comme s'il ne les livrait qu'avec répugnance à la brise nocturne. Chinito n'osa pas l'interrompre.

Le crépuscule avait une douceur lénifiante. On aurait dit que la mer et le ciel attendaient.

Dédaigneux de l'inquiétude générale, Christophe Colomb savourait cette paix. Comme le mousse passait près de lui, il l'arrêta.

« Où vas-tu ?

— Dormir, maître.

— Dormir ! Par une nuit pareille ? »

Un reste de l'à-propos hérité des rues de l'Albaïcin rendit le garçon insolent.

« Après un jour pareil ? »

Colomb ne s'en formalisa pas. Il suivait ses songes.

« Respire ! dit-il. L'air est comme d'avril en Andalousie. »

À ce moment la chose survint. La mer était calme. L'horizon s'assombrissait avec sérénité. Un air léger parcourait les vagues, quand, à quatre ou cinq lieues des navires, sans le moindre nuage menaçant, le plus petit indice d'orage, une branche de feu soudain tomba du ciel. Elle déchira l'obscurité de fulgurances bleues, ferma la route d'une grille ardente avant de s'abîmer dans l'onde. Les marins attendirent le fracas du tonnerre, il ne vint pas. Ils attendirent un nouvel éclair, il n'y en eut pas. La branche était seule, légère comme un signe qui aussitôt disparaît, lourde comme un mauvais présage.

4

Dimanche 16 septembre 1492

Ce dimanche-là, une herbe apparut sur l'eau.

Tout mouvement presque arrêté, l'océan sentait peser un ciel alourdi par une humidité qui se mit à tomber doucement, obstinément, comme un crachin de Galice. Les hommes tendaient leur visage rongé de sel à cette bruine qu'ils buvaient sur la peau de leurs bras, de leurs mains. Hydromel des dieux, nectar providentiel, perles de transparente pureté, elle éteignait les morsures du soleil. Nombreux furent les marins au torse dénudé qui se couchèrent sur le pont, membres en croix, paupières closes, pour rafraîchir leur corps et leur âme à cette douceur.

Chinito en oublia presque de retourner ses *ampolletas*. Les cheveux gorgés d'eau, la chemise plaquée sur ses omoplates saillantes, il se livrait tout entier à la pluie, léchait ses lèvres tuméfiées, cueillait de la pointe de la langue une goutte qui roulait au coin de la bouche comme une larme exempte de tristesse. Le ciel mettait sur son visage des larmes de sérénité. Qu'elles étaient bonnes ! Pas joyeuses, pas tristes non plus. Bonnes seulement à la manière d'un onguent qui apaise des brûlures, d'un mot d'amitié qui endort une peine.

Et l'herbe apparut.

Ce ne fut d'abord qu'une tige flottant entre deux eaux et verte à faire défaillir d'espérance. Un homme la recueillit avec un crochet fixé à une perche. Étalée sur le pont, elle fut regardée comme un signe évident de la terre prochaine. Une herbe pour ceux qui, depuis longtemps déjà, hormis les objets du navire, n'avaient vu ni touché que l'élément liquide ! Il ne s'agissait pas d'une brindille emportée par une tempête ancienne et roulée pendant des jours, pendant des mois dans l'écume des vagues. Elle était verte. Verte ! D'un vert étrange, en vérité, moiré de brun sans que ce fût la marque d'un pourrissement. Un brun avec des chaleurs de cuivre, une luisance qui peu à peu s'éteignait tandis que l'algue séchait.

Ils frôlaient la tige du doigt pour s'assurer de sa réalité, doutant de leurs yeux trop souvent trompés par les mirages de l'horizon. Elle était comme cueillie du matin. À quel roc avait-elle été arrachée ?

« Jamais vu une herbe pareille », dit un matelot en la reposant sur le plancher.

La remarque fit tomber l'exaltation. Véritablement, on n'avait jamais aperçu d'algue de cette sorte sur aucun des récifs qui défendent l'Espagne.

« Regardez ! »

L'homme de la hune avait crié. De l'index tendu, il balayait la mer environnante. Ils se précipitèrent tous, se penchèrent par-dessus bord au risque de tomber.

D'autres herbes flottaient. Elles se balançaient sur la faible houle. L'étrave du navire les happait. Elles glissaient le long de la coque. Le sillage les tordait, les bousculait, les noyait dans l'écume. La tourmente passée, elles s'étalaient de nouveau, d'instant en instant devenaient plus nombreuses. Il y eut bientôt comme une prairie autour des caravelles.

« La terre ! La terre est proche ! Les herbes viennent nous l'annoncer ! »

Les équipages menaient grande joie. De la Niña, de la Pinta toujours à l'avant, arrivaient des appels, des cris d'exultation. Les guetteurs s'agitaient tels de beaux diables dans leur corbeille aérienne. Chacun d'eux voulait être le premier à surprendre la montée d'un rivage sur la ligne du ciel.

Juan de La Cosa fit jeter un filet pour recueillir des herbes et les observer mieux. Les mailles emprisonnèrent cette fenaison étrange qui se répandit, ruisselante, sur le pont. Au creux de la verdure, un poisson se débattait. Ses écailles étaient d'or avec des reflets verts et bleus.

« *¡ Es un dorado !* » s'écria le lanceur de filet en hésitant à s'en saisir.

L'or qu'ils recherchaient par-delà le monde chrétien s'annonçait sur le corps d'un poisson fabuleux. Des dorades, ils en avaient vu au cours de leurs pêches côtières, mais aucune ne ressemblait à celle-ci, jaillie des algues inconnues.

Examinées avec soin, les plantes ne laissèrent pas de les surprendre. Leur vert-brun mordoré devait receler lui aussi quelque or fondu né d'une alchimie sur la terre du Grand Khan fastueux. Un détail intrigua les marins. Les tiges étaient munies de capsules rougeâtres qui devaient faire office de flotteurs.

« Ce sont des herbes sans racines, reconnut le plus pessimiste de l'équipage, un matelot natif de Venise. Elles ne se nourrissent que d'eau de mer.

— Ce sont des herbes de récifs », assura un autre pour refuser l'évidence.

Comme si elle voulait démentir ces derniers propos, la houle se couvrait d'algues à perte de vue. Quelle tempête il eût fallu pour arracher pareille abondance à des rochers !

« Il y a une terre, sûrement. »

Aucun ne voulait en démordre, tant ils avaient besoin de croire à ces indices.

« S'il y a une terre, ce ne sont que des îles, dit Colomb aux passagers qui l'entouraient. Nous devons continuer notre route vers l'ouest-nord-ouest. Les Indes sont au bout. S'il existe des îles dans ces parages, nous les visiterons au retour. »

Le filet lancé plusieurs fois pour tenter de capturer d'autres poissons d'or, réserva une surprise. Un homard s'était laissé prendre parmi les algues. Son apparition éveilla des cris d'allégresse. Pouvait-on imaginer ce paisible crustacé remontant des abîmes au-dessus desquels les caravelles avaient vogué depuis maintenant des semaines ? On atteignait des fonds plus hauts.

« La preuve ! »

Ils levèrent le nez qu'ils tenaient fixé sur les herbes. Un paille-en-queue planait en décrivant des cercles autour du grand mât.

« Sancho, un paille-en-queue ne dort jamais en mer. Avant le coucher du soleil, celui-ci aura bien regagné une terre. »

Le marin se sentait l'âme d'un paille-en-queue. Il enviait à l'oiseau ses ailes que les voiles imitaient imparfaitement, son sens de l'orientation à l'abri de toute dérivation magnétique et l'instinct héréditaire qui le lançait sur l'onde avec la certitude de rejoindre son nid.

Le messager coupa leur route, s'éloigna en direction du sud-est. Pourquoi ne le suivait-on pas ? Il eût été le pilote le plus sûr, celui qui aurait permis, au soir du même jour, de sauter dans le ressac d'une île sans doute déserte, mais qui devait conserver de l'eau de pluie au creux de ses rochers, des fruits dans ses vallons sauvages, un sable merveilleusement dur sous les pieds, une terre dont les hommes de la Santa-María pensaient avoir oublié le parfum.

« Au retour », répéta le capitaine.

Son œil exercé perçut les attitudes de découragement, les mots sans son que formulaient les lèvres, les gestes encore qu'ébauchés. Sa voix résonna, persuasive.

« J'espère que Dieu Tout-Puissant, entre les mains de qui sont toutes les victoires, nous conduira bientôt à notre but. »

Les algues séchaient, abandonnées. Chinito en prit une et la tint un moment dans la main, la huma, l'emporta vers son asile étroit de solitude. De l'eau restait au fond du cuveau qui lui servait à laver le gaillard d'arrière. Il y plongea l'algue pour lui redonner un peu de vie. Il voulait surtout qu'elle retrouvât ce vert qui était un rappel de la terre dont ils avaient tous tant besoin. L'indifférence au lendemain peu à peu le quittait. Le manque de sommeil et de nourriture creusait ses joues, agrandissait ses yeux en leur donnant un éclat de fièvre.

La soif surtout était pénible. Les fontaines auxquelles il avait bu avec insouciance, bruissantes de l'inépuisable trésor des sierras enneigées, étaient un luxe inouï dont il commençait seulement à prendre conscience. Il lui arrivait de recréer en songe des cascatelles, des filets chuchotants tombant dans des bassins, des débordements qui se répandaient parmi les fleurs. Les tourterelles se perchaient sur des vasques de marbre, le bec avide, le col gonflé de l'eau aspirée à longs traits. Et Chinito, songes envolés, posait à l'aurore ses lèvres sur le bois du navire pour les humecter d'un reste de rosée.

Un matin, alors qu'il dormait encore à demi et que les réalités se rappelaient à lui par des courbatures et le dur contact de sa couche, il crut entendre gazouiller des oiseaux. Une image naquit aussitôt derrière ses paupières closes. Toujours prêt à retourner en pensée vers Grenade la ville-mère depuis que l'existence à bord le malmenait, il vit des branches au feuillage avivé par l'aube, des mouvements d'ailes. Le gazouillis ne cessait pas et pourtant le sommeil s'en allait.

Il ouvrit les yeux.

À l'extrême bord du château d'arrière, trois petits oiseaux se disaient avec force pépiements les choses de la nuit et l'extravagante excursion qu'ils avaient entreprise. Trois petits oiseaux pas inquiets du tout de se trouver là et jabotant à qui mieux-mieux tandis qu'au bout du sillage de la Santa-María de longues bandes de jour naissant s'étiraient. Trois petits oiseaux de la terre qu'un caprice avait conduits en mer. Caprice d'un vent, caprice des petits oiseaux ? Rien de terrible puisque les trois intrépides chantaient et se lissaient les plumes tour à tour, comme ils l'auraient fait à la base d'un toit.

Chinito restait immobile pour que ne s'enfuît pas ce

qu'il prenait encore pour un rêve. Appuyé sur un coude, il souriait aux visiteurs.

Des arbres poussaient donc à quelques coups d'ailes d'un passereau. Et cependant la mer demeurait vide. Le capitaine gardait les yeux tournés vers le ponant sans se soucier de possibles escales en des îles qui envoyaient des messagers aussi engageants que trois petits oiseaux.

Au dernier rayon de l'aurore, ils s'envolèrent. L'agitation reprenait à la relève du matin. Les matelots qui avaient tenu les différents postes laissaient voir des airs de soulagement. Personne n'aimait ce tour de garde pendant lequel la solitude devenait lugubre. C'était l'heure où les superstitions envahissent l'esprit tandis que le corps se raidit dans la nuit finissante. À ce moment apparaissent sur l'horizon, à peine perceptibles mais terriblement présents, sortis d'une nuée, les vaisseaux désertés errant où le destin les mène. Les âmes des marins noyés remontent à la surface, et l'eau présente des moirures, des couleurs illusoires, des formes estompées qui rendent l'aube plus froide et l'esprit plus inquiet.

Chinito eut l'impression d'être abandonné quand les passereaux furent partis. Il regarda couler le sable dans l'*ampolleta* retournée. Pour lui qui avait des réserves de jeunesse et de vie, la course du temps ne comptait pas. Il aurait jeté des heures à la mer, offert une part de ses jours avec prodigalité pour toucher plus vite au bord ardemment espéré.

Le sort lui avait joué un drôle de tour en lui faisant rencontrer l'homme des grands voyages. Chinito soupirait après le pays andalou parce qu'il ne concevait pas un rivage nouveau peuplé de merveilles. Et cependant il était sûr de s'adapter à tout autre monde pourvu qu'il lui offrît les senteurs de la terre ensoleillée, une branche alourdie de figues ou d'oranges, quelque porte cochère au grand huis condamné, un mur de pierres sèches à escalader, fleuri de giroflées ou de chélidoine à la sève de sang irritante et poisseuse.

La mer ne l'attirait guère. Les voiles gonflées ne suscitaient en lui qu'un élan modéré après l'inoubliable rencontre et la joie du vertige surmonté. La vie grouillante sur l'espace restreint cerné par une étendue sans limites l'oppressait. Il voulait dévaler de nouveau les flancs d'une colline jusqu'à perdre le souffle, marcher sous la lune en une délicieuse complicité avec la nuit, fouler un sol dur et solide.

Il attendait une autre terre.

Et les trois petits messagers s'en étaient allés.

Un point, qui paraissait noir, naquit très loin dans le ciel. Chinito le vit grossir au fur et à mesure qu'il approchait, devenir clair jusqu'à être presque blanc. Et voilà qu'il lui poussait des ailes. Des ailes vigoureuses dont on distinguait peu à peu les battements. Et puis un bec. Un bec énorme. Car le point était oiseau. Il approchait, le col légèrement renversé, le goitre orangé pendu sous le bec comme un sac fripé. Il venait du nord-nord-est à la rencontre du voilier. Il hésita avant de se poser sur le toit du château d'arrière, à deux pas de Chinito. Saisi de stupeur, celui-ci n'osait pas bouger. Il contemplait l'œil à la fixité jaune impressionnante, le plumage d'une blancheur parfaite et le bec disgracieux aux peaux ourlées de liserés bleutés.

« Un pélican ! »

Les matelots délaissèrent la manœuvre pour tenter de le capturer.

« N'y touchez pas ! ordonna Colomb. Ne l'approchez pas ! Cet oiseau est le signe avant-coureur de notre victoire prochaine. Jamais il ne s'éloigne de plus d'une vingtaine de lieues du rivage où il dort. Car, comme le paille-en-queue, il ne passe pas la nuit sur les vagues. S'il plane pendant le jour au-dessus des flots, c'est pour chercher sa nourriture. Ne le... »

Un geste maladroit, et le pélican s'envola dans un grand fracas d'ailes. Il monta, tournoya au-dessus du navire puis, mu par une décision soudaine, il piqua droit lui aussi vers le sud-est où les dorades nageaient à fleur d'eau parmi les sargasses vertes et brunes.

« Gardons le cap », répéta Colomb.

Le vieil Alvarez, quand il eut tracé le mot « sargasses », posa sa plume pour mieux replonger en lui-même. Maintenant, il connaissait le nom des algues et l'étrave de nombreux galions déchirait la prairie fantastique.

Ses doigts secs balayèrent son front, descendirent sur les sourcils, firent la nuit en emprisonnant les paupières. Deux jours déjà qu'il écrivait. La pluie avait cessé au crépuscule de la veille. À présent, un silence pesait à l'intérieur de la chambre. Une clarté d'étain bruni envahissait le ciel, mettant une patine hivernale sur les meubles. Un reflet glaçait la page besogneuse tandis que les coins d'ombre devenaient plus profonds.

Loin dans l'espace, démesurément loin dans le temps et cependant si présents à la mémoire, trois voiliers cinglaient vers un monde diffus sur un océan tout à coup dépouillé de ses herbes. Les marins avaient vu disparaître ces indices à regret. Un détour de quelques heures seulement devait les séparer d'une île parée des attraits que l'on accorde aux rêves insatisfaits.

L'armada volait sous un vent constant, sur une mer redevenue uniformément vide. Les lieues succédaient aux lieues. Les comptes de la Niña et de la Pinta ne coïncidaient pas avec ceux de la Santa-María. Les grognements reprenaient.

« Pourquoi notre mesure est-elle toujours en dessous des autres ?

« Pourquoi ? Tu as besoin de le demander ? »

On ne le demandait pas au capitaine. On posait parfois la question à Juan de La Cosa, aux accompagnateurs qui ne savaient que répondre. On maugréait.

Comment retournerait-on en Espagne sous un vent soufflant toujours vers l'ouest ? Interrogation obsédante. Aveu d'une anxiété. Plus le vent était favorable, plus on le redoutait.

Il tomba soudain. Et tandis que les voiles pendaient, misérables, les herbes reparurent, si abondantes que les carènes se trouvèrent prises dans un amas épais. Les proues s'ouvraient un sillon à grand-peine. Combien de temps allait durer cette quasi-immobilité ? Faudrait-il périr dans ces eaux de fin du monde où les vents ne soufflaient plus, où les algues proliférantes se heurtaient sans doute à une limite infranchissable, s'accumulaient en un mélange obscur d'eau et de végétal ? On s'était attendu à un saut dans le vide, à une cataracte cyclopéenne sur un abîme sans fond. On allait se cogner à un butoir.

Quand les marins regardaient à la poupe, ils voyaient avec angoisse les herbes se refermer sur le sillage et empêcher ainsi toute possibilité de retour. Que Cipango ne fût pas au bout de leur route ne les décevait qu'à moitié. L'or promis par Pinzón dans les exhortations de taverne avait perdu de son éclat au long d'une traversée trop pleine de risques. La mort ou quelque chose de pis encore et pour quoi ils n'avaient pas de nom les préoccupait davantage.

Le guetteur découvrait autour de lui la plus vaste, la plus formidable étendue d'algues que l'œil humain eût été en mesure de contempler. Les hommes désœuvrés se laissaient gagner par l'épouvante et le découragement.

« C'est le pays du diable !

— Nous sommes maudits !

— On ne peut pousser plus avant ! »

Christophe Colomb, lui-même, fut pris d'un doute. Chinito le comprit lorsqu'il vit son maître rester dans le château d'arrière et, de là, adresser à l'équipage des paroles brèves, moins convaincantes que d'habitude parce que, à l'évidence, moins convaincues.

« Le Ciel nous viendra en aide. Ne perdez pas l'espérance. »

Le ciel était désert au-dessus de la mer engorgée. Il était flamboiement vengeur, azur cruel, soleil de fournaise.

Un homme tenta de sonder avec une perche armée d'un croc l'épaisseur végétale. Le crochet s'enfonça. Quand l'homme le retira, il entraîna un énorme écheveau, fourchée d'une viscosité maléfique qui engluait les bateaux pour les punir de leur témérité.

La Niña et la Pinta s'étaient rapprochées de la Santa-María, et Colomb devait subir maintenant les plaintes des trois équipages. Les griefs sautaient par-dessus bord pour l'atteindre plus sûrement. À mesure que la bonace persistait, s'y mêlaient des jurons, des gestes menaçants encore à peine esquissés qui mettaient en péril l'autorité du capitaine.

Colomb affrontait le danger. D'une voix posée, il expliquait dans un espagnol marqué d'accent étranger :

« Vous voyez bien que nous n'avons pas quitté le monde de la Vie ! Ces plantes sont vivantes. Regardez leurs couleurs ! Elles vivent ! Les croyez-vous capables d'arrêter nos navires ? Elles s'ouvrent pour nous laisser passer. La brise va bientôt se lever. Lequel d'entre vous n'a jamais connu ce calme redoutable ? Il nous retarde, certes, mais il ne durera pas. »

Lorsque la brise revint, elle avait changé de direction. Les bateaux avancèrent vent debout. Loin de s'en montrer affecté, Christophe Colomb le fit remarquer à la ronde.

« Qui a prétendu qu'aucun vent ne nous reconduirait en Espagne ? Tous à vos postes, vite ! Il n'est pas temps encore de nous en retourner. Dieu, dans Sa grande miséricorde nous envoie un signe pour que nous ayons confiance. Il pourvoira à notre retour. Son souffle nous le dit. Mais aujourd'hui, et demain encore, nous devons voguer en maintenant notre route autant que faire se pourra.

— Vers où va-t-il nous mener, ce vent que nous ne connaissons pas ? » demanda un marin porté par sa crainte à braver le capitaine.

Ce fut le début d'une foule de questions jaillissant d'un brouhaha désapprobateur.

« Il est vent du sud-est. Mais nous avons bonnes voiles et gouvernails solides. Nous garderons notre route sur le ponant.

— Voilà trois semaines que nous sommes partis ! »

Colomb voulut les rassurer une fois encore.

« Nous n'avons guère parcouru que quatre cent cinquante lieues, dit-il.

— À savoir !

— Ceux de la Niña disent qu'on a bien dépassé les cinq cents ! » renchérit un énorme barbu.

Le capitaine eut un instant de silence. Était-ce une hésitation ? Avait-il besoin de se ressaisir ? Il posa la main sur l'épaule de Chinito. Son geste se voulait paternel et courait le risque d'être jugé ostentatoire.

« Quatre cent quarante-huit », prononça-t-il en détachant les syllabes.

Chinito perçut que la main tremblait légèrement.

Les herbes devinrent moins épaisses et puis, au fur et à mesure que la journée se déroulait, elles laissèrent apparaître de larges espaces d'eau turquoise. Leur balancement monotone les entraîna loin derrière les navires. Elles disparurent. Lorsque d'autres arrivèrent, si on ne les tint pas pour annonciatrices d'un rivage, on ne les craignit pas non plus. Dans le secret de leur végétation, un peuple de petits animaux se cachait. Homards et dorades, pris dans les filets, apportèrent un peu de joie.

Chinito servait du vin chaud à son maître et à Pinzón et Vicente Yañez venus aux ordres.

« Ce vin andalou est excellent », remarqua Colomb. Il lui manque pourtant quelque chose.

« Il a le parfum de nos vieilles terres.

— Justement ! Il lui faudrait en plus un soupçon de cannelle, un je-ne-sais-quoi de poivré, certain arrière-goût de gingembre que nous lui donnerons bientôt.

— Dieu veuille !

— Dieu veut. »

Chinito sentit le plancher brusquement moins assuré sous ses pieds. Un tangage le contraignit à s'adosser à la cloison. Le vin se mit à rouler dans les gobelets. Les trois hommes se regardèrent, surpris. Colomb se leva. En une enjambée, il fut à l'une des petites fenêtres qui donnaient sur l'eau.

« Étrange ! » marmonna-t-il.

La mer se couvrait de vagues sèches, ourlées d'écume.

Et pas un souffle sur cette tempête naissante.

« Un miracle ! se récria Colomb. Un miracle comme il n'y en eut qu'un autre dans l'Histoire. Souvenez-vous de Moïse étendant le bras au-dessus de la mer Rouge, devant Pi-Habiroth. L'Éternel a imposé à la mer un mouvement inoubliable. Elle s'est ouverte pour laisser passer les enfants d'Israël et, quand le peuple élu fut sauvé, Moïse étendit de nouveau le bras. Aussitôt, les flots engloutirent les chars et les cavaliers de Pharaon. »

Il parlait d'une voix hachée, bougeait sans cesse sous le regard interloqué de ses convives. Emporté par l'exaltation, il ébaucha le geste d'étendre le bras, se reprit aussitôt en un mouvement embarrassé. La mer creusait sa houle et donnait à ce visionnaire qui l'ouvrait pour la première fois du tranchant de trois proues audacieuses, l'illusion qu'un autre Moïse était apparu.

« Et le peuple d'Israël fut sauvé ! » enchaîna-t-il.

« Au souffle de tes narines, les eaux se sont amonce-
lées. Les courants se sont dressés comme une muraille.
Les flots se sont durcis au milieu de la mer... »

Soudain il eut conscience de sa fougue haletante et
des paroles de L'Exode qu'il citait avec trop de passion pour ne pas intriguer ceux qui l'écoutaient. D'où
lui venait une telle ardeur pour le peuple d'Israël, à
l'heure où les Rois Catholiques chassaient les Juifs
d'Espagne, devait se demander Pinzón toujours à
l'affût d'une arme nouvelle dans sa course vers les
terres fabuleuses. Et Vicente Yañez s'interrogeait aussi
sans doute.

Chinito, le pot de vin serré contre son cœur, les
omoplates collées à la paroi de la cabine et les jambes
écartées, les orteils crispés pour conserver un équilibre
toujours plus compromis, surprit des airs interroga-
teurs, des regards échangés qui confirmaient des
doutes.

Colomb sortit de la chambre capitane. On menait
sur le pont le branle-bas des tempêtes. Tout ce qui
avait été abandonné dans une certaine instabilité sur
les planches en dos d'âne pendant les heures de la
bonace était lié, emporté dans la cale. Voiles ferlées,
vergues brassées, les trois navires affrontaient le début
de la tourmente. Pinzón et Vicente Yañez voulurent
regagner leurs bâtiments avant qu'il ne fût trop tard.

Chinito ne voyait plus rien, n'entendait plus rien. Il
lui semblait que le vaisseau allait s'engloutir dans ces
creux d'un vert qui virait au noir.

« Jamais rencontré une tempête comme celle-ci », grogna le Malagueño.

D'énormes rouleaux accouraient de l'horizon. Ce n'étaient pas des vagues déferlantes qui écrasent leur masse furieuse sur la coque des navires, se heurtent et s'entrechoquent en de grands assauts d'écume emportés par le vent. Le ciel ne prenait pas part aux mouvements de l'eau. La mer était soumise à un bouleversement interne. Les vagues se succédaient avec des creux toujours plus vertigineux dans lesquels les nefs disparaissaient avant de resurgir, de se hisser sur une crête en un instant d'équilibre et de s'engloutir de nouveau dans une fosse marine. On eût dit un grain issu du pays des songes.

Les marins connaissaient des sommeils au cours desquels les orages traversés hantaient leurs cauchemars. Les vagues venaient d'un lointain sans limites. Elles se jetaient avec des éclatements silencieux sur les épaves abandonnées à leur furie, s'acharnaient jusqu'au réveil du dormeur hébété tout surpris de se trouver sur un pont paisible ou sur la paillasse bienveillante de ses retours à terre.

Ici, le rêve était réalité. Il était angoisse car – le Malagueño ne se trompait pas – on n'avait jamais rencontré un tel phénomène. Les marins, pris par les actions d'urgence que la tempête réclamait, en oubliaient leur peur. Ils écopaient les paquets de mer embarqués à chaque soubresaut.

Chinito crut sa dernière heure arrivée. Il demeurait

seul dans la pièce du capitaine. La cruche de vin toujours serrée lui apportait le réconfort d'un reste de chaleur. Mais où aller ? Le plancher basculait. Les gobelets abandonnés roulaient, tombaient de la table, roulaient encore, dans un sens, dans l'autre, au gré de chaque mouvement.

Le malheureux avala une gorgée de vin pour se donner du courage et en resta étourdi. Le liquide, dans son estomac, participait au tournoiement général. Chinito posa la cruche au pied du lit et tenta d'aller à la recherche d'un peu d'air frais. La cruche, aussitôt renversée, et les gobelets le poursuivirent jusqu'à la porte avant d'entamer un reflux.

Colomb avait regagné le château de poupe. Il se tenait entre deux piliers dans la galerie. Son œil s'allumait à la vue des manœuvres de l'équipage. Les jours d'attente et de calme plat étaient terminés.

En sortant de la cabine, Chinito fut projeté contre un de ces piliers. Il l'étreignit à pleins bras, y resta agrippé. Enfin, quelque chose de solide et de sûr, un appui qui ne se dérobait pas !

« Ne reste pas là, *grumete* ! »[1] ordonna le capitaine.

Sur le moment, le jeune garçon ne comprit pas pourquoi on le renvoyait. Ce ne fut que plus tard, lorsqu'il eut appris à mieux connaître les hommes et surtout quand, vieillard à la recherche de ses souve-

---

1. Mousse.

nirs lointains, il se rappela l'exaltation du navigateur, qu'il saisit les raisons de cet ordre.

Christophe Colomb avait voulu être seul dans cette immensité pourtant à peine à la mesure de ses rêves pour refaire mentalement le geste de Moïse et renouer avec un peuple persécuté sur le nom duquel il gardait toujours le silence.

Chinito abandonna à regret le pilier protecteur. Une montagne choisit ce moment pour soulever le navire. La Santa-María se cabra, toute grinçante et gémissante, à l'arête de la vague et puis se jeta dans un gouffre où le jour lui-même avait des couleurs d'eau profonde. Le pauvre *grumete* se trouvait en haut de l'échelle. Il sentit que le sol se dérobait sous lui, lança désespérément les bras pour s'accrocher à quelque relief capable de le sauver. Il y eut un grand vide, une chute de plus en plus douloureuse à chaque rebond sur l'échelle, et la violence du choc quand la tête heurta le plancher inférieur.

Il était à demi assommé, incapable du moindre mouvement. Une douleur le clouait aux planches. Il la bénissait presque, cette douleur qui lui imposait de faire corps avec le navire. Il ne tenta pas de se relever. Son nez saignait doucement comme une petite source épuisée donne ses dernières gouttes. Des aiguilles brûlantes irradiaient leurs piqûres de l'épaule droite au cou. Des élancements lui venaient, loin, très loin, de l'extrémité de la jambe.

Mais il adhérait de toutes ses forces à la Santa-María

malmenée. Il en percevait les soubresauts courageux. Si la coque se disloquait, il se disloquerait lui aussi. Ils iraient ensemble par le fond qu'il avait tenté de sonder avec effroi pendant les jours de navigation paisible et imaginé surtout, dans la mesure où son esprit pouvait recréer des fosses de silence. Il allait y descendre vers une nuit sans fin, une éternelle immobilité.

La silhouette flottante du Malagueño apparut. Elle dansait au-dessus du pont, en quête d'un équilibre. Les bras tendus appuyaient comme un balancier sur l'air épaissi. Au-delà du bordage, le ciel virait au noir progressivement.

Le Malagueño s'abattit plus qu'il ne se pencha à deux pas du blessé.

« Tu as mal, *muchacho* ? »

Chinito ferma les yeux, attendant la fin de toutes choses. La chute avait provoqué en lui un engourdissement.

« Ne reste pas là ! »

L'homme le prit dans les bras et le souleva. Il se carra sur ses jambes solides pour s'assurer un aplomb. Chinito se crut emporté dans un monde où tout chavirait. Alors que son sauveteur essayait, en le ménageant beaucoup, de le déposer à l'abri dans la resserre à voiles du château de proue, le ciel s'ouvrit brutalement. Des trombes d'eau s'écrasèrent, lourdes autant que des cascades et inépuisables comme elles. Cela faisait maintenant un bruit d'enfer. Les vagues hurlaient de tous les côtés à la fois. Elles assaillaient leur proie avec une violence acharnée et l'on pouvait se demander pourquoi la Santa-María ne sombrait pas.

« La fin du monde ! gémit un matelot réfugié dans le coin le plus obscur.

— Nous allons y passer », grogna un compagnon de panique.

Sa remarque se poursuivit par une prière à la Vierge, marmonnée d'un ton rageur. C'était plus un règlement de comptes qu'une oraison. L'homme s'en prenait à la Mère Protectrice qui avait permis qu'un fou les entraînât en des contrées où jamais chrétiens n'étaient allés. Il rongeait les mots de soumission adorante avec colère, demandant le pardon de ses fautes d'une voix pleine de ressentiment et ne s'apaisa que dans un « ainsi soit-il » chargé de la résignation des gens de mer.

« Tu as mal à la tête ? s'enquit le Malagueño en posant une main précautionneuse sur le front de Chinito.

— Non.

— Tu as mal où ?

— Au cœur... »

Un hoquet vint appuyer la réponse. Il sembla au garçon que son estomac se retournait.

« ¡ Vaya ! dit le Malagueño. Si ce n'est que ça ! »

Il partit vers d'autres tâches. Le mal de mer passerait avec la tempête. Mais tant que la tempête durerait, cent tâches resteraient à accomplir.

5

Mardi 25 septembre 1492

Le calme revint et l'angoisse avec lui. Des oiseaux volaient au-dessus du sillage, se posaient sur les navires, mais les marins, comptant les jours de navigation qui les éloignaient de leur pays sans les conduire vers une autre terre, ne ranimaient plus leur volonté à la contemplation de ces battements d'ailes. Ils ne croyaient plus aux présages. L'agitation, d'abord dissimulée, se montrait à présent sans retenue. La grogne renaissait chaque matin, alourdie parfois de menaces à demi formulées.

Colomb restait à son poste, sans rien dire du tourment qui l'habitait, mais que Chinito, dans sa quête éperdue d'un peu d'affection, décelait. Il contemplait le ciel, clouait son regard clair aux soleils levants pour lire dans leurs teintes safranées ou violentes des raisons d'espérer, défiait les couchants qui se dérobaient sans cesse. La nuit, le visage tourné vers les étoiles, il murmurait des paroles inintelligibles, à lèvres serrées. Chinito prêtait l'oreille, entendait parfois des mots dans une langue qu'on ne parlait pas à Grenade. Puis le silence retombait. À mesure que le temps passait, Colomb devenait plus farouche. Une passion secrète le corrodait qu'il dominait par d'incessants efforts de volonté. Il n'y avait plus de place pour le geste amical des premiers jours ni pour des paroles réconfortantes. Le capitaine poursuivait le soleil jusque dans les chemins d'étoiles. Il scrutait les points lumineux, les interrogeait au long des nuits, traçait des relevés afin d'établir une route. Quand dormait-il ? Les jurons qui montaient vers lui, les soupirs et les lamentations glissaient sur les plis de son manteau comme averse d'avril.

Chinito s'alarmait de la tension croissante. Chaque communiqué du nombre de lieues parcourues soulevait des protestations de moins en moins étouffées.

« C'est faux ! » hurla une vigie à l'annonce de douze lieues, le 21 septembre.

Christophe Colomb ignora ce cri, mais il toisa l'homme avec insistance avant de tourner les talons.

« On en a fait quatorze, sinon plus ! »

Ce soir-là, des groupes se formèrent. Les marins discutaient entre eux avec force gestes. Les gentilshommes se tenaient à l'écart, rassemblés eux aussi, l'aveu de la peur retenu sur les lèvres parce que leur grand chapeau à bord relevé et leur court manteau de brocart imposaient un style de comportement. Christophe Colomb restait seul à la poupe. Des pétrels planaient autour du grand mât. Ils n'étaient plus oiseaux d'espoir, mais de mauvais augure tels les charognards qui accourent, conduits par un instinct surprenant lorsqu'une vie, en un coin oublié, va s'éteindre.

Et pourtant, les voiliers voguaient avec constance en direction du point désiré où le soleil, à son coucher, se dérobait toujours. Un vent les poussait, qui rendait la navigation facile et laissait trop de liberté aux équipages. Le temps se serait déroulé sans histoires si on avait su où l'on allait.

Chinito comprit qu'une mauvaise affaire se tramait lorsqu'il surprit des remarques qui ne voulaient plus être entendues. Un homme parlait à un autre avec des mots chuchotés. Il se tut à l'approche du mousse. On se méfiait de l'enfant aux *ampolletas* trop familier de la chambre du commandement.

Le garçon passa, feignant l'indifférence, mais l'oreille tendue et le cœur étreint d'une crainte diffuse. Il s'attarda au rangement de cordages, sans parvenir à surprendre le moindre mot. Les deux hommes se séparèrent sur un hochement de tête. Un accord venait d'être passé.

L'un s'est coulé ensuite dans l'écoutille pour porter son message au ventre du navire où l'ombre se prêterait à un colportage feutré. L'autre est allé vers un groupe qui jouait aux dés l'or futur des Indes. Les conciliabules ont repris, les hochements de tête aussi. Ensuite, le conspirateur est monté dans la voilure. Il a glissé le long des vergues jusqu'à la hune. Le message, en plein ciel, au milieu des cris des goélands trompeurs, pouvait s'exprimer librement, inaudible pour ceux qui grouillaient en bas, sur le pont des misères, de la soif, de la peur et presque de la haine.

À aucun moment, le messager ne s'est approché du château de poupe.

Chinito a senti la menace, d'autant plus effrayante qu'elle se dérobait. Il est allé trouver le Malagueño. Depuis que l'homme l'a relevé après sa chute et soigné avec des gestes doux qui voulaient passer pour indifférents, une amitié est née entre eux. Mais le Malagueño est déroutant. Il ne veut rien dire de sa vie passée, ne parle pas du présent et semble se préoccuper nullement de l'avenir.

« Pourquoi t'es-tu embarqué, Malagueño ? »

Quand Chinito a posé cette question, il a su tout de suite qu'il avait commis une erreur. On ne posait pas certaines questions au Malagueño. Et d'ailleurs, le Malagueño détestait les questions quelles qu'elles fussent. Il a eu un froncement de sourcils à peine esquissé, mais qui a mis pourtant de la nuit dans ses yeux. Après avoir suivi le vol d'un pétrel avec une attention feinte qui lui permettait de ne pas répondre, il a cherché d'autres oiseaux dans le ciel.

« Là ! Regarde ! s'est-il écrié un peu trop vite en

étendant le bras. Une frégate. On l'appelle encore aigle des mers. »

Par la suite, Chinito n'a plus osé poser de questions. Maintenant, il lui fallait savoir.

« Malagueño, tu es au courant de quelque chose ? »

Son ami détourne la tête. L'amitié entre eux défie la vague qui risque de les emporter, mais ne peut libérer les mots d'un secret. Elle arrête la confidence, maintient l'homme et le garçon dans une solitude intérieure.

« J'aurais pas dû, Malagueño !... »

Un sourire. Tant de réconfort peut passer dans un sourire ! Chinito se laisse envahir par la chaleur de celui-ci. Il se trompe, il insiste, libéré de la gêne qui le saisit lorsqu'il approche le capitaine tous les jours plus indifférent à son besoin d'affection. Le Malagueño est jeune. Il pourrait être un grand frère. Est-ce qu'on est intimidé par un grand frère ?

« Je ne sais pas ce qui se trame, tu comprends ! »

Le Malagueño n'a pas répondu. Afin de décourager d'autres questions sans rabrouer ce gamin qui l'attendrit avec ses yeux encore tout arrondis d'enfance, il s'est mis à fredonner une chanson triste que l'on devait entendre souvent à Malaga et que Chinito ne connaît pas. À Grenade, les chansons parlaient de soleil, de teint plus clair que la fleur de l'orange, d'amours plus constantes que jets d'eau, de peines sans espoir où le cœur définitivement s'abîme, de princesses aux cheveux de nuit, et de fatals cavaliers venus du désert originel. Elles étaient passion, elles étaient chaleur. La chanson du Malagueño dit le froid de la vague et celui de l'absence, le grain des mauvais jours et les pleurs de l'attente déçue.

« De quoi ils ont parlé, Malagueño ? »

Un homme couché non loin de là les observe en faisant semblant de dormir. Il écoute. Et puis, brusquement il se lève et s'approche. Il a, dans sa barbe hérissée de sel, un sourire d'inquiétante malice.

« Tu veux savoir, *chico,* ce qui se dit ? »

Il savoure sa satisfaction. Son œil s'allume. Il est fort de la méchanceté née d'un mauvais dessein collectif. Ses peurs, ses ressentiments se perdent dans un projet meurtrier qui aura le pouvoir du nombre. Le regard de colère du Malagueño ne l'arrête pas.

« Ce soir, on le passe par-dessus bord.

— Qui ? »

Un rire insupportable révèle des chicots rongés par le scorbut et l'alcool. L'homme se tape sur le ventre pour mieux extérioriser une joie marquée de trop de raillerie pour être sereine.

« Qui ? *¡ Madre mía !* Tu demandes qui ? »

Il se penche. Son haleine triomphe de la brise de mer. Chinito reçoit en plein nez une bouffée corrompue, de haine et de mort. Un mouvement du menton remplace les mots. La barbe en bataille indique la chambre dans le château de poupe.

« Tais-toi, Paco. »

Le Malagueño coupe court à ce qui allait suivre. Son

ton est impérieux. L'autre hésite devant la détermination du jeune homme.

« J'ai rien dit !

— Tais-toi. »

Toujours assis, le Malagueño serre les poings. Les
phalanges blanchissent sous le hâle et les écorchures,
les muscles se tendent, chargés d'une puissance qui ne
demande qu'à être libérée. L'autre voit cette impétuo-
sité accumulée dans les mains du jeune homme. Il voit
aussi le soubresaut qui les détend ensuite par un effort
de volonté extrême. Alors il retrouve son arrogance.
Il sait des choses. Il peut les dire.

« Je peux dire des choses, moi !... »

Prudemment il recule d'un pas, car l'adversaire va
bondir. Pour compenser son infériorité physique, il
risque des allusions que Chinito ne comprend pas,
mais qui allument une rage noire dans les yeux du
Malagueño.

Chinito a remarqué combien, dans l'espace réduit
d'une caravelle où tant de gens s'agglutinent, les
regards, plus encore que les mots et bien davantage
que les gestes, sont moyens de communication. La
colère, la peur, la camaraderie, les rivalités de la faim
et de la soif, du manque de sommeil et des heures de
garde, l'illusion d'une terre apparaissant sur l'eau,
l'élévation vers une étoile, l'espoir, la déception, la
souffrance muette et la foi renaissante, tout tient dans
des regards échangés, des regards surpris, des regards
qui quêtent l'attention, d'autres qui se dérobent.

Des matelots sont accourus. Ils ont perçu au vol la tension qui croît entre les deux hommes. Dans la monotonie des voyages au long cours, ils sont friands de ces pugilats nés de la cohabitation trop étroite. Tout peut être étincelle pour allumer un grand feu de violence. Les coups menés par les cris deviennent spectacle, défoulement de brutalités trop longtemps contenues, de frustrations cruelles à la recherche d'exutoires.

Cette fois, un projet les unit, qui a l'excuse de la peur. Ils ne veulent pas mourir aux confins du monde.

Paco, rassuré par la présence du renfort, revient à la charge.

« Tu seras avec nous, Malagueño.

— Non.

— Nous devons être tous ensemble.

— Non. »

Le ton se rabaisse brusquement. Christophe Colomb est appuyé au bastingage. Il n'écoute pas. Perdu dans ses songes, il scrute la mer pour donner des réponses à son rêve qui sera toujours pour lui une réalité à atteindre.

« Malagueño, je sais pourquoi tu t'es embarqué. Tu ne risques plus rien maintenant.

— Paco, tu as une femme, des enfants. Si, après avoir fait cela tu retournais à Palos, tu serais pendu. Et vous tous avec lui !

— Pas sûr !

— Oui, c'est sûr ! »

110

— Crois-tu ? Nous aurons une explication à ce qui sera arrivé. Crois-tu que tout le monde peut réchapper de la mer aux algues traîtresses où volent des poissons d'or capables d'arracher une main, où les vagues se lèvent sans le secours du vent ?...

— Tu deviens poète !

— Je plaide non coupable. Je dis ce que nous avons vu. Et vérifiez l'état de notre navire ! Vous lirez sur sa coque l'histoire des malheurs que nous avons connus. Notre capitaine a trépassé, mes doux seigneurs, un soir de grande fièvre. C'est miracle que nous ayons pu nous en retourner après l'avoir bien religieusement enseveli dans les flots.

— D'autres témoigneront.

— Ils seront morts avant de pouvoir le faire, les malheureux ! Morts de cette même fièvre. Il faut être tâcheron des bancs de nage et des vergues ferlées pour résister à ces maux, mes bons seigneurs. Et puis, comptez ! Comptez combien d'entre nous, gens d'équipage, ont rendu leur âme à Dieu avant de revenir au port ! »

Chinito sentit peser sur lui une menace lourde. Allait-on s'entretuer ? Et si cela était, les révoltés ne commenceraient-ils pas par le supprimer lui qui vivait près du capitaine depuis que les côtes de Moguer avaient disparu derrière eux ? Quel autre témoin pourrait, mieux que lui, raconter les horreurs commises ? Les accompagnateurs de Colomb risquaient certes leur vie tout autant en cette aventure. Il y aurait

111

donc crime dans la solitude des eaux jusque-là inexplorées. Pinzón n'était-il pas prêt à soutenir les mutins pour récolter seul la gloire de l'expédition ?

Un tremblement parcourut le pauvre mousse.

« Tu seras avec nous, insista Paco en s'adressant de nouveau au Malagueño. Tu seras avec nous, Bar…

Il ne put achever. L'autre lui avait sauté à la gorge. Ils roulèrent sur le pont.

— … tolomeo… »

Le Malagueño se reprit. Haletant, il desserra l'étreinte, contempla ses mains avec un air hagard. Une épouvante le secouait. Il se releva, frottant ses paumes l'une contre l'autre comme pour les apaiser, bêtes dangereuses qu'il fallait apprivoiser en mettant de la douceur dans le geste.

« Paco ! Arrête ! » supplia-t-il.

Il s'éloigna pour fuir la violence qui, en un instant, l'avait submergé. Chinito lui emboîta le pas. Ils allèrent ainsi à la proue, dans une grande débauche de vent. Le Malagueño continuait de frotter ses paumes en un va-et-vient obsédant.

« Il allait dire quoi ? » interrogea Chinito avec prudence.

Le jeune homme était sous l'effet d'un choc. Il rejeta son désir de silence. Les mots sortirent de lui en un épanchement continu.

« Ce que je voudrais que tout le monde oublie. Je ne suis pas de Malaga, en vérité. Je suis de Torres. Je m'appelle, c'est exact, Bartolomeo. La saison dernière, l'équipage du navire sur lequel je servais a tenté de se mutiner à cause des duretés de la vie à bord. J'ai pris la tête de la révolte et c'est miracle que je n'aie pas jeté le capitaine à la mer. Au dernier moment, j'ai fléchi. Il a su profiter de ma faiblesse. Il a repris la situation en main. Il aurait pu me pendre à la grande vergue. Il m'a fait grâce. Pourquoi ? Je n'en sais rien. Il m'a seulement dit : "Que jamais je ne te revoie à Malaga." Ma colère contre lui était si forte que je lui en ai voulu encore plus de sa clémence. »

La voix se tait brusquement. Chinito n'ose questionner davantage. Bartolomeo, puisque tel est son nom, a posé ses mains ouvertes sur ses cuisses et les contemple. Elles sont source d'une profonde peur. Le matelot a besoin d'exorciser un mal qu'il porte en lui et qui a resurgi brutalement tout à l'heure, alors qu'il croyait le dominer après avoir changé d'identité. Ce garçon qui l'écoute avec l'innocence de son âge le guérira peut-être si les mots parviennent à sortir.

« Un soir, à Tarifa, je suis allé dans une taverne en vue d'un enrôlement. Je proposais mes services à tous les patrons qui préparaient leur saison de pêche sur les côtes du Cap Vert et mêlaient, pour leur plus grand profit, commerce d'esclaves et piraterie lorsque l'occasion se présentait. Je suis homme de mer. Je n'aurais pas pu rester à retourner le lopin de terre que ma mère possède et à gauler les olives de trois oliviers aussi vieux que le monde. Un patron venait de me donner son accord quand un gars, avec qui encore j'avais eu

113

des histoires sur le bateau précédent, m'a reconnu. Il était passablement ivre. Il s'est mis à crier que j'étais un mutin, que le capitaine m'avait fait grâce à condition que je ne m'enrôle plus et que c'était lui, plutôt que moi, qu'il fallait engager. J'ai vu rouge. J'ai sauté sur l'ivrogne pour le faire taire comme... comme... »

Il se frotte les mains, hésite à poursuivre.

« ... comme tout à l'heure j'ai bondi sur Paco. Seulement, cette fois-là, j'ai serré les doigts autour du cou du marin. Il fallait qu'il se taise, tu comprends ! Il s'est tu. Quand j'ai réalisé que ses yeux se révulsaient, il était trop tard. Sa respiration s'arrêtait... Un hoquet rauque... J'ai desserré les doigts. Il s'est affaissé à mes pieds. Il était mort. J'avais tué un homme. »

Le vent éparpillait la confession du Malagueño, l'emportait, la roulait au creux de la houle. C'était au vent, plus qu'à Chinito, que le malheureux se livrait.

« Quand nous nous sommes rencontrés, à l'auberge, je quittais la côte, sûr de ne plus pouvoir m'y faire employer. Je partais vers les montagnes avec l'intention de me bâtir une autre vie. Un inconnu m'a proposé de retourner sur la mer. Je n'ai pas résisté à l'occasion. Personne ne saurait rien de moi. Et puis, il nous l'a assuré, toutes les poursuites pénales contre ceux qui décideraient de s'enrôler seraient suspendues. Il l'a proclamé dans l'église de Palos. Tu l'as entendu. Voilà pourquoi je suis ici. Mais j'ignorais que Paco se trouvait dans la taverne, le jour de la rixe. Une fatalité me poursuit. Tout à l'heure, j'ai compris que les mêmes fautes pouvaient recommencer. J'ai eu le même geste avec Paco et je me demande comment j'ai réussi à me dominer. »

Il se tourna vers Chinito, soulagé d'être parvenu enfin sinon à communiquer, du moins à se libérer de ce qui pesait sur sa conscience.

« Nous arriverons à une terre. Je le crois. Elle sera comme elle sera, peu importe ! Je quitterai le navire et je m'enfoncerai dans les bois. Je grimperai au flanc d'une montagne. Je trouverai un endroit assez hospitalier pour y construire une cabane. Et j'attendrai là que la vie enfin me soit plus douce. Douce est peut-être beaucoup demander. Qu'elle me soit moins amère. Je t'ai dit ce que je gardais en moi. Je pourrai me taire maintenant sans trop en souffrir et je n'aurai plus peur de mes mains. »

Chinito leva l'index vers son visage. Il montra la cicatrice qui marquait sa joue gauche.

« Tu vois, fit-il, cela aussi a été récolté dans une bagarre. Je te comprends, Bartolomeo. »

Quand le mousse revint vers la chambre capitane, il trouva Christophe Colomb en conférence avec Martín Alonso Pinzón.

« Capitaine, disait Pinzón, cette carte que vous m'avez fait parvenir, il y a de cela trois jours, mentionnait certaines îles sur la mer où nous sommes.

— C'est fort possible.

— Elles se trouvent sûrement tout près d'ici.

— C'est fort probable.

« — Pourquoi ne les avons-nous pas vues ?

— Parce que les courants nous ont fait dériver vers le nord-est.

— Vous savez, capitaine, combien il serait souhaitable pour nos hommes que nous atteignions une terre bientôt.

— Je le sais.

— Ils désespèrent.

— C'est péché que la désespérance. »

Pinzón bomba le torse d'un air avantageux. Pourtant, à bien l'observer, on pouvait noter des signes de fatigue sur son visage amaigri. Une usure sournoise semblait le dévorer.

« Non pas que je craigne une mutinerie sur mon navire. S'il en était ainsi, quelques mauvais sujets pendus haut et court dissuaderaient les autres de pousser plus avant leur entreprise. Mais nous naviguons sous la bannière de deux grands rois, et nous ne pouvons nous permettre d'échouer. Nous devons rentrer en Espagne en vainqueurs.

— Nous ?

— Enfin ! Vous... et moi aussi pour la part que j'ai prise à l'armement des navires.

— Nous avons fait moins de lieues que ce qui a été noté. »

Pour se donner une contenance, Colomb demanda à Chinito de servir à boire. Pinzón esquissa un sourire narquois.

« Vous plaisantez, capitaine ! Je crains au contraire que nous n'ayons dépassé Cipango.

— Impossible !

— Pourquoi donc ?

— Voyez ces pétrels qui tournent autour du navire. Ils sont d'une terre proche. Nous touchons au but, je le sens !

— Souvenez-vous de ce que nous avions prévu à La Gomera. Notre voyage ne pouvait excéder sept cent cinquante lieues.

— Nous ne les avons pas parcourues.

— D'après vos mesures, capitaine Colomb ! »

Martín Alonso tendit son gobelet d'un air triomphant. Chinito servit de nouveau à boire. Colomb réfléchissait. Il dessinait d'un doigt des contours d'îles sur l'accoudoir de son siège.

« Vous me renverrez cette carte, seigneur Pinzón. Je l'étudierai avec soin une fois de plus et je vous promets que, d'ici trois ou quatre jours, nous aviserons. »

Il eut un mouvement qui traduisait une soudaine incertitude.

« Laissez-moi trois ou quatre jours.

— Changez de route, capitaine. Ou plutôt, apportez une légère correction. Allons vers le sud-ouest.

— Non, répliqua Colomb en mettant dans son refus un grand calme. Toujours vers le ponant. Toujours ! »

Ce même soir, Chinito qui se couchait en étirant ses

jambes fatiguées nota une agitation sur le pont de la Pinta. Les deux navires n'étaient pas si éloignés l'un de l'autre qu'on ne pût voir ce qui se passait à bord. Pinzón montait à la proue, le bras tendu vers l'horizon. L'équipage gesticulait, pressé autour de lui. Des hommes grimpaient aux mâts et se suspendaient aux haubans.

Sur la Santa-María, le mousse ne fut pas seul à remarquer l'affairement de ceux de la Pinta. On eut vite compris qu'un grand moment se préparait. Chacun lâcha son ouvrage et courut à babord. Les deux bateaux se rapprochèrent au milieu des cris d'enthousiasme, des accolades bruyantes et des bonnets lancés en l'air.

Pinzón vint se planter devant Colomb lorsque les vaisseaux furent l'un près de l'autre.

« Terre ! Terre ! lança-t-il. J'ai vu la terre, j'en suis sûr ! C'est moi qui l'ai vue le premier ! N'oubliez pas votre promesse, seigneur Colomb ! »

Christophe Colomb était en proie à une émotion trop vive pour entendre ce que lui disait Pinzón. Il n'avait compris qu'un mot qui résonnait dans sa tête comme les carillons de Gênes, un beau matin de Pâques.

Terre ! Terre ! Terre !

Il restait fasciné par l'horizon que l'autre capitaine montrait du doigt. Était-ce vrai ?

Chinito retenait son souffle, lui aussi, les yeux rivés

sur le maître au visage si pâle qu'on l'eût cru sur le point de défaillir.

« Votre promesse, qui est, en réalité, celle de nos deux grands Rois Catholiques ! reprit Pinzón. N'oubliez pas ! Dix mille maravédis au premier qui verrait la terre. C'est moi, seigneur Colomb ! C'est moi ! »

La tentation du gain le rendait extravagant. Où était l'homme à la parole nette, sûr de convaincre, que Chinito avait vu dans la taverne de Palos ? Maintenant, une sorte de pantin se démenait devant lui pour emporter une décision, et croassait des mots précipités, la bouche tordue par la cupidité.

Le soleil descendait. Dans le rougeoiement de ses rayons, une ligne bleutée plus compacte semblait émerger. Elle dessinait des pics, une crête dentelée, une échine hors de l'eau enrobée de vapeurs.

« Là-bas ! Regardez ! Regardez ! »

Le remue-ménage gagna ceux de la Niña, la fille au galbe élancé qui, depuis les Canaries, filait en tête de l'armada. Les matelots se hissaient à la hune et poussaient des vivats. Certains, pris de folie, se jetèrent à l'eau. La mer était lisse. Les hommes nageaient dans une onde irisée qui soudain ne les effrayait plus.

Colomb brisa d'un coup la stupéfaction qui le figeait au milieu de l'effervescence générale. Il tomba à genoux, mains jointes, le visage bouleversé.

« ¡ *A Dios muchas gracias sean dadas !*[1] » murmura-
t-il.

Seul Chinito l'entendit.

Sur la Pinta, Martín Alonso Pinzón et les siens chantaient un vibrant *Gloria in excelsis Deo.* Ceux de la
Santa-María se joignirent à eux et ce fut un moment
de grande ferveur qui balaya tous les projets de mutinerie, les rancœurs et les désirs de vengeance.

Lorsque Christophe Colomb se releva, l'ombre d'île
restait encore visible dans les dernières lueurs du couchant. Le bleu dont elle était faite semblait accru.
Pinzón triomphait sans mesure car cette terre se trouvait au sud-ouest.

« J'en conviens », dit Colomb.

Et il fit ce qu'il avait refusé de faire depuis des jours.
Il commanda qu'on changeât de cap.

Ils abandonnèrent la route du ponant.

Le lendemain, le jour se leva sur une étendue vide.
L'île avait disparu avec les dernières traînées obscures
de la nuit. Était-ce une masse nuageuse, un mirage
provoqué par la réverbération ? Des hommes pleu-
raient en silence, d'autres, trop abattus, tentaient
d'oublier leur déception dans le sommeil. La mer était
calme désespérément.

Christophe Colomb ordonna qu'on reprît la direction de l'ouest.

Chinito se souvint des propos entendus à La

---

1. Grâces soient rendues à Dieu !

Gomera. Une île apparaissait, certains jours, si proche, semblait-il, qu'on avait l'impression de pouvoir l'atteindre à la rame. Tant d'imprudents avaient cédé à l'appel de cette illusion ! Ils n'étaient pas tous revenus. Quelquefois leur corps avait été rejeté, au plus dru de la tempête, sur une plage désertée.

Le 7 octobre, ce fut la Niña qui crut découvrir la terre, à l'heure matinale où le ciel, dégagé de ses brumes, permettait de voir loin. Un coup de bombarde tiré dans la hâte voulut s'assurer la récompense promise, après quoi l'étendard de Castille monta au grand mât, dans une gloire de soleil levant.

La Pinta et la Santa-María accoururent. La fête fut moins bruyante, cette fois. Il s'y mêlait une crainte mal définie, un besoin de se protéger contre une déception nouvelle. Les marins se tenaient au bordage, silencieux et tendus.

Quand l'illusion se dissipa, ils n'eurent pas un mot, pas un grognement ni une plainte. Mais, de la rage au cœur, ils en avaient. Elle se concentrait sur celui qu'ils tenaient pour responsable de cette folie. Il les avait trompés. Il les trompait jour après jour avec ses mesures volontairement erronées.

Et pourtant, elle devait être tout près. Elle se laissait deviner à des parfums sur l'eau, à des impressions vagues. Elle. On ne la nommait plus tellement elle hantait l'esprit de tous. La nommer eût été créer un nouveau mirage, la voir fuir encore, et ressentir davantage le vide.

Et pourtant ! On cherchait des indices qui permettraient d'espérer. Est-ce qu'une corneille n'a pas besoin d'un morceau de champ où se poser ? Est-ce que l'alouette ne chante pas plus volontiers au-dessus d'un sillon ?

Ils avaient vu une corneille, signe obscur détaché sur le gris délavé des voiles. Ils n'en furent pas effrayés. Ni heureux. Depuis des jours, ils ne croyaient plus guère à la bonne nouvelle apportée par les oiseaux.

Ils avaient vu une alouette. Après tant de plumes blanches, de plumes noires qui avaient menti, brune comme une motte à l'automne, avec un brin de roux telle une feuille tombée à l'heure où s'endort la sève, la petite alouette avait la couleur de ce qu'ils attendaient désespérément. Elle chanta. Plusieurs fermèrent les yeux pour l'écouter. Et disparurent le pont, le grand mât, les voiles muettes dans la bonace persistante, les profondeurs marines. Ils étaient loin de là, sur les labours de Castille. L'alouette chantait. Hommes de mer, ils oubliaient les embarquements, les errances dans le brouillard quand l'inconnu redouté garde au fond de lui une saveur d'aventure.

L'alouette chantait ; ils redevenaient hommes de la terre.

Le travail du pont leur accordait le temps de penser. Un vent léger les portait vers des lendemains vides. Les jours se succédaient.

« Gardez courage ! les exhortait Christophe Colomb. Nos réserves ne sont pas épuisées. Nous ne mourrons ni de faim, ni de soif. Nous parviendrons bientôt à Cipango.

— Toujours les mêmes paroles !

— Soyez vigilants car la terre va apparaître. Les dix mille maravédis seront à celui qui, le premier, la verra. Mais ne semez pas la désillusion par esprit de lucre. Ne criez pas victoire avant que nous ne l'ayons remportée. »

Une fermeté nouvelle donna à sa voix une vibration métallique lorsqu'il précisa :

« Si l'un de vous crie "Terre !" sans l'avoir vraiment aperçue, il sera châtié. Celui qui annoncera ce que nous espérons tous avec tant d'ardeur et qui ne se sera pas trompé recevra les maravédis de nos souverains et, en plus, je lui offrirai, pour mon compte, un beau pourpoint de soie. »

Un pourpoint de soie ! Chinito, en entendant ces paroles, remonta sur ses hanches maigres le reste de culotte qui l'habillait encore. Dix mille maravédis ne recouvraient pour lui aucune réalité. Avait-il jamais vu dix mille maravédis ? Un pourpoint de soie, par contre !...

Ce soir-là, il regagna, songeur, le coin où il dormait. Les *ampolletas,* elles aussi, devaient être perdues dans leur distraction, car elles avaient laissé filer le sable à une vitesse inaccoutumée. Le mousse avait oublié de les retourner.

Il allait vers le pays où il débarquerait en pourpoint de soie. Il serait prince dans un palais aux tuiles d'or. Que ne peut-on faire en habit de soie bleue ?

Bleue ? Elle serait bleue ?

Elle sera bleue.

Il la voyait déjà. Le pourpoint s'accompagnerait forcément d'un grand col de dentelles. Il ne porterait plus le méchant carré de mouchoir rouge noué au cou, un soir de danses dans un bas-quartier de Grenade. Il irait par les rues, à travers des foules colorées, et les belles dames de Cipango se demanderaient qui est ce jeune homme bleu descendu de navire.

Pour le moment, la couche en dos d'âne demeurait dure à ses membres fatigués. Aux Indes, il s'offrirait un lit moelleux. Il avait été habitué pourtant aux sommeils de fortune. D'où venait cette peine à dormir sur les planches du pont ?

« Tant mieux si je veille, se dit-il en bâillant. Je pourrai ainsi apercevoir plus sûrement la terre. »

L'air était doux, la nuit sereine. Le mol balancement de la Santa-María se perdit sur des lieues de soie à l'azur irréel. La caravelle arrivait au port. Chinito descendait sur le quai en triomphateur. Il était le premier à avoir vu la terre du phénix. Partout on l'acclamait. On le trouvait charmant, on vantait sa belle tournure. Avec ce pourpoint et pas trop d'étourderie, rien ne restait impossible dans un monde nouveau. Il marchait sous une lumière qui se parait du reflet de l'or omniprésent. Tout était or à Cipango, tout sauf un habit bleu rehaussé de dentelles.

La couche était dure, mais le mousse dormait.

Et voguait la caravelle.

6

Jeudi 11 octobre 1492

La mer se souleva en vagues écumantes avec, cette fois, un terrible déchaînement des vents. On eût dit le dernier sursaut de colère avant d'avouer sa défaite. Car elle allait être vaincue, la mer illimitée. Les hommes en oubliaient leurs projets de mutinerie et l'expiration du délai qu'ils avaient accordé au capitaine.

Quand le grand tumulte fut apaisé, quelqu'un aperçut sur les flots une brassée de verdure.

« Des joncs ! »

Il cria sa surprise et lança un filet. Ce n'étaient plus les algues du large. Les joncs ne sont pas herbes marines et ceux-ci se révélèrent frais comme s'ils avaient été coupés une ou deux heures plus tôt.

Vers le milieu du jour, la Pinta vint se ranger le long

de la Santa-María. Martín Alonso Pinzón apporta au capitaine un bâton que l'un de ses marins avait repêché. Sur le bois durci au feu, la lame de ce qui pouvait bien être une serpe avait laissé des traces. La branche première avait perdu ses ramifications. On l'avait dépouillée de son écorce à longues éraflures, appointée et polie en son extrémité.

Quels gestes humains avaient émoussé la pointe ? Le bâton avait-il servi à fouiller le sol pour déterrer une racine comestible, transplanter un arbre, espérer la germination d'une graine ? Avait-il été bourdon de pèlerin usé sur les routes qui mènent au temple de quelque divinité païenne ? Avait-il perdu son aigu redoutable en perçant la poitrine de trop d'ennemis ou en sacrifiant de nombreuses victimes sur un autel barbare ? Le bois s'était fait outil sous la main de l'homme. Christophe Colomb, fasciné par ce premier message humain venant à sa rencontre, le tournait et retournait pour en déceler le sens. Les marins s'étaient rassemblés, cependant que les bateaux continuaient à bondir sur les vagues.

Un frisson d'incertitude courut à travers l'assistance.

Ils avaient attendu une civilisation riche de tout l'or de Cipango, raffinée comme le parfum musqué des épices, lustrée comme la soie sauvage, amollie sans doute dans les délices d'une vie trop facile, décadente et assez folle pour abriter ces animaux fantastiques que des écrits anciens évoquaient. Au lieu de cela, leur parvenait un épieu maladroitement façonné, arme d'une tribu primitive.

« C'est un harpon. »

Ils étaient terriblement présents, ces hommes inconnus. Menace ? Invitation ? La mer, autour des navires, se peuplait de leurs ombres. Mais la joie de la terre proche enleva vite toute crainte. Les trois caravelles rivalisèrent de vitesse pour gagner dix mille maravédis. Voiles tendues, elles luttaient, se dépassant sans cesse au milieu des hurlements et des injures joyeuses. Le vent était complice. Le ciel avait balayé ses brumes. Les lieues aux lieues s'ajoutaient.

Vers midi, la Niña vint se placer à son tour contre la Santa-María. Un homme monta à bord. Il tenait à la main une branche d'épine alourdie de baies rouges. Les feuilles et les fruits étaient si frais, eux aussi, qu'on ne pouvait imaginer qu'ils aient séjourné longtemps dans l'eau.

« Capitaine ! »

Le gabier présentait son offrande à la manière dont un enfant tend une brassée de fleurs. Son visage respirait l'allégresse, devenait lumineux sous la barbe de deux jours. Il riait, brèche-dent et hirsute. La solennité de l'heure lui donnait une grâce miraculeuse. Il ploya le genou et déposa la branche d'épine aux pieds de Christophe Colomb.

Celui-ci se baissa de même. Il détacha un fruit, l'examina avec soin. Ce n'était pas le cynorrhodon mûrissant dans l'hiver de Castille ni la pomme menue de l'aubépine acérée. Ce n'était pas non plus la sorbe livrée sans défense sur son rameau trop lisse. C'était un fruit nouveau, chargé d'innocente douceur ou de venin perfide. Qui avait jeté la branche dans les flots ? Quel fleuve l'avait recueillie et emportée jusqu'à l'endroit où ses eaux se perdent dans la mer ?

La baie passa de main en main sous le regard intrigué de ceux qui la contemplaient avec une attention passionnée.

Le Malagueño la garda plus longtemps que les autres et, au moment de la transmettre, il la porta, par une décision brusque, à la bouche cependant que chacun s'exclamait :

« Tu es fou !

— Si c'est du poison ?

— Pourquoi ? lui demanda plus tard Chinito lorsqu'ils furent seuls. Pourquoi tu l'as mangée, Bartolomeo ? »

Le proscrit n'acceptait son prénom que de Chinito. Encore fallait-il qu'ils fussent à l'écart des autres pour que le mousse osât l'utiliser.

« Si c'était du poison ?

— C'est le premier contact avec le pays où je vais », expliqua Bartolomeo.

Il mit une ardeur inattendue dans ses paroles. Chinito la reçut comme le présage d'un événement imminent.

« Où je resterai, enchaîna le jeune homme. Si ce pays m'est accueil, le fruit que j'ai mangé ne peut me faire de mal. Si je dois y mourir bientôt, autant que ce soit tout de suite.

— Tu as tenté le sort.

— Je lui ai demandé une réponse.

— Et si nous touchons à une île déserte ? Tu ne rembarqueras pas ?

— Non. »

Chinito éprouvait un bonheur grave à cette conversation qui les rapprochait. Il avait enfin, juste au moment où il allait le perdre, un grand frère auquel il pouvait parler librement. Les mots coulaient entre eux.

Non, rectifia le vieil Alvarez, cinquante ans plus tard, en reprenant la plume. Les mots ne coulaient pas. Il n'y avait pas abondance de mots.

Une habitude de silence les contraignait encore. Ils savaient qu'ils allaient se séparer et ne parvenaient pas à dire le lien qu'ils auraient pu l'un à l'autre se donner. Les mots sautillaient comme des moineaux qui se risquent à des approches pour saisir les miettes capables de diminuer leur faim, pas de l'apaiser.

À dix heures du soir, Chinito rêvait encore sous les étoiles. Il n'avait pas sommeil. La lune jetait sur tout une indécise clarté. On voyait assez pour distinguer les vagues. Les voiles prenaient des teintes livides, les haubans s'élançaient dans le ciel, la hune se balançait à donner mal au cœur et Chinito, sur le château d'arrière, rêvait.

Non loin de lui, Christophe Colomb interrogeait la nuit. Comme chaque soir, il était dans l'attente. Son âme impatiente l'amenait à ce poste lorsque venait le crépuscule. Combien d'heures restait-il ainsi à scruter l'obscurité ? Son visage émacié, ses yeux toujours plus fiévreux disaient, au matin, les longues veilles et les tourments endurés. Si l'incertitude, pendant quelques jours, l'avait conduit à ce point douloureux où la volonté risque de chanceler, il s'était depuis lors repris magnifiquement. Chinito, devant qui il n'éprouvait pas le besoin de se composer une attitude, avait remarqué les changements de son maître.

Cette nuit, la fièvre de Colomb renaissait. Fantôme obstiné, il forçait le demi-jour lunaire à lui livrer les secrets de son opacité.

« Tu vois, Chinito, la terre existe. Elle est là, derrière l'horizon. Ils ne le croient pas, ces hommes apeurés qui ne me font pas confiance. Ou plutôt, ils n'osent y croire. Moi, j'en suis sûr. Demain, elle apparaîtra. »

Il avait prononcé ces paroles le matin, dans un moment d'abandon. Chinito avait souri, heureux d'un bout de confidence qui était chaleur.

« Oui, maître ! »

Le mot « capitaine » ne lui venait pas facilement et il mettait dans celui de « maître » plus d'affection admirative que de servilité. Ce soir-là, ils veillaient tous les deux, à six pas de distance, chacun perdu dans ses pensées qui devaient être bien différentes et qui pourtant se rejoignaient.

Soudain, Colomb eut un mouvement. Il se pencha par-dessus bord. Longtemps il resta ainsi, tourné vers le ponant.

« Chinito ! appela-t-il.

— Oui, maître.

— Regarde ! »

Les vagues se heurtaient et le ciel était vide. À part une grosse lune qui faisait ruisseler des lueurs d'acier nu, aucune ligne sombre, au-dessus des flots, ne se laissait deviner.

« Tu ne vois rien ?

— Non, maître.

— Tu en es sûr ?

— Non, maître.

— Ah ! »

Ils se turent. Chinito écarquillait les yeux. Il aurait tant voulu voir quelque chose pour faire plaisir à celui qui l'avait ramassé, à demi inconscient sur un chemin de fortune. Mais il ne voyait rien.

« Tiens ! sursauta Colomb. Tu as vu ?

— Peut-être, maître, un...

— Ah ! Tu l'as vue aussi ! Une lumière ! »

Chinito se reprit à temps. Il allait dire qu'il avait vu un nuage pour satisfaire le capitaine.

« Les lames la cachent par instants. Elle disparaît et puis elle revient. Elle monte et descend... Tiens ! Tu la vois ?

— Euh ! Il me semble que...

— On dirait une chandelle.

— Une chandelle, oui, maître.

— Tu en es sûr, toi aussi ! »

Il exultait. Sa respiration devint bruyante. Le poing serré sur la poitrine pour mieux comprimer les battements de son cœur, il ne voulait pas lancer le cri tant attendu.

« Je ne dois pas me tromper, tu comprends. »

Dieu lui avait envoyé ce garçon pour qu'il pût vivre, sans être recru de souffrance par une joie trop vive, la minute qui lui brûlait l'âme.

Pedro Alvarez, dans sa petite chambre qui surplombait le Génil, en était persuadé. À travers les ans, l'exaltation du navigateur restait intacte en sa mémoire. Riche maintenant d'une vie qui touchait à sa fin, il ressentait mieux, comprenait davantage la passion de Christophe Colomb. L'émotion de ce moment lointain renaquit avec la même intensité et rendit frissonnante son écriture appliquée. Il revivait ce soir d'octobre et les paroles exactes qui furent alors prononcées.

« Chinito ! Va dire au *señor* Pero Gutierrez que je lui demande de venir. Et surtout qu'il se hâte ! »

Le confident de Ferdinand d'Aragon accourut. Le ton du jeune messager avait su traduire l'urgence.

« Vous m'avez fait appeler, dit-il en rajustant sa veste.

— *Señor*, j'ai besoin de votre témoignage. Je crains que mes yeux n'aient été abusés. À tant souhaiter voir apparaître une lumière sur la ligne du ciel, ne finit-on pas par en créer l'illusion ? J'ai vu briller cette lumière.

— Où donc, capitaine ? »

Colomb hésitait, pris par la pudeur qui accompagne un aveu incongru. La crainte de se tromper rivalisait en lui avec le désir de découvrir les Indes. Il préféra répondre d'un geste.

« Je ne vois rien, capitaine. »

La Santa-María jouait sur les vagues. La lune, impassible comme à Palos ou à La Gomera, jouait avec les ombres.

« Pourtant, *señor*, pourtant... »

Une lame passa, qui jeta le navire dans un creux et le propulsa ensuite au sommet écumant, le temps pour Pero Gutierrez de s'exclamer :

« Une petite flamme, en effet. Une sorte de lanterne qui s'élève et s'abaisse... Un signal lumineux.

— Vous voyez ! Vous aussi, vous voyez !

— Me semble-t-il.

— Don Pero, retenez bien cet instant. Gardez-le présent à votre esprit. L'enfant que voici est allé vous quérir à ma demande et vous avez vu vous-même une lumière sur la mer. Demain, la terre surgira avec le soleil. Elle m'a fait un signe. Vous l'avez vu !

— Je crois, capitaine, que je l'ai vu.

— Je suis amiral de la mer Océane ! »

Il se rendit compte aussitôt qu'il avait parlé trop vite, révélé inconsidérément la phrase qui le hantait depuis ce jour d'août où on avait hissé les voiles. Un doute l'assaillit de nouveau. Le besoin d'une certitude le poussa à accumuler les preuves.

« Chinito, mon fils, cours donc avertir Rodrigo Sanchez que je voudrais le voir. »

Il l'avait appelé fils. Chinito entendit sonner le mot avec ravissement. Pour lui, il aurait donné Cipango et les Indes, les toits d'or et le poivre odorant s'ils lui avaient appartenu.

Rodrigo Sanchez, notable de Ségovie que le roi avait lancé dans le voyage pour en obtenir une relation exacte si, d'aventure, les caravelles revenaient, sommeillait sur le tillac, vaincu par l'espérance sans cesse mise à l'épreuve, le grand soleil d'une journée interminable et la fureur presque apaisée d'une nuit toute baignée de langoureuse lune. La nuit serait comme les autres nuits, le jour à naître identique aux autres jours. On dirait la terre sur le point de se montrer, et la mer durerait tel un mauvais rêve.

Il dormait.

Chinito se remémorait les récriminations habituelles du personnage en se demandant comment il oserait le secouer.

Il toussa.

L'autre ne bougea pas.

Il sifflota entre les dents, de l'air dégagé de celui qui passe.

Sans résultat.

« *Señor* Sanchez, appela-t-il en le touchant à l'épaule. Réveillez-vous ! »

Il eût fallu davantage pour réveiller le *señor* Sanchez. Bouche entrouverte, doigts croisés sur l'estomac, il avait laissé retomber la tête en avant. Un ronflement léger révélait avec quel abandon paisible il dormait, loin du Cipango légendaire, de la mer vierge et de l'espoir toujours renouvelé.

Chinito se pencha à son oreille.

« *Señor* Sanchez ! »

Un sursaut recomposa l'envoyé royal. Sa bouche se ferma et ses yeux s'ouvrirent. Ses doigts se décroisèrent, déjà à la poursuite du chapeau qu'un roulis malveillant avait emporté.

« Qu'y a-t-il ? Qu'y a-t-il ? Et qu'as-tu besoin de crier de la sorte ? Tu vois bien que je ne dormais pas !

— Le capitaine vous appelle.

— Eh bien, j'y vais ! Mais dis-moi, petit, tu n'as pas vu mon chapeau ? »

Chinito ramassa la calotte de soie au centre d'une flaque.

« Le voici, *señor*.

— Ah ! Ces veilles épuisent mes yeux. Qu'attends-tu donc ? Va devant ! Je te suis ! »

Il progressait d'un pas mal assuré sur le pont qui roulait. Dix semaines de navigation ne lui avaient pas rendu le pied marin. Un sursaut du navire le projeta sur le capitaine.

« Vous voilà, don Rodrigo ! Vous qui avez de bons yeux, ne voyez-vous rien sur l'horizon ?

— Par ma foi, je ne vois rien.

— Vraiment ?

— Aussi vrai que mes yeux ne me trompent jamais. Si je voyais quelque chose, je vous le dirais.

— Une lumière, non ?

— Une lumière ?

— Qui s'élève et redescend. Si loin encore que le feu dont elle provient ne paraît guère plus que celui d'une chandelle.

— Rien. »

Le compliment inattendu accordé à ses yeux lui était prétexte à jugement péremptoire et d'autant plus aisé que c'était vrai qu'il ne voyait rien.

« Je vois le clair de lune et la grosse mer qui ne faiblit pas.

— Mais si ! Mais si !

— Mais non !

— Mais si, elle faiblit ! Vous n'avez pas remarqué que le vent est tombé ? »

Colomb avait espéré une seconde confirmation. Il était désappointé.

« Pero Gutierrez est témoin qu'une lumière m'est apparue. »

Le capitaine renvoya les deux hommes. Il avait besoin d'être seul à l'heure où son destin enfin se réalisait. Ignorant la présence du garçon resté à ses côtés, il continua de fouiller le clair de lune pour surprendre une nouvelle manifestation de la lumière. Chinito le comprit après des années au cours desquelles le souvenir lui revenait souvent de la grande aventure de sa jeunesse. Il fallait que l'amiral fût le premier à voir la terre. Lui seul devait en recueillir la gloire plus encore que les dix mille maravédis.

La somme promise donnait des ailes aux trois navires. Ils luttaient de vitesse, bondissaient de vague en vague, craquaient de toute leur coque mise à rude épreuve, et couraient à pleines voiles sans qu'un seul membre d'équipage se fût laissé aller à dormir.

Dix mille maravédis à vie ! Dix mille maravédis entrant régulièrement sous le toit de vieille paille ou de tuiles ébréchées, sans qu'on eût à se préoccuper de savoir si la mer était mauvaise, la pêche assez bonne, l'embauche encore possible malgré la saison avancée !

Deux heures après minuit, le cri tant attendu monta dans le ciel. Un seul mot, cette fois, un mot de certitude jailli de toute la force d'une jeune poitrine. Un élan de victoire qui souleva l'enthousiasme des trois équipages.

« Terre ! »

Personne ne se trompa aux accents de ce cri. Rodrigo de Triana, accroché à la proue de la Pinta, le visage tourné vers sa découverte, demeurait frappé de stupeur au-dessus des flots. Derrière lui et sur les autres navires, les marins hurlaient leur joie.

La terre avait pris forme à l'horizon. Une bande blanchâtre qui devait être de sable s'étendait, marquée à l'une de ses extrémités par la masse noire d'un promontoire. Les oiseaux s'étaient posés en cette heure nocturne. Nulle vie ne se manifestait.

Un coup de bombarde explosa au milieu de la liesse. Loin encore, sur la côte assoupie, des hommes et des femmes l'entendirent peut-être dans leur sommeil. Cela ne préoccupa en aucune façon les Espagnols. La nature de cette terre ne leur importait pas à l'heure où elle se rendait à eux après une aussi longue poursuite. Elle était la terre, simplement. Abstraite jusque-là comme une idée, elle se matérialisait soudain et livrait ses contours bien réels.

Les matelots allaient aborder, fouler un sol, escalader une falaise et s'abreuver aux eaux courantes. La terre était devant eux tandis que le matin s'annonçait. Le bruit du canon se perdit sur les flots et les hourras redoublèrent.

Rodrigo fut arraché à sa contemplation. Chacun voulait l'embrasser, le féliciter. Les claques pleuvaient sur ses épaules, les clameurs frappaient ses oreilles, et lui se laissait faire, ballotté et hagard sous l'effet d'un choc dont il ne parvenait pas à se remettre.

« Te voilà riche, vieux frère !

— Fini pour toi les semaines de pêche ! Diable de chanceux !

— Dix mille maravédis que la reine te versera !

— Tant que tu auras de vie !

— Longue vie à toi, Rodrigo ! »

Les vivats reprenaient. Les bonnets s'envolaient. Sur la Santa-María, personne absolument ne prêtait attention à l'homme qui, les bras ouverts, tourné vers le ciel comme si la terre conquise n'était plus que sa préoccupation seconde, remerciait Dieu de lui avoir inspiré ce voyage.

Chinito se tenait près de Bartolomeo lorsque Rodrigo de Triana vint demander la reconnaissance de sa découverte. Le luron avait retrouvé ses esprits et mesurait maintenant la faveur du Ciel accordée à son humble personne. Une assurance nouvelle lui donna un parler clair et haut dans lequel toute parole était joyeuse jeunesse.

« Capitaine, c'est moi qui ai vu la terre le premier.

— Amiral. »

Le mot tomba et, après lui, l'assemblée fit silence. Christophe Colomb demeurait impassible. Ombre dans le clair de lune, le visage mouillé de clarté froide, il n'avait de vie que par la voix.

« Je suis amiral de la mer Océane. »

Cette phrase que Chinito avait entendue murmurer en un instant d'incertitude, lâchée à regret sous l'emprise de la passion la plus exigeante, résonna au cœur de la nuit. L'assistance en fut brusquement intimidée, mais pas Rodrigo.

« Amiral, reprit-il avec un rien de négligence dans le ton, je viens chercher l'engagement que j'aurai mon dû.

— Tu auras ton dû, j'en réponds. Mais détrompe-toi, ami. Tu n'es pas le premier à avoir vu la terre. J'ai priorité sur toi. »

Un flottement parcourut le groupe des matelots. Que voulait dire l'amiral ? Chacun savait que c'était Rodrigo qui, le premier, avait aperçu la côte.

« J'ai vu une lumière aux dernières heures d'hier, reprit Colomb. Le premier qui a aperçu la terre, c'est moi ! »

Le mouvement s'accentua, accompagné de protestations confuses. Personne n'osa dire son désaccord, sauf Rodrigo qui, stupéfait une seconde fois, voulut en savoir davantage.

« Une lumière ? demanda-t-il. Quelle lumière ? Je n'ai jamais vu de lumière, moi !

— Justement !

— La terre semble inhabitée.

— Que le *señor* Gutierrez en témoigne. »

Le confident du roi dodelina de la tête, ce qui lui permit de ne pas parler tout de suite. Un certain embarras le fit bredouiller.

« Une... Une lumière, en effet. L'amiral m'a appelé. Il pouvait être dix heures du soir. Il m'a dit avoir vu, pendant un long moment, une lumière qui s'élevait et descendait sur l'horizon, puis... »

Il hésita, tel un homme sur le point d'énoncer une vérité aux contours trop flous.

« Si mes sens ne se sont pas leurrés, j'ai vu, moi aussi, cette lumière. »

Christophe Colomb arrêta d'un geste le brouhaha.

« Je tiendrai ma promesse, Rodrigo de Triana. Tu auras ton habit de soie.

— Grand merci, amiral ! Il me sera utile pour accompagner la pension de dix mille maravédis ! »

Quelques rires s'étouffèrent aussitôt que nés. Une tension planait sur l'assistance. L'ironie du gabier était coupante et glacée. Personne ne fut dupé par le ton de la réplique.

« Tu oublies que tu n'as pas été le premier. Les maravédis ne pourront t'être octroyés.

— Dussé-je pour cela me rallier aux infidèles et conquérir ces pièces à la pointe d'un yatagan, je les aurai, amiral ! » siffla Rodrigo.

Il termina sa diatribe dans un hululement que quarante gorges reprirent. Et puis, la nervosité retomba. On attendit le jour. Aborder un rivage inconnu sur des fonds que la nuit ne permettait pas d'évaluer, à travers des récifs près desquels jamais barque chrétienne ne s'était aventurée, présentait trop de risques. La mer gardait son humeur. Ce ne serait pas un débarquement sur une nappe d'huile. Prudemment on cargua les voiles. La flotte mise à la cape, les marins veillèrent jusqu'à l'heure où le jour leur donnerait enfin à voir le pays de l'or et des merveilles.

Rodrigo de Triana s'échappa des groupes qui voulaient l'accaparer. Il quitta la Santa-María. Lorsqu'il fut sur la Pinta, il se hissa avec l'agilité née d'un désespoir furieux le long du grand mât jusqu'au point où les haubans enserraient le bois sous la hune. Là, il resta accroché de toute la force de ses doigts crispés, de ses jarrets tendus.

Il semblait, par un effort de volonté, se détacher du navire, devenir sans poids loin d'un manque de parole qui lui faisait injure. Seul, perdu dans l'air marin, hors d'atteinte au-dessus de sa condition de damné de la mer, il se rassasia d'un face à face avec la terre qui l'avait choisi tandis que, près de lui, la lune pâlissait et le ciel se risquait à des teintes d'ivoire.

Assis dans un coin avec le Malagueño, Chinito surveillait les progrès de l'aube, mêlant son impatience à celle de l'équipage. Pour tromper l'attente, un homme se mit à chanter. Ce ne fut d'abord qu'une mélopée puis un lamento éclatant en des traînées vocales toutes rugueuses d'un pathétique où la voix tenait jusqu'à l'absurde une note désespérée. Chacun s'immobilisa pour écouter ce chant qui était l'Espagne au milieu d'un monde nouveau.

Le ciel dévoilait peu à peu la proie aux conquérants. Mais qui était la proie et qui le prédateur ? La terre, maintenant sortie de l'ombre, montrait sa réalité dépouillée des illusions de la nuit. Elle était roche abrupte encore bleue de brume, plage de sable blanc offerte avec trop de complaisance pour que l'idée d'un piège irrémédiable ne vînt pas à l'esprit.

Le Malagueño n'avait jamais été autant silencieux.

Dans leur euphorie, les hommes rejetaient les pensées de prudence. Cette île – mais était-ce une île ? –

qu'ils avaient atteinte après des jours de frayeur apparaissait semblable à toutes les autres. Ils oubliaient les lieues parcourues, les vents dominants et le retour non assuré. Ils étaient des marins près de débarquer, secouant les liens qui les unissaient à la mer pour retrouver les joies des bordées dans le temps chichement mesuré d'une escale.

Les plaisanteries fusaient. Les cris, de nouveau, se mêlaient aux rires sonores. On se montrait du doigt un détail brusquement révélé. Après l'émoi de la nuit, une surexcitation chargée de menaces s'emparait des âmes, parcourait les corps qui se pressaient contre le bordage, tous les sens en alerte, dans le balancement d'une houle profonde.

Le Malagueño gardait le silence.

Quand l'aurore débuta, le matelot qui chantait son Espagne lointaine se tut soudain. Les battements des paumes s'arrêtèrent aussi. L'homme se leva, arracha son bonnet et, vibrant de foi, de tension et de reconnaissance, il entonna le cantique du soir alors que, triomphal, le soleil allumait sur la côte des teintes roses et de doux reflets orangés.

Le *Salve Regina* trouva un écho sur les autres navires. Dévotion tonitruante qui emplissait la mer et le ciel, rivalisant de discordances avec les cris des oiseaux tourbillonnants. Puis une vergue monta et développa sa voilure. Une autre la suivit et une autre encore. La brise poussa les caravelles vers la terre offerte. Les hommes au cœur serré par l'émotion s'appropriaient du regard ce nouveau rivage qui semblait venir à eux au gré des courants et des vagues. Personne ne disait plus mot. On scrutait la crête de la falaise pour y surprendre une silhouette de guetteur, y distinguer une tour où, la nuit, flamboierait un brasier qui servirait de phare. On fouillait d'un œil soupçonneux la plage peu à peu visible dans son étendue, pour y discerner une barque abandonnée ou des filets de pêche.

Et rien ne se laissait apercevoir. Le pays dormait dans l'attente de sa découverte.

Bartolomeo se leva. Il n'y mit aucune hâte. Depuis le jour qui lui paraissait si éloigné où ils s'étaient rencontrés à l'auberge, jamais Chinito ne lui avait vu un visage aussi paisible. Le jeune homme resta appuyé un long moment au mât d'artimon puis, se retournant :

« Le petit fruit rouge n'était pas du poison », affirma-t-il avec un demi-sourire.

Chinito était trop absorbé par ses propres pensées pour comprendre le sens des paroles du Malagueño. Il n'osa pas dire sa chimère envolée, mais il tenta de maîtriser un regret enfantin.

« Je ne débarquerai pas au Cathay en habit de soie bleue, rumina-t-il. En guenilles je serai. Comme toujours. Bah ¡ *No importa !* »

7

Vendredi 12 octobre 1492

La grève s'offrait à la vue, mais se défendait encore à grand renfort de vagues. Les rouleaux recouvraient un éparpillement de récifs à fleur d'eau avant de s'écraser, en une confusion d'azur et d'écume, sur une plage. La terre se trouvait à quelques centaines de brasses, au centre d'un tumulte que les Espagnols auraient volontiers bravé tant leur impatience était grande de fouler un sol de nouveau. Christophe Colomb comprit le danger.

« Nous ne pouvons nous approcher davantage. Les couloirs sont trop étroits.

— Mettons les chaloupes à la mer.

— Elles risquent de se retourner.

— Alors, allons-y à la nage !

— Non. »

Le refus était sans appel. Un homme tenta cependant d'enjamber le bordage. Colomb posa sur son épaule une main résolue.

« Cette terre va accueillir les envoyés des rois d'Espagne. Doit-elle voir arriver des nageurs aux allures de naufragés ? Nous aborderons en chaloupes et, pour cela, nous devons chercher un autre mouillage. »

L'amiral, qui s'était efforcé d'apercevoir les Indes avant tout autre, voulait être aussi celui qui, le premier, y poserait le pied. Il avait revêtu un costume magnifique. Longtemps, l'habit avait attendu ce jour glorieux, soigneusement plié dans l'ombre d'un coffre.

Ils jetèrent l'ancre devant une crique qui leur parut plus accessible. Le lieu était désert. À la limite du sable, des arbres se pressaient, si verts et luxuriants que des tornades les avaient parfois jetés à terre sans parvenir jamais à les tuer. Dressés ou presque horizontaux, ils mêlaient leurs frondaisons et leurs nuages de fleurs dans un enchevêtrement qui était une barrière. Des oiseaux aux teintes encore plus vives que celles des fleurs sortaient du rempart végétal. Ils perdaient leurs contours d'oiseaux en se posant sur les branches. Le bleu, le vert et le jaune de leur plumage, dissous dans les couleurs des arbres, les métamorphosaient en bouquets chatoyants. Seuls les révélaient encore des cris aussi disgracieux que leur robe était éclatante. Ils menaient grand tapage et déployaient leurs ailes dans une tranquillité si parfaite qu'on ne pouvait imaginer des hommes aux alentours.

Les Espagnols essayaient cependant de déceler des présences cachées. Combien d'yeux les épiaient dans les fourrés ? Qu'allait-il surgir de ces fleurs et de ces branches ?

Chaque caravelle mit une chaloupe à la mer, et l'instant espéré se produisit. Chinito faillit n'être que le spectateur laissé à l'arrière. Ils ne pouvaient pas monter tous dans l'embarcation. Quand l'amiral et les notables eurent pris place, et les rameurs une fois assis sur le banc de nage, les autres restèrent sur le pont.

« Tu sais nager ? demanda Bartolomeo entre les dents.

— Pas bien.

— Suis-moi ! »

Il piqua une tête dans les rouleaux. Chinito le vit disparaître sous une lame vert-bleu translucide comme une gemme, et reparaître en crevant l'écume.

« Attends-moi ! »

Un petit prince en soie bleu glacé ne débarquerait pas au pays des merveilles. À sa place, une vague jetterait sur la grève un chiot étourdi. Le sentiment d'être parvenu au point où il allait perdre une amitié silencieuse mais sûre poussa Chinito à la hardiesse. Yeux clos, nez pincé entre le pouce et l'index replié, il sauta. Il s'enfonça dans cet univers qu'il avait tant redouté pendant que le navire suivait sa route. Allait-il remonter ? Il lâcha son nez pour agiter bras et jambes en un désordre qu'il ne maîtrisait plus. Poitrine bloquée autant par l'angoisse que par la pression environnante, il sentit pourtant qu'il regagnait la surface.

« Bartol... »

Autour de lui, d'autres corps se jetaient à la mer. Christophe Colomb débarquerait en habit de parade, mais il serait escorté d'hommes sortis des flots comme des rescapés.

« Dépêche-toi ! Il y a peut-être des requins ! »

Il n'avait pensé qu'au danger de la noyade. Les histoires entendues à bord lui revinrent en mémoire, tous les récits qui parlaient de jambes arrachées, de bras sectionnés par deux mâchoires monstrueuses à double rangée de dents. La panique le prit.

« Sois calme, conseilla le Malagueño en se coulant près de lui avec l'aisance d'un poisson. N'aie pas peur. Je reste avec toi. »

La vague l'abandonna comme ces méduses qu'un paquet de mer jette sur le sable, flasques et amorphes, livrées aux oiseaux et au soleil, recouvertes parfois d'une langue d'eau qui pourrait les reprendre mais les roule avant de les laisser définitivement. Pour les méduses, c'est la mort assurée. Pour Chinito, c'était la vie sauve.

Il demeura à plat ventre, le nez dans le ressac, tantôt étouffé et tantôt respirant au gré des déferlements jusqu'à ce qu'il eût ramassé en lui assez de courage pour lever la tête.

C'est ainsi que Pedro Alvarez, à quatorze ans, découvrit l'Amérique.

Il vit Christophe Colomb sortir de la chaloupe, l'étendard haut brandi frappé de la croix verte et des initiales couronnées des souverains. Martín Alonso Pinzón et Vicente Yañez sautèrent après lui. La mer éclaboussa la bannière royale que chacun d'eux tenait pour encadrer l'étendard. Aux pieds des rameurs, sous les bancs, les armes dormaient, pour le moment inutiles.

« Grâce soit rendue à Dieu ! clama le navigateur exaucé. Cette terre, de par l'étendard planté, est désormais chrétienne et espagnole. Je le dis au nom de Leurs Majestés Isabelle de Castille et Ferdinand d'Aragon, les Rois Catholiques qui en sont maîtres ! »

Joignant le geste à la parole, il ficha l'étendard dans le sable puis, devant son escouade aux allures de forbans mouillés, la voix affermie, les yeux au ciel, il ajouta :

« De par la volonté de nos très grands souverains, je suis vice-roi des Indes et amiral de la flotte qui franchira bientôt la mer Océane pour le plus grand avantage de la Sainte Espagne ! »

Il ménagea une pause. Des perroquets criaillaient dans les branches. Les palmes doucement se balançaient.

Enfin, se tournant vers les flots qui l'avaient conduit en ces lieux et les prenant à témoin de son rôle devant l'Histoire, le nouvel amiral déclara :

« Qu'à partir d'aujourd'hui et pour toujours, en remerciements au Seigneur de Gloire qui a permis une action aussi étonnante, cette terre se nomme San Salvador ! »

Des vivats partirent en même temps de toutes les poitrines.

« Vive le vice-roi !

— Vive l'amiral !

— Nous te jurons obéissance, seigneur Colomb, sur cette terre et sur le pont de nos bateaux !

— *¡ Deo gratias ! »*

Les Espagnols baisèrent le sable à genoux et remercièrent le Seigneur en une oraison ardente. Chinito, immobile dans le battement des vagues, caressé par cette eau qui n'était plus un danger à l'abri de la crique où mouraient les courants du grand large, contemplait la scène sans oser s'y mêler. Ces hommes prosternés lui rappelaient les Maures heurtant du front le sol de Grenade lorsque des minarets tombait l'appel à la prière.

Christophe Colomb se releva le premier. Déjà les équipages louchaient vers les fruits pendus aux branches parmi les fleurs.

« Rodrigo Sanchez, dit l'amiral, vous en rendrez témoignage. Et vous, Rodrigo d'Escobedo, qui êtes notaire, prenez-en acte ici-même afin que nul ne soit en mesure jamais de nous contester cette part du royaume. »

Le señor d'Escobedo eut juste le temps de tracer au

bas de l'acte posé sur un genou osseux sa belle signature ornementée. Il resta la plume levée. Les feuillages, d'un coup, s'étaient ouverts. Vingt, trente silhouettes en avaient jailli, qui se tenaient immobiles, à deux pas de l'abri des arbres.

Chinito se ramassa en boule, conscient de n'avoir aucun moyen de retraite capable de le sauver. Bartolomeo étendit sur lui une main protectrice.

« Ne bouge pas. »

Les hommes qui avaient sculpté le morceau de bois repêché prenaient figure. Ils étaient beaux et jeunes. Leur corps, entièrement nu, avait le poli lisse et brun de l'olive mûre. Quelque chose de gracieux dans leurs attitudes, allié à des muscles qui leur faisaient le ventre plat et les épaules larges, leur donnait encore des postures d'animaux surpris à la lisière des bois.

« *i Los Indios !* » s'écria quelqu'un derrière l'amiral.

Vicente Yañez dégaina son épée.

Le mot rebondit, repris par tous, frappé d'incrédulité malgré l'évidence.

« *i Los Indios !* »

Dès lors, ils furent les Indiens. Ébahis par le spectacle qui se déroulait sous leurs yeux, ils regardaient tour à tour les caravelles posées sur la houle comme de grands oiseaux et ces êtres plus qu'étranges surgis dans le petit matin.

« Ils ne sont pas armés, chuchota Bartolomeo à Chinito sans le moindre mouvement. Ne crains rien. »

« On dirait qu'ils nous imaginent tombés du ciel »,

pensa le garçon de plus en plus rassuré par leur attitude pacifique.

Un Indien se risqua à bouger. Il s'accroupit d'abord comme pour voir sous un angle différent les créatures pâles, au corps enveloppé de surprenantes feuilles de couleur. Puis, se relevant, un sourire crispé sur sa face imberbe, il progressa à pas glissés sur le sable.

Rodrigo d'Escobedo trempait sa plume dans la corne de bouc qu'il portait à la ceinture et écrivait une suite éperdue au procès-verbal de l'événement. Son écriture, à contre-cœur hâtive, couvrait la page. L'Indien s'approcha, fasciné par ce qu'il prenait visiblement pour de la sorcellerie. Ses yeux ne quittaient pas la plume d'oie qui grattait, grattait, traçant des lignes noires. Puis il se retourna vers ceux de sa tribu. Les jeunes sauvages, libérés de leur crainte, se précipitèrent. Ils semblaient danser tant ils témoignaient de joie enfantine. Tous, ils voulurent voir les pages zébrées de magie et, quand la dernière passa de main en main pour recevoir les différentes signatures, ils lui firent escorte avec des airs ahuris, des rires et des yeux brillant d'incompréhension amusée.

Très vite, leur intérêt changea d'objet pour se porter sur les vêtements. Ils frôlèrent du bout des doigts les pans des justaucorps, les aigrettes mousseuses et même les chemises misérables. Le bel habit de Colomb faillit y perdre son ordonnance parfaite. Tiraillé, pétri, palpé, caressé, il allait être mis en pièces quand son propriétaire, désespérant de communiquer par le langage, appela un matelot qui transportait un sac.

L'amiral retira de ce sac une clochette de cuivre à laquelle l'air salin avait laissé quelques reflets brunis. Il l'agita d'une secousse brève. Trois petites notes s'envolèrent. Elles étaient comme un lointain écho des monastères d'un pays qu'ils avaient laissé au bout de tant de lieues marines, un appel grêle et dérisoire parmi les cris d'oiseaux et le roulement des vagues.

Une autre secousse. Trois notes de nouveau. Colomb savait entretenir l'attente. Le plus aventureux des hommes nus mordit à l'appât. Son visage exprima une curiosité d'enfant qui se mua très vite en convoitise un peu apeurée quand se fit entendre une fois encore la petite musique. Un tintement endiablé vainquit ses résistances. Christophe Colomb éparpillait à bout de bras les bruits argentins et factices d'une civilisation bâtissant volontairement un marché de dupes.

L'homme portait un minuscule éclat d'or accroché à un anneau qui perçait la cloison de ses narines. L'amiral tendit la clochette. L'Indien la prit avec mille craintes l'une après l'autre vaincues. Ses compagnons resserrèrent le cercle. Il ne voulut pas être lâche devant eux. L'objet à hauteur de l'oreille, il l'agita. S'en suivirent deux notes timides, un sourire étonné et ravi, une succession d'autres notes, un mouvement de joie dans le groupe des curieux et puis un tintinnabulement interminable accompagné de grands gestes.

Quand l'agitation retomba, Colomb toucha du

doigt le fragment de métal précieux qui pendait au nez du jeune sauvage. Les rites du troc furent compris sur ce sol que jamais marchand n'avait foulé. L'homme ouvrit l'anneau et donna la pépite en échange d'un peu de musique de cuivre.

Alors du sac sortirent des splendeurs. Des perles de verre à poignées, jaunes, bleues, rouges comme cœurs de pigeon, vertes comme un matin des forêts, irisées tel un arc-en-ciel, aussi limpides que le lagon, d'un mauve d'aurore délavée, roses, noires de nuit. Des cris admiratifs saluèrent ce prodige. Christophe Colomb faisait cascader les verroteries d'une main dans l'autre. Éblouis par tant de couleurs mêlées dans une surnaturelle transparence, les Indiens qui, vraisemblablement, ne possédaient rien, ni champs, ni troupeaux, ni armes, ni vêtements, ni parures à l'exception de la pépite offerte, apprirent en un instant à convoiter d'illusoires richesses.

Bartolomeo posa la main sur celle de Chinito à demi enfouie dans le sable. D'une pression fugitive, il exprima ce qui ressemblait un peu à une sorte de chagrin au moment d'exécuter sa décision. Une vague vint recouvrir les deux mains réunies. Lorsqu'elle se retira, Bartolomeo avait déjà tranché le lien d'amitié.

Chinito le vit traverser la plage. Il avait bien choisi son heure. Espagnols et Indiens étaient trop occupés pour lui prêter attention. Il atteignit l'orée des feuillages. Il ne se retourna pas. Les branches se refermèrent sur lui. Une pluie de pétales marqua l'endroit où il était passé. Un oiseau bleu comme l'horizon s'éleva au-dessus des palmes. Chinito comprit qu'il ne reverrait plus son ami.

« Il reviendra ce soir, se répétait-il pour entretenir une illusion qui pourtant ne le trompait pas. Quand il aura exploré le pays, il comprendra qu'il était fou de vouloir nous quitter. »

Une boule de tristesse de plus en plus dure démentait ces idées réconfortantes, mais Chinito voulait repousser sa peine jusqu'au soir. Alors seulement il s'y abandonnerait. Avant, il fallait vivre la journée qui promettait d'être riche en rebondissements. Une envie de s'enfoncer à la suite de Bartolomeo le taraudait. Il avait quitté la frange de sable battue par les vagues. Assis parmi des débris de coquillages, à quelques pas du groupe qui ne se préoccupait pas de sa présence, il lui aurait suffi de quatre ou cinq enjambées pour gagner la lisière. L'odeur des végétaux pourrissants lui remplissait les narines, mêlée à celle de la mer. Les pluies chaudes et les soleils moites corrompaient l'excès de plantes, attaquaient les limbes et les bois, coulaient la mort dans les nervures engorgées, noircissaient, putréfiaient les tiges pour faire surgir de cet amas en décomposition des fleurs qui s'élançaient en guirlandes, dévalaient jusqu'à terre, enivrées d'un humus aérien et armées d'une vitalité de grandes dévoreuses.

Un événement subit décida du sort de Chinito : il resta.

Vicente Yañez gardait l'épée dégainée. Jambes écartées, poing armé, tête haute afin de ne rien perdre de sa taille, il semblait poser pour les illustrations futures de cette rencontre historique. L'acier nu brillait sous le soleil. Son éclat attira l'Indien téméraire. Le jeune homme saisit la lame à pleine main et la lâcha aussitôt. Le sang jaillit d'une entaille profonde. Il se chercha un passage le long des doigts écartés puis, goutte à goutte, tomba.

Les indigènes reculèrent, épouvantés. Plusieurs eurent le réflexe inné de toutes les survies précaires. La forêt les absorba. D'autres, le front contre le sol, exprimèrent leur soumission aux dieux porteurs d'un bâton étincelant dont le contact pouvait donner la mort. Leur joie s'en trouva atteinte d'une blessure de méfiance.

Les trois capitaines laissèrent les chaloupes sous bonne garde et, suivis du reste des équipages, entreprirent une reconnaissance. Les braves autochtones avaient déjà oublié l'incident de l'épée. Ils conduisirent les hommes blancs par des sentiers où l'on ne pouvait marcher à deux côte à côte. Chinito prit place au milieu de la file. Il était partagé entre l'émerveillement et la crainte. Rien ne correspondait à l'image qu'il s'était faite en écoutant l'amiral ou en rêvant par les longs soirs de bonace. Où étaient les villes grouillantes du commerce des épices, les rues bariolées de manteaux éclatants, d'armes ciselées, de bijoux et de palanquins ? Il avait attendu des caravanes de chameaux, des chevaux bais aux selles incrustées de joyaux arrachés à des montagnes inépuisables. Son esprit avait imaginé des balcons clos de treillis de nacre pour dissimuler des beautés indolentes et recluses, des jardins auprès desquels ceux de Grenade n'auraient été que rustiques pauvretés, des cloches d'or remplissant l'air du soir d'une musique d'anges.

Au lieu de cela, il marchait derrière des hommes nus qui n'avaient que leur beauté pour toute richesse, dans une forêt où la main humaine en aucun endroit n'imposait longtemps sa marque. La nature, ici, était souveraine. Parce qu'il avait quatorze ans et que l'or ne représentait pas pour lui une nécessité première, Chinito oublia les fastes supposés de Cipango et s'émerveilla de ce qui l'entourait.

Les oiseaux pouvaient lui faire croire qu'il avait atteint le pays légendaire où le phénix se consume de toutes les ardeurs du jour et renaît de ses cendres. Il n'avait jamais vu encore de perroquets. Ils étaient là, si près qu'on eût pu les toucher, brisant de leur bec recourbé des fleurs inconnues à la chair mystérieuse dont les formes et les couleurs jetaient un trouble diffus dans l'esprit du garçon.

La forêt s'ouvrit sur une clairière. Au centre, un village pressait les unes contre les autres ses huttes de branchages, dans le vain espoir de se protéger. Des enfants accoururent à la rencontre de leurs pères. Ils étaient nus et joyeux. Quand ils aperçurent les êtres incroyables qui fermaient la marche, ils se figèrent, moins de peur que d'étonnement. Plusieurs, soumis à un atavisme sans faille, estimèrent d'un coup d'œil déjà compétent l'espace qui les séparait du refuge des arbres.

Près des huttes, un remue-ménage créa le vide. Les femmes avaient été surprises autour des feux où grillaient le gibier du jour, quelques poissons, des fruits éclatés sous les braises. D'autres, assises en rond sur des jonchées de palmes, laissaient fondre les heures dans une inaction sans remords de paradis terrestre.

Chinito, le nez au vent, le cœur encore plus craquelé de crainte et de l'excitant plaisir que lui procurait l'aventure, eut juste le temps d'entrevoir le tableau d'une vie qui, ce jour-là, définitivement s'achevait.

Les femmes disparurent dans les huttes. Les enfants emboîtèrent le pas aux nouveaux arrivants.

San Salvador, la terre de toutes les spéculations, se montrait telle qu'elle était vraiment : une île à l'écart des routes avec, protégés par un hérissement de récifs environnés de vagues, des villages peureux blottis entre mer et forêt dont ils tiraient maigre provende.

Paco avait eu une réaction de terrien au moment de s'enfoncer dans les bois. Lui qui envisageait d'encourir la corde pour une mutinerie échouée avait voulu s'armer contre les dangers possibles de serpents ou autres redoutables rencontres. À peine avait-il mis le pied sous les arbres qu'il appointait un bâton à longs coups de son solide couteau. L'arme était fin prête lorsqu'ils arrivèrent aux cases. Paco, le premier, fit le geste du conquérant. Il planta l'épieu dans un poisson grillé et, au nom d'une primauté qu'il aurait été fort surpris de voir remettre en cause, il s'arrogea le droit d'un festin impromptu. C'était bien tout ce que pouvaient offrir les gens de ce pays, si démunis qu'à part quelques calebasses et autres demi-coques de noix quasi gigantesques, ils ne possédaient rien dans leurs habitations sommaires.

« L'or ? interrogeait Colomb en montrant la minuscule pépite échangée. Où peut-on trouver de l'or ? »

Les indigènes regardaient le métal précieux avec une indifférence évidente. Le mot qu'on leur martelait aux oreilles fut le premier dont ils entrevirent le sens.

« Or, répétait l'amiral, l'index sur la parcelle jaune. Or.

— O... » répéta l'homme à la main blessée.

Trois boules colorées le payèrent de ses efforts. Il se tourna vers ses congénères. Un flot de paroles fut échangé dans lequel le nom de l'or devait se perdre au milieu des interjections et des mots désignant des soucis autrement quotidiens.

Christophe Colomb prêtait l'oreille sans parvenir à isoler le vocable primordial.

« Or, redisait-il avec patience.

— Or », prononça enfin le sauvage qui gardait la main ouverte.

Une bille jaspée récompensa ce beau résultat. La main ne saignait plus. Elle indiqua des îles d'un geste imprécis. Chinito en conclut qu'il ne retournerait pas de sitôt en Espagne. Le regrettait-il ? Si chacune des terres explorées était aussi inoffensive que celle-ci, il s'accommoderait longtemps d'une vie errante.

Mais si, ce même soir, Bartolomeo ne revenait pas au navire, San Salvador resterait le lieu de ses regrets.

Le jeune chef indigène toucha du doigt une zébrure qu'il portait à la base du cou, puis d'autres cicatrices sur les épaules, les flancs, la poitrine de plusieurs de ses compagnons. Points d'impact boursouflés de flèches ou de sagaies, longues estafilades. La main désignait de nouveau l'horizon pour expliquer que, de là, avait surgi le mal, et elle se posait une fois de plus sur des balafres qui n'étaient pas toutes anciennes.

Les Espagnols comprirent que d'autres terres existaient à quelques jours de navigation. Des hommes étaient venus, sans doute dans des pirogues, et des luttes s'en étaient suivies. Une frayeur occupait encore les esprits à l'évocation de ces misères.

Le chef montra d'un geste deux de ses semblables puis, saisissant un oiseau qui rôtissait, il mordit dedans. L'air farouche pour traduire une gloutonnerie insatiable, il dévora le morceau de viande arraché.

Un concert de cris et de gémissements accompagna cette action. Des femmes se cachèrent le visage dans les mains. D'autres serrèrent un nouveau-né sur leur ventre rebondi. Les hommes les plus vieux, qui ne paraissaient pas avoir atteint pour autant un grand âge car on devait mourir jeune en ces contrées, opinèrent

162

de la tête dans un silence résigné. Chinito ne saisissait pas la nature du fait qui avait laissé un souvenir aussi terrible dans le village, mais il sentit que, de l'horizon marin, pouvaient sortir de grands dangers.

« Or ! » reprenait inlassablement Christophe Colomb.

L'échange laborieux se poursuivit. Le mousse n'en perdait miette et tentait de donner, vaille que vaille, une signification à chaque attitude. De l'or, il y en avait au loin, sur un autre rivage. Là-bas vivait un chef puissant, un roi peut-être, qui possédait des bracelets, des colliers... un vase haut comme cela, des coupes... en or.

« Toi guider moi, proposa l'amiral en touchant successivement de l'index la poitrine de son interlocuteur et la sienne.

— Non ! Non ! »

La main de l'indigène s'agita dans l'air pour opposer un refus effrayé avant de se poser de nouveau sur sa cicatrice.

« Caribi, hommes méchants, dit la main. Manger ! Manger !

— Manger quoi ?

— Manger ! Manger !

— Poisson ?

— Non ! Non ! »

La main désigna les hommes nus. Elle ignora les femmes et les enfants, négligea les vieillards, et revint se poser sur la marque au bas du cou.

« Manger toi ? s'exclama Pinzón qui crut soudain avoir saisi le motif effroyable du refus.

— Oui ! Oui ! »

Malgré la chaleur, un frisson courut le long de la colonne vertébrale de Chinito. C'était donc là le danger !

La forêt perdit pour lui tout à coup ses belles couleurs. La mer transparente, l'azur resplendissant se chargèrent d'une menace terrible. Il avança d'un pas, se faufila au cœur du groupe de marins et, dans le bastion des corps aux effluves aigres et rassurants, il essaya de reprendre ses esprits.

Le soir, il retrouva la Santa-María avec un vrai soulagement. Recroquevillé sur le pont, il attendit sans trop y croire afin de s'armer contre une déception qu'il pressentait inévitable, le retour de Bartolomeo.

L'île s'effaçait dans la nuit. Car c'était une île, ils en étaient sûrs maintenant. Toute la journée, ils avaient caboté autour d'elle. Poussière perdue au milieu des flots, elle n'était pas le continent fantastique du Grand Khan. L'annonçait-elle ?

Christophe Colomb, peu désireux de partager avec Pinzón ce premier soir où un désappointement se mêlait à l'immense espoir réaffirmé d'une certitude future, se demandait sans doute ce qu'était le pays d'où venaient des pirogues et la menace de sanglants festins.

L'équipage sommeillait dans la touffeur crépusculaire. La vigie surveillait, attentive à la moindre ombre, au bruit le plus ténu, à un glissement sur la grève. Avec le soir, la mer s'était calmée. Au large de la crique, elle dormait, paisible, comme dormait l'île où les perroquets s'étaient tus.

Chinito attendait.

À tant fixer la faible houle scintillante, il finissait par faire naître des hallucinations. Là, tout près, n'était-ce pas un nageur qui s'approchait ? Bartolomeo revenait. Chinito voyait sa tête sur l'eau. Il recréait les brasses obstinées qui luttaient contre les courants. Il se tuait les yeux à essayer de mieux voir. Et ce qu'il avait pris pour un nageur se dissolvait dans un reflet de lune. Bartolomeo ne revenait pas. Il était parti à travers les branches pour ne plus revenir.

« Le petit fruit rouge n'était pas du poison, Chinito ! »

Le Malagueño avait rompu avec son passé. Peut-être l'avait-il fait au péril de sa vie, mais ce n'était pas payer trop cher la paix de l'âme. Quand, assis sur l'abreuvoir où les mules allaient boire, il restait à l'écart, un espoir s'était offert, véritable gageure qu'il avait fallu saisir au passage. Il l'avait saisie, s'enfermant dans des silences qui le protégèrent longtemps, regrettant de n'accorder qu'un tout petit peu de sympathie à cet enfant mendiant d'affection qu'un geste violent avait, comme lui, jeté dans l'aventure.

Chinito voulait se persuader que Bartolomeo ne lui avait mesuré son amitié que pour se sentir plus libre au moment où il se perdrait sur une terre coupée du monde. Maintenant, le Malagueño avait atteint la solitude des futaies et il possédait en lui assez de force pour affronter un isolement qui, à un autre, risquerait d'être mortel. En dépit de ses quatorze ans, Chinito le comprenait.

Ce soir-là, il comprenait tant de choses !

S'il avait pu, s'il avait osé, si Bartolomeo l'avait permis, il aurait regagné la côte à la nage. Il aurait écarté les branches à son tour et il aurait vécu dans une hutte au toit de palmes. Il aurait chassé les petits crabes qui fourmillaient autour des récifs, ôté sa chemise en lambeaux devenue inutile, appris à conserver les braises, à reconnaître le fruit comestible, à poser les collets et recueillir la pluie dans des coques évidées.

« Chinito ! »

Son maître l'appelait en regagnant la chambre amirale.

« Trouve-moi un bout de chandelle, s'il en existe encore. »

Le journal de bord était posé sur la table. Une lueur vague pénétrait par les trois lucarnes. La page blanche captait cette clarté. Elle gardait un peu du mystère que le coffre, armé de fers minutieusement forgés à Séville, entretenait en conservant à l'abri de ses deux serrures le cahier sur lequel l'amiral se penchait tous les soirs.

Le garçon s'assura que l'encrier n'avait pas laissé évaporer son contenu au vent des Indes proches. Il ramassa la plume qu'un courant d'air avait jetée sur le plancher, puis se mit en quête d'un bout de chandelle.

Quoi qu'en eût dit Colomb, la provision n'était pas épuisée. On avait emporté des réserves pour plus de six mois dans les flancs de chaque caravelle. Chinito alluma la mèche à un fanal du pont et, la protégeant de la main, il rentra dans la chambre sur la pointe des pieds.

Christophe Colomb n'accordait aucun intérêt à ces préparatifs. En haut de la page de gauche, deux lignes d'une écriture économe de papier attirèrent l'attention du mousse.

Le vieil Alvarez s'en souvenait encore tellement il avait fait d'efforts pour les ânonner dans sa tête, tremblant d'être surpris en flagrant délit d'indiscrétion et happé par une curiosité irrésistible. Il reconnut les mots si souvent prononcés devant un équipage tour à tour apeuré, menaçant, tenté par la sédition ou porté par des espérances qui, toutes, n'étaient pas chrétiennes.

« ... parce que j'ai décidé d'aller aux Indes et que j'entends poursuivre mon voyage jusqu'à ce que, avec l'aide de Dieu, je réussisse à les atteindre. »

8

Dimanche 28 octobre 1492

La grogne reprit dans les équipages. On s'était dégourdi les jambes en parcourant cette île plate et sablonneuse. On avait fait un tour au paradis des nudités naïves, des fleurs, des fruits et de la vie originelle. On était déçu.

« Heureusement qu'il pleut souvent ! Sinon où trouverait-on de l'eau douce dans ce pays ?

— Je m'attendais à manger un beau cabri grillé à point, un agneau de lait. Et qu'est-ce qu'on a ?

— Du poisson.

— Des oiseaux.

— Qui ont le pilon musclé ! Vaut mieux garder la dent solide !

— Moi, j'ai des chicots depuis quelques lunes. Me faut de la viande fraîche. »

Un rire gras accueillit ces paroles. Ils riaient. Tout n'était pas perdu après la déception de ces Indes inaccessibles.

« Pourquoi rester ici, amiral ? Si les Indes sont protégées par des îles comme le disent ces sauvages qui n'ont même pas un parler chrétien, faut y aller voir. »

Christophe Colomb écoutait, impassible. La déception l'avait touché, lui aussi, mais elle lui avait donné ensuite plus de détermination. Penché sur les cartes qu'il possédait et les croquis qu'il dessinait lui-même, jour après jour, pour susciter une côte qu'il poursuivait, il expliquait à Juan de La Cosa assez sceptique que le continent se trouvait derrière cette poussière d'îles. Le vrai. Celui de l'or. Chinito l'écoutait.

« Ici, sur ces terres qui sont riches et faciles parce que bien peuplées et plates, nous pourrons nous installer. Il suffira de quelques hommes armés pour contenir les indigènes. Voyez ! Ce sont de grands enfants. Bruyants et insouciants. Ils n'ont pas d'armes. Nous pourrons faire d'eux ce que nous voudrons. Ils nous prennent pour des dieux descendus du ciel. Nous les rendrons facilement chrétiens et puis nous en tirerons profit. Sous bonne garde, ils deviendront travailleurs. Avez-vous vu comme le coton pousse en abondance ? Avant de quitter cette île, je prendrai six de ces hommes pour les montrer à Leurs Majestés.

— Ne craignez-vous pas d'aller ainsi au-devant de difficultés ?

— Non. Je prendrai aussi six têtes de femmes[1]. De sorte que les hommes n'auront pas le goût de se révolter. Plus tard, je les ramènerai à San Salvador. Ils auront appris notre langue et nous permettront de communiquer avec leurs semblables. Ils auront vu ce qu'est l'Espagne et sauront leur devoir d'obéissance. »

Le lendemain, Chinito eut la surprise, en se réveillant, de découvrir la plage envahie par des indigènes. La journée promettait d'être chaude. Pour l'heure, une douce fraîcheur suscitait des parfums épicés, des odeurs marines et toujours ces étranges relents de végétation pourrissante. Le tout mêlé s'emparait comme une potion excitante des narines du garçon et coulait dans son corps une grande nervosité. L'équipage en son entier contemplait la foule des sauvages. Plus d'un gabier avait jugé bon de se munir d'une arme blanche aussi discrète qu'efficace. Dans la ceinture, le contact de la lame était de ces sensations qui réconfortent au moment de braver le risque.

Quel messager avait donc couru la forêt pour apporter la nouvelle ? Des dieux à la peau claire, certains recouverts de plaques brillantes, d'autres de matières plus étranges encore, distribuaient la lumière enfermée dans des boules. Ils donnaient aussi des colliers, des musiques qu'un simple petit mouvement de

---

1. Christophe Colomb a vraiment employé cette expression.

la main suscitait dans des fleurs plus dures que le bois et qui luisaient.

Un autre coureur partait vers un autre village, disait son admiration par des gestes lorsqu'il avait le souffle trop court pour parler. Et la nouvelle grandissait, prenait des proportions fantastiques en passant de bouche à oreille. Les courriers qui la portaient maintenant n'avaient pas vu les dieux blancs. Ceux-ci devenaient des géants sortis de la mer. Hauts comme des arbres. Un nouveau messager s'élançait sur le chemin sylvestre. Sans s'arrêter, il évitait les entrelacements de branches, contournait les marigots, crevait de son corps souple les rideaux de feuillage et arrivait, haletant, à un groupe de huttes. Il s'effondrait dans la poussière, vite entouré d'un cercle de curieux.

« Plus hauts que des arbres ! »

Les indigènes eurent toute la nuit pour songer à ces prodiges. Les anciens rappelèrent des légendes qu'il aurait fallu considérer avec plus de sérieux. Ils parlèrent des esprits de la forêt, de ceux de la mer et d'autres encore qui grondent parfois dans les nuages. Au matin, chaque homme valide se mit en route vers la côte pour saluer les envoyés célestes. Les femmes, les enfants et les vieillards restèrent près des cases.

En se souvenant de ce qu'il avait vu la veille, Chinito reconstituait les scènes et donnait une explication à la présence de cette foule.

Un dieu blanc courait lui aussi la forêt, solitaire, en quête d'une clairière où il pût construire sa cabane ignorée du monde. Il était plus démuni que le dernier des sauvages, plus exposé que lui aux pièges de la nature. Et il avait le cœur tellement moins innocent que ce lui était faiblesse. Il rêvait d'une montagne aux flancs impraticables d'où il eût contemplé, chaque matin de paix retrouvée, la mer des frondaisons et celle des flots. Elles auraient été double protection contre les hommes mais peut-être pas contre lui-même. Il était arrivé sur une île plate. Qu'adviendrait-il de lui si on le découvrait dans la forêt, ou si, parvenant affamé à un village, il était surpris à dérober quelque lézard rôtissant sur les braises ?

À quelle rive trompeuse l'océan avait-il arraché la branche aux petits fruits rouges ? Nulle part sur cette terre, Chinito n'avait vu l'arbre de ce signe accueillant.

« Dieu fasse que tu ne sois pas perdu, Bartolomeo ! » pria en lui-même l'enfant désorienté.

Il dut oublier ses pensées. Sur la grève, les indigènes mettaient des pirogues à la mer. Ils entraient dans les rouleaux pour traverser la barre d'écume au-delà de laquelle le lagon devenait moins agité. Les embarcations, faites de troncs d'arbres évidés, perçaient la barrière blanche. Elles pointaient vers le ciel un nez combatif puis, menées de main de maître comme les coursiers arabes que Chinito avait vus à Grenade, maintenues par des bras de cuivre, elles se remplissaient de corps nus jaillis tout ruisselants de la turbulence des vagues.

La flottille se dirigea vers les caravelles. Les pirogues

griffaient la houle de leurs pagaies. Parfois l'une d'elles se retournait. Les hommes refaisaient surface et, soucieux d'arriver les premiers aux grandes pirogues des dieux, continuaient à la nage.

Bientôt les navires furent entourés d'un grouillement de plongeurs, d'un entrecroisement d'embarcations. Aucune arme. Quelques présents, humbles porteurs de l'esprit aimable des habitants de l'île. Des écheveaux de coton grossiers, deux ou trois fruits pris sur l'indispensable nourriture du jour, une fleur déjà mourante, un coquillage plus beau que les plus riches marbres de Toscane. De tous côtés, désarmée et joyeuse, la nudité de ces corps offerte sans calcul à la volonté de puissance des conquérants.

Les nageurs cherchèrent le moyen de se hisser à bord. Leurs doigts s'accrochaient, comme s'ils eussent été terminés par des ventouses, aux moindres aspérités des navires. Les pieds assuraient des prises. Ce fut une invasion de fourmis géantes.

Chinito se demanda ce qui allait advenir. Après avoir appris que des mangeurs de chair humaine hantaient les lieux, il avait été un peu rassuré en retournant à bord. Maintenant, il comprenait que le danger pouvait surgir de toutes parts et vaincre la barrière des flots, le rempart des navires.

Les premiers indigènes sautèrent sur le pont. Des pirogues, furent lancées de pauvres richesses offertes. Ils tendaient ces cadeaux avec des rires francs, des exclamations incompréhensibles. Christophe Colomb alla au-devant des visiteurs et quand, par gestes, il demanda une fois de plus où se trouvait l'or, on lui répondit en tendant le bras :

« Plus loin ! Plus loin ! Dans une autre île ! »

Au matin du 15 octobre, après une nuit d'hésitation, l'amiral décida de naviguer vers de nouvelles terres. Chinito vit disparaître à l'horizon l'île de son amitié perdue et jamais, depuis, il ne sut plus rien de Bartolomeo.

La Santa-María retenait à son bord sept indigènes qui, en échange de leurs fruits et de leurs coquillages, furent les premiers à perdre la liberté. L'un deux sut la recouvrer alors que les caravelles approchaient d'une péninsule.

« Là, il y a de l'or, affirmèrent les captifs que Colomb avait fait transférer sur la Niña. Des bracelets, des anneaux portés aux chevilles. Beaucoup ! Beaucoup ! »

La côte était à quelques brasses, à trente coups de pagaie sur les bas-fonds. Un des prisonniers plongea du château de proue. Une pirogue se tenait au flanc du vaisseau. Elle fila vers le rivage, se jouant des écueils, coupant les vagues. À peine eut-elle frotté son museau au sable que les deux fugitifs déguerpissaient à toutes jambes.

Les Espagnols allaient d'île en île et partout retrouvaient les mêmes cabanes, des perroquets criards, la pauvreté qui ne savait pas son nom puisqu'elle ignorait aussi celui de la richesse.

« Or ? interrogeait Colomb. Où est la terre brûlante qui donne naissance à l'or ?

— Une île... Plus loin... Là-bas ! » indiquaient des bras tendus.

La quête se poursuivait. Prudemment, les indigènes cherchaient à éloigner ces visiteurs qui distribuaient des trésors, mais apportaient aussi l'impression d'une menace constante. Leurs vêtements, leurs armes, la couleur si étrange de leur peau impressionnaient les îliens.

Un jour, dans un de ces villages bâtis entre grève et forêt, Chinito, avec l'insouciance de son âge, s'était écarté un peu de ses compagnons. Il avait oublié la peur des mangeurs d'hommes qui le hantait. Un frisson d'aventure s'était emparé de lui. Il contourna une case et, à l'intérieur d'une autre faite d'un entrecroisement de branches à claire-voie, il fit une rencontre qui le surprit. Couchée dans une sorte de filet accroché par chacune de ses extrémités aux murs de la case, une jeune fille de douze ou treize ans, indifférente aux dieux blancs nouvellement arrivés, songeait, sommeillait peut-être, dans l'abandon d'une heure heureuse de simple repos, de béatitude satisfaite et de bonheur sylvestre. Son corps luisait dans la pénombre verte. Les palmes bruissantes de vent chaud et les palmes mortes du toit brisaient les rayons d'un soleil de midi, apportant sinon la fraîcheur, du moins un clair-obscur propice à la rêverie dans le temps arrêté.

Avait-elle, elle aussi, cette adolescente étendue en

suspension dans l'air, des regrets et des craintes, un espoir dans la vie, un désir d'être aimée comme le jeune étranger blanc qui osa franchir le seuil de la case ? Ils se regardèrent, d'abord interloqués, la fille au teint d'olive livrant sa nudité sereine et le garçon aux vêtements rongés par la misère des rues et les semaines de navigation. Ils se sourirent, de peur mal dominée sans doute, mais aussi parce qu'ils étaient du même âge et que peu leur importaient la conquête de l'or, le besoin de richesses, le souci de paraître.

L'Indienne se souleva sur un coude pour mieux contempler le dieu blanc. Pourquoi demeurait-elle couchée à l'écart des autres ? Était-elle malade ? Blessée ? Son corps apparemment ne portait pas de marques. Ses dents blanches, ses joues lisses et brillantes disaient sa bonne santé. Elle était indolente de nature et profitait de l'heure chaude pour laisser vagabonder ses pensées.

Le regard de la jeune fille se porta sur le mouchoir rouge et crasseux que Chinito nouait à son cou. Lui, saisi d'un trouble soudain, ne pouvait détacher ses yeux du corps de cette infante des forêts. Elle avait senti l'admiration proche de l'effroi dont elle était l'objet. Elle se pencha. Le filet oscilla. Elle quitta sa couche aérienne. Chinito vit venir à lui cette statue de bronze qui semblait avoir été dotée à l'instant même du mouvement.

Elle toucha une pointe du mouchoir. Quelques mots qu'elle prononça comme pépient les oiseaux ne furent que musique indéchiffrable pour le garçon ébloui. Il défit le nœud. Par la grâce de leurs gestes, le carré de coton devint offrande somptueuse, fleur rouge épanouie au bout des doigts.

La jeune fille voulut répondre à un cadeau par un autre cadeau. Il n'y avait dans la case rien de plus que le filet accroché pour servir de couche. Que pouvait-elle offrir sinon le seul objet qu'elle possédât ? Elle en détacha les cordes sans la moindre précipitation, roula le tout en une pelote un peu brouillonne et le tendit à Chinito. Il remercia avec un sourire embarrassé bredouillant n'importe quoi dans la confusion où sa timidité le plongeait.

« Ça ne fait rien, pensa-t-il plus tard. Elle ne comprenait pas ce que je lui disais. »

Le vieil Alvarez sourit en reposant sa plume. L'émotion de ses quatorze ans remontait à sa mémoire, transformée par le temps sans doute, embellie assurément, mais chaude comme un souvenir précieux. Il revoyait le Chinito qu'il avait été ce soir-là lorsque, après avoir accroché tant bien que mal le filet sur le pont de la Santa-María, il avait eu enfin la couche tant désirée. L'équipage en son entier avait défilé devant cette innovation et, la nuit venue quand l'heure s'était faite silencieuse, couché dans les mailles, les yeux rivés au firmament, il avait laissé venir à lui des songes.

« Le hamac fit ainsi son entrée dans la marine espagnole », écrivit le vieil homme en souriant avec malice.

Au fond de lui demeurait la vision d'une jeune beauté dormant à même le sol d'une case, heureuse parce qu'une fleur de coton rouge était nouée à son cou.

Chinito ne lui avait pas demandé où se trouvait le pays de l'or. Christophe Colomb réitérait souvent la question et, un soir, au moment de rembarquer pour d'autres îles qui se révélèrent semblables aux précédentes, deux noms émergèrent du flot de paroles incompréhensibles.

« Colba !¹ »

Les gestes prirent la relève pour expliquer qu'un roi vivait sur cette terre. L'île était vaste et riche. Beaucoup de cases. Hautes comme des cocotiers... De l'or, oui... Des pirogues géantes. En face de Colba, une autre île. Bohio.

Les Indiens qui parlaient de ces îles avaient le corps peinturluré de rouge et de brun. Ils disaient leur admiration pour Colba où arrivaient de grands navires. L'amiral en conclut que Colba était Cipango et qu'enfin il touchait au but du voyage.

« Et Bohio ? demanda Pinzón avec un rien de dédain dans la voix.

— Colba ne peut être que le Japon, expliqua l'amiral sans relever le ton assez déplaisant du capitaine. Toutes les cartes placent l'île dans ces parages. Quant

_____
1. Cuba.

179

à Bohio, je ne sais... Sans doute une terre que Marco Polo n'a pas visitée. À moins que...

— À moins que ?

— Ce ne soit la Chine. »

Ils partirent pour Cipango dès que la pluie cessa. Elle avait paru vouloir durer une éternité. Et pourtant elle tombait violente comme les averses d'Andalousie. Le ciel s'ouvrait pour déverser ses trop-pleins. Ils semblaient inépuisables. Le temps restait doux, et cette eau qui ruisselait sur les corps et remplissait les barils était un présent reçu avec des cris de joie. Chinito dansait sous la pluie avec ses compagnons.

Mais le déluge persistait et si grande devenait l'impatience de Colomb qu'il décida de se mettre en route sans plus attendre. Le jour n'était pas levé que les trois caravelles, avec le minimum de toile, voguaient déjà vers l'île des épices. Une aube ruisselante ne favorisa guère la navigation et puis, soudain, le vent tourna. Avec la rapidité de ces climats, le temps changea. Le ciel fut balayé, le soleil apparut, des souffles favorables poussèrent l'armada vers Cipango.

« Qu'on ajoute toutes les autres voiles à celle de misaine ! commanda Christophe Colomb. La grande, les deux couteaux !... »

À chacun de ses ordres impérieux, la voilure montait.

« Le trinquet !... La civette !... »

La nef déployait ses ailes tel un goéland. À quelques

brasses de là, avec un peu de retard, la Niña et la Pinta faisaient de même.

« La voile d'artimon !

— Seigneur Colomb, risqua Juan de La Cosa, ne craignez-vous pas de donner trop de vitesse ? Qu'un écueil surgisse et...

— Maintenant celle du château de poupe ! »

Tout le gréement était en place. Sur chaque voile, la croix verte étendait ses branches. Elle arrivait triomphante en ces parages oubliés de Dieu. Le roi de l'or et des perles n'allait pas tarder à être alerté par des guetteurs vigilants postés en haut des tours pour garder le fabuleux royaume.

Chinito se laissa gagner lui aussi par l'élan de l'aventure. Il ne quitta pas la proue afin d'être un des premiers à voir, sur des quais de roches bien équarries et des brise-lames surmontés d'un phare, de riches mandarins à la peau jaune et aux robes de soie.

Le jour passa. Le vent redoubla. La pluie s'abattit de nouveau et la nuit vint. L'amiral se rappela les recommandations de Juan de La Cosa. Les bas-fonds étaient imprévisibles et les récifs nombreux.

« Carguez les voiles ! Gardez seulement le trinquet ! »

Passèrent la nuit, le jour, une autre nuit encore. Le dimanche matin, la terre s'offrit à eux.

« Colba ! » dirent les indigènes.

Point de quais, de jetées lancées sur les flots, de riches commerçants ni de voiliers, mais l'embouchure d'un grand fleuve si profond partout qu'on pouvait y naviguer sans crainte. Les rives étaient couvertes d'arbres gigantesques. À voir leurs troncs puissamment dressés au-dessus des masses de feuillage, on se disait que des siècles les séparaient du jour de leur germination. Ils étaient presque tous d'essences inconnues. Des aloès vigoureux et des palmiers d'une taille modeste poussaient en rangs serrés. La nature prodiguait ses débordements végétaux sur chacune des rives, sans la moindre trace de l'action humaine.

Et puis, dans une anse aux eaux dormantes, quelques huttes apparurent, blotties à la lisière de la forêt et se fondant en elle avec leurs toits de palmes, leurs murs de branchages colmatés de mousses toujours verdoyantes. À l'approche des étrangers, les habitants avaient fui, ne laissant derrière eux que les instruments de leur vie parcimonieuse et un étrange chien qui n'aboya pas.

« Ne touchez à rien, intima Colomb. Il faut que ces indigènes aient confiance en nous afin qu'ils nous apprennent où se trouvent l'or et les perles. »

Ils dirent que le roi avait sa capitale plus loin encore vers le ponant et Christophe Colomb poursuivit sa quête à l'ouest.

Quand il fut convaincu que les villes de Zayto et de Quisay dont parla Marco Polo dans le récit de son voyage n'étaient plus qu'à quelques lieues du promontoire où il avait jeté l'ancre, l'amiral décida d'envoyer deux émissaires au roi mystérieux. Tous les indigènes parlaient de ce chef en accompagnant leurs incompréhensibles propos de mimiques craintives et de roulements d'yeux effrayés.

« Ce sera toi, Rodrigo de Xerès. Et toi, Luis de Torres. Qui peut dire si ta connaissance de l'hébreu et de l'arabe ne te servira pas à la Cour de ce monarque où maints voyageurs des pays d'Orient doivent conduire leurs caravanes.

— Je sais si peu d'arabe, seigneur Colomb !

— Tu en sais suffisamment. Mais prenez deux Indiens avec vous. »

Il leur donna des perles de verre pour qu'ils pussent les échanger en route contre de la nourriture ou même se servir de l'attrait qu'elles exerçaient sur les populations pour se tirer d'un éventuel mauvais pas.

« Ouvrez l'œil, ce faisant, et voyez quelles richesses nous pourrons obtenir en commerçant avec le Grand Khan. Vous lui remettrez cette lettre d'Isabelle de Castille et de Ferdinand d'Aragon et direz quels magnifiques souverains de la Chrétienté ils sont tous deux. »

Son œil s'alluma aux paroles qu'il prononçait. Sa conviction était si forte qu'elle faisait naître dans l'esprit de chacun le pays dont il avait tant parlé. Chinito se remit à imaginer des palais aux portes de cèdre ciselées, des claustras d'ivoire, des kiosques de jade dans des jardins embaumés.

« Prenez aussi de la cannelle, du poivre, du cardamome, poursuivit l'amiral, et demandez si ces épices se récoltent autour de la cité du Grand Khan. »

Il marqua une hésitation puis il ajouta :

« Voyez encore si l'or abonde dans la ville. »

Les envoyés partirent et chacun attendit leur retour. Des pirogues vinrent se ranger le long des navires pour proposer d'échanger du coton filé contre les séduisants objets que détenaient les dieux blancs.

« Cannelle, articulait Colomb en montrant des petits morceaux de la précieuse plante.

— Oui ! Oui ! reconnaissaient les indigènes, heureux de pouvoir communiquer.

— Poivre, continuait patiemment l'amiral en faisant rouler des grains sur sa paume.

— Oui ! Oui !

— Où ?

— Là-bas !

— Or, murmurait Colomb en retirant un anneau de son doigt.

— Oui ! Oui !

— Où ?

— Bohio ! »

Ils s'agitaient, pris d'une terreur soudaine, ne voulaient plus parler. Il fallait insister. Ils disaient alors que des hommes mangeurs de chair humaine habitaient ces contrées. Chinito frissonnait en interprétant les gestes. La peur des cannibales lui gâchait le plaisir de se balancer dans son hamac. Que ferait-il s'ils arrivaient, si, plus agiles que des singes, s'aidant de leurs mains larges et de leurs pieds plats ils montaient à l'assaut du navire ? Il créait la scène par avance tant sa peur était forte. Chaque esquif qui s'approchait lui ôtait la respiration. Il chercha dans la cale un réduit obscur où il pourrait se cacher en attendant la nuit. Ensuite il plongerait du haut de la poupe. Il nagerait jusqu'à la rive et peut-être la forêt serait-elle assez bonne pour le sauver.

La protection du Malagueño lui manquait. Lourde était son absence.

Pendant la nuit du 5 novembre revinrent les envoyés auprès du Grand Khan. Ils étaient fourbus. Dans la chaloupe qui les ramenait à bord, ils demeuraient prostrés. Les rameurs ne les interrogeaient pas. Colomb, surveillant l'approche de leur lumière vacillante, ne pouvait dominer son impatience. Lui, d'habitude réservé jusqu'à la froideur, se mit à faire les cent pas sur le pont. Il trouvait la cadence des rameurs trop molle et se penchait au-dessus des flots comme pour attirer plus sûrement la barque indolente. Quand il vit monter un indigène puis un jeune garçon qui pouvait être son fils et enfin un bel homme qui se tenait à l'écart avec déférence, il voulut tout savoir et tout de suite. À peine laissa-t-il aux nouveaux arrivés le temps de poser pied sur le navire.

« Alors, vous l'avez vu ?

— Non. »

Le Grand Khan se dérobait encore. Sur quel continent avait-il construit ses palais ? Les émissaires s'en étaient approchés, du moins le pensaient-ils. Ils avaient marché longtemps, parcourant plus de douze lieues, et ils étaient arrivés à un village plus important que tout ce qu'ils avaient vu jusque-là. Une cinquantaine de cabanes. Les habitants leur avaient fait fête. Toujours cette croyance en des dieux descendus du ciel. Quand Rodrigo de Xerès leur avait montré le morceau de cannelle, ils avaient indiqué la direction du sud-est. La même façon de renvoyer plus loin les intimidants visiteurs.

Une coutume avait surpris les deux Espagnols. Les Indiens roulaient les feuilles séchées d'une plante pour en faire une sorte de bâton très serré puis, à l'aide d'un brandon, ils en allumaient l'extrémité et aspiraient la fumée par l'autre bout. Cela dégageait une odeur âcre et forte qui semblait les combler de plaisir.

« Ils appellent ces bâtons de feuilles des *tobacos*. »

Christophe Colomb balaya d'un geste ce qu'il considérait comme une futilité.

« Portent-ils des bracelets d'or ? Des anneaux aux chevilles ?

— Aucun. »

Les émissaires avaient été déçus par les indications trop vagues concernant la ville du Grand Khan. Ils avaient décidé de rebrousser chemin. La population entière leur fit un bout d'escorte et puis s'évanouit peu à peu dans la forêt. Ne restèrent qu'un homme qui paraissait un notable, son fils et leur serviteur.

Colomb les traita avec urbanité et, quand il leur posa la question rituelle, le père et le fils se regardèrent.

« Où est le pays de l'or ? » redemanda Colomb.

Le plus âgé leva la main comme tant d'autres l'avaient fait avant lui. Il indiqua une direction vers le ponant et il prononça un mot :

« Baneque. »

Ils ne voulurent pas dormir à bord de la Santa-María. L'amiral toujours par souci de leur complaire, les fit ramener sur la plage. Le lendemain matin, ils n'avaient laissé que les traces de leurs pieds nus dans le sable. Imprévisibles comme les oiseaux qui s'ébattaient familièrement d'arbre en arbre et comme eux follement épris de liberté, ils étaient repartis vers leur case en forêt.

Les Espagnols n'accostèrent pas à Baneque. Ils parvinrent à une île qui ne se différenciait en rien des autres, si ce n'était que le vent soufflait en direction contraire et semblait vouloir en interdire l'accès. Les vagues creusaient la mer. Chinito, qui avait cru gagner le pied marin à tant naviguer, dut se rendre à l'évidence. Il n'en était rien.

La chaleur devenait exténuante. L'air brûlait. Un reste de panique remonta du tréfonds des matelots. Dans quelles contrées diaboliques se hasardaient-ils encore ?

« Rassurez-vous, affirmait l'amiral. S'il fait si chaud, c'est parce que nous approchons du creuset où l'or de la terre prend naissance. »

Martín Alonso Pinzón poursuivait le même dessein

que Colomb. Cette Baneque, dont avaient parlé les indigènes, devait être vraiment le pays de l'or.

Le 21 novembre, alors que les trois caravelles filaient bon train, emportées par un vent du sud, la Pinta s'écarta de sa route.

« Seigneur Pinzón ! hurla Christophe Colomb tandis que la distance entre les deux nefs augmentait, qu'avez-vous donc à ne pas tenir le cap ? »

L'autre fit la sourde oreille et l'écart avec la capitane se creusa encore.

« Seigneur Pinzón ! Reprenez votre route ! »

La Pinta, à cette voix, se cabra comme un cheval des *marismas*[1]. L'amiral la vit s'équiper d'un complément de voile et, cravachée de vent torride, s'éloigner vers Baneque où l'or, à peine refroidi, affleurait sur les pentes d'une montagne ardente.

Chinito surprit son maître en train de se crisper sous l'insulte que lui infligeait l'armateur félon. Juan de La Cosa intervint.

« Amiral, vous avez transféré à bord de la Pinta ce sauvage qui fait des progrès si rapides qu'il parlera bientôt notre langue. Il me paraît de loin le plus intelligent de nos captifs. Pinzón lui a laissé entendre qu'il le relâcherait dès qu'ils atteindraient le pays de l'or. Cet homme connaît le chemin qui conduit à Baneque. Pinzón en tire parti.

1. Basses plaines du Guadalquivir.

— Était-ce une raison pour me trahir ? Ces derniers jours, il m'a dit de bien mauvaises choses !

— Lesquelles ?

— Il a regimbé aux ordres que je lui donnais. Et plus les indices de l'or augmentaient, plus il se montrait indocile. Le goût du lucre l'a poussé, le malheureux ! Il y perdra son âme ! »

La Pinta s'éloignait avec un orgueil insolent. Pour donner plus d'éclat à son acte frondeur, la mer semblait de connivence avec elle.

« C'est folie ! » murmura l'amiral.

Il se sentait humilié. Plus que par ce roi légendaire à la cité bâtie en un lieu dissimulé, plus que par l'or qui se dérobait sans cesse, il était blessé par la désertion de l'homme qu'il n'avait jamais tenu pour un ami, mais avec lequel il avait partagé la découverte d'un monde.

La nuit tomba vite, dérobant plus sûrement la Pinta aux regards de la Santa-María. Le vaisseau rebelle maintint le cap sur le levant où, d'après les indications de l'Indien, devait se trouver Baneque. Les dernières lueurs du couchant disparurent avec le point de moins en moins perceptible qui emportait Pinzón vers la terre conquise peut-être, mais au prix d'une déloyauté.

Colomb renvoya son entourage. Il avait besoin de solitude. L'or tant recherché le fuyait. Existait-il vraiment ? Pour la première fois, un véritable doute s'emparait de lui.

« Chinito, apporte-moi du vin ! »

La compagnie de cet enfant lui suffisait. Il se fit verser à boire, mais ne but pas.

« Il existe, j'en suis sûr. Il faut qu'il existe !

— Quoi donc, maître ?

— L'or. »

Il se félicita d'avoir congédié Juan de La Cosa et le pilote. Devant ce petit mousse de rien, il pouvait exhaler les craintes qui le torturaient.

« J'ai découvert des terres riches, des peuples nombreux. J'ai entassé dans les cales de mes navires le bois d'aloès et la résine de lentisque. Nous fonderons ici une colonie qui fera la gloire de l'Espagne au bout du monde...

— Oui, maître. »

Il adressa à Chinito un sourire mélancolique. Ses mains esquissèrent un geste d'impuissance. Elles s'écartèrent l'une de l'autre puis, en se rejoignant, heurtèrent le gobelet de vin qui se renversa.

« Mais je n'ai pas trouvé le creuset de l'or. »

Il y eut un silence pendant lequel le jeune garçon se sentit proche de son protecteur. Il n'osa pas remplir le gobelet une seconde fois.

« Comment pourrai-je retourner en Espagne si je n'ai pas trouvé l'or ? »

Il se leva et, ouvrant une des lucarnes, il fixa la mer avec insistance. La nuit était claire, les vents favorables. Une belle lune faisait miroiter la houle paisible. Colomb chercha un feu dans cette pénombre bleutée.

« Il reviendra, murmura-t-il. Il faut qu'il revienne.

Non pas parce qu'il m'aime, je sais qu'il ne m'aime pas, mais parce qu'il ne peut pas me voler ma découverte. Il ne le peut pas ! »

Sa voix devenait rauque. Elle était l'expression d'une colère contenue, d'une blessure insupportable qu'il fallait cependant dissimuler. Dieu merci ! Il n'y avait que ce gamin pour la surprendre. Ce n'était pas lui qui en témoignerait.

« Allume un fanal. Accroche-le à la poupe. S'il reconnaît sa folie, s'il fait demi-tour, il faut qu'il puisse nous rejoindre. »

Il hésita encore. Puis, refermant la lucarne, l'œil glacé et la voix coupante, il ordonna :

« Transmets encore au seigneur de La Cosa l'ordre de carguer les voiles. Que l'on mette en panne jusqu'au lever du jour. »

Le jour se leva, mais la Pinta ne reparut pas.

9

Mardi 25 décembre 1492

Pedro Alvarez hésita pendant deux jours avant de poursuivre son récit. Les images qui refaisaient surface lui étaient si pénibles, au moment de revivre les dernières semaines passées dans le Nouveau Monde, qu'il ne savait comment les rapporter. Pourquoi les choses s'étaient-elles produites ainsi ? Pour quel obscur dessein Dieu l'avait-il donc choisi, lui, le plus jeune, le plus humble, le plus inexpérimenté des membres de l'équipage ?

Plusieurs fois, il s'assit à sa table. La servante lui apportait une couverture, une tasse de bouillon de poule. Elle les accompagnait de reproches bourrus. Qu'avait-il besoin, à son âge, de se tuer d'écriture ? C'était vouloir courir la mort que de s'entêter à se fatiguer les cervelles et le sang ! Pour pas raisonnable, c'était pas raisonnable !

Il s'enveloppait dans la couverture, s'en faisait un refuge. Il buvait le liquide brûlant à petites gorgées, heureux de repousser l'instant où il devrait se remettre à écrire. Le doute rongeait ses pensées, augmenté d'un remords retrouvé qui, à peine eut-il débarqué à Palos, le poussa à quitter le navire sur des adieux précipités et à ne plus revoir l'amiral.

Mais il n'était pas encore au vendredi 15 mars 1493. Il était resté dans les îles indiennes et devait rapporter fidèlement les derniers faits de son aventure.

Il relisait les pages de la veille pour se donner l'élan nécessaire, corrigeait un mot mal venu, une expression trop faible. Un enchaînement maladroit le retenait pendant une heure. Il en avait du soulagement tant il redoutait d'aborder la nuit d'épouvante qui, cinquante ans après, suscitait encore en lui un malaise.

Quand enfin il traçait quelques mots, une difficulté à poursuivre lui faisait reposer la plume. Alors il prenait sa canne, se drapait dans une cape noire et, vaincu, s'en allait par les ruelles en quête d'un peu de maîtrise de soi. Immanquablement, il retournait à la petite place où, jadis, une lame brusquement jaillie de son manche, avait fait de lui un vagabond des mers. Le soleil d'hiver caressait les façades. La fontaine coulait comme autrefois. En cinquante ans, presque rien n'avait changé.

Le deuxième jour, il s'attarda plus que de coutume

et puis, songeur, il remonta jusqu'à sa demeure haute. Il s'assit à la table et il sut cette fois qu'il terminerait ses mémoires.

Christophe Colomb, en arrivant à Bohio, avait presque atteint le pays de l'or abondant. Les indigènes qui venaient, à pleines pirogues, lui apporter des offrandes et ceux qui, ne possédant pas d'embarcation, se jetaient à l'eau pour gagner les caravelles à la nage, le lui dirent et redirent. Il s'agissait de découvrir l'endroit exact où l'on extrayait le métal précieux. Précieux, il ne l'était pas de la même façon pour les hommes nus et pour les dieux blancs. Le troc serait aisé et l'or recueilli à boisseaux pour peu que l'on eût à donner en échange un ou deux bonnets rouges, des perles de verre surtout pour lesquelles la convoitise des Indiens ne diminuait pas, des pièces de vaisselle ébréchées qui avaient été victimes de nombreux tangages et roulis et allaient devenir l'ornement principal de la table d'un cacique.

Parmi les offrandes apportées, l'or figurait de plus en plus fréquemment. Menus débris, anneaux de nez et de cheville entretenaient l'espoir qu'enfin on approchait des richesses de Cipango.

La nuit de Noël était douce sous les étoiles. Pendant deux jours, les caravelles avaient navigué en évitant les cordons de récifs et les hauts-fonds nombreux. Cela avait demandé une attention de tous les instants et l'amiral, pendant ce temps, n'avait pas dormi. Il était épuisé au point que, à la mi-nuit, il avait dit ses prières d'action de grâces à haute voix et il s'était retiré dans sa cabine. Avant de refermer la porte, une hésitation le prit. Il alla renouveler ses recommandations au timonier.

« Je te confie le gouvernail, lui précisa-t-il. Quel que soit le vent, ne l'abandonne jamais aux mains de quiconque. Nous sommes dans une zone dangereuse. Tu as remarqué comme moi les bancs de sable qui encombrent les fonds et tu as vu aussi combien il y a de brisants dans les parages.

— Je veillerai, amiral.

— Tu as ma confiance. »

Chinito accompagnait son maître et il allait se retirer en même temps que lui après avoir retourné le sablier de onze heures. Il aspirait à son hamac suspendu entre les phosphorescences des flots et le brasillement des étoiles. Dormir lui était devenu un bonheur véritable. Chaque soir, au moment de sombrer dans un sommeil d'enfance, lui revenait, comme en un songe lointain, l'image d'un corps alangui dans ce même filet de coton.

« Reste un moment avec moi », lui demanda le timonier.

En plusieurs points du bateau, on entendait monter un chant de Noël. C'était plus une plainte qu'une expression de joie. Le regret de la terre natale se faisait sentir en cette nuit exceptionnelle. Ici, pourtant, la nuit avait une grandeur dépouillée sous le ciel serein. L'immensité sollicitait l'âme et l'élevait, mais le cœur toujours revenait à la chaumière lointaine où un quinquet devait brûler encore. Les femmes, au retour de la messe de minuit, gardaient les yeux éblouis par l'éclat des chandelles autour de la Vierge couronnée. L'obscurité de la campagne leur en paraissait plus lourde. Dix pas derrière, contents d'être ensemble, les hommes qui n'avaient pas été embauchés en mer parlaient à peu de mots des prochains départs. Les vieilles, au logis, fourgonnaient les cendres pour que durât encore la chaleur de Noël. Les enfants dormaient...

Sur le pont de la Santa-María, le chant accentua sa mélancolie puis se tut. Une voix en écho vint de la Niña, étouffée par l'air humide.

« Reste avec moi, *mozalbete*[1] ».

Le timonier attendit qu'eût disparu la silhouette de l'amiral pour avouer avec une intonation sourde :

« J'ai sommeil. »

Chinito resta. L'autre éprouva le besoin de se justifier.

« Depuis dimanche, nous avons ramé pour reconnaître les fonds. Je suis éreinté. »

Les deux caravelles avaient été mises en panne. Juan de La Cosa, qui était de garde, s'approcha en ayant seulement l'air de passer.

« Tout va bien, timonier ?

1. Jeune gars.

— Tout va bien, *señor.*

— La mer est calme.

— Nous ne bougeons pas.

— Je crois que je vais en profiter pour dormir un peu. Si un ennui se produisait, tu m'appellerais.

— Je vous appellerai, *señor.* »

Le vent était complètement tombé. La seule voile hissée pendait et les nefs immobiles, à quelques instants de Noël, à quelques lieues à peine de l'or enfin accessible, attendaient le jour. Les hommes qui n'étaient pas de garde dormaient, fuyant dans le sommeil l'évocation douce-amère des Noëls d'Espagne. Ceux qui étaient de quart luttaient contre la fatigue et, vaincus par elle, rassurés volontiers par le calme environnant, s'abandonnaient à une minute de repos. Le timonier se frotta les yeux.

« Je n'en peux plus », dit-il en soufflant.

Il tenait la lourde barre d'une main qui ne voulait pas faiblir.

« Chinito, grogna-t-il, qu'est-ce que tu fais ? »

Pas de réponse. Le garçon, accroupi près de lui, s'était laissé gagner par la torpeur générale. Il dormait. La *ampolleta* qu'il avait lâchée, gisait, renversée. Le sable du temps lui aussi dormait. La Santa-María ressemblait aux vaisseaux fantômes des légendes qu'on racontait, le soir, à la veillée, quand la tempête s'acharnait autour de la maison, ou que l'on évoquait sur le pont, lorsque les brumes, eau et ciel confondus, donnaient du froid à l'âme dans les corps fatigués.

Le timonier eut un sursaut. Il avait dormi pendant une seconde, les yeux ouverts, et il avait vu se dresser devant la proue une muraille sombre. La peur le réveilla. L'hallucination avait été si forte qu'il en fut étourdi. Il haletait et déjà la somnolence le reprenait. Jamais il ne tiendrait jusqu'à la fin de son quart.

« *Chico,* ronchonna-t-il en lançant au mousse un coup de pied. Prends la barre un moment ! »

Chinito se réveilla.

« Tu veux que…

— Rien qu'un moment. Le temps que je fasse un petit somme et après je me sentirai mieux.

— Mais je ne sais pas !…

— Ce n'est pas difficile. Regarde. La mer est d'huile. Le bateau ne bouge pas. Tu maintiens la barre dans sa position et tu fixes bien l'étoile que tu vois, là. Elle doit rester en face de toi. Je n'en ai pas pour longtemps. »

Il s'étendit sur le pont. Le sable dormait dans la *ampoletta,* mais le temps coulait vers l'heure de Noël. Chinito, complètement réveillé, tenait la barre comme on le lui avait demandé et gardait l'œil fixé sur l'étoile. Le timon était lourd. Toute manœuvre serait difficile. Le pauvre tenta de se rassurer.

« Je n'aurai pas à manœuvrer, se dit-il. Il faut que je conserve la position du gouvernail. »

La Santa-María ne bougeait pas. Du moins c'était l'impression qu'elle donnait. Chinito regardait trop l'étoile pour se rendre compte qu'à bâbord, la terre semblait s'être rapprochée. La bande de sable blanc paraissait plus large sur la mer, les arbres inclinés par les tornades plus visibles dans la pénombre. En réalité, la caravelle dérivait. Des courants insidieux la portaient vers la côte.

« Timonier ! Tu m'as dit... »

L'homme ne répondit pas. Il avait cru maîtriser son sommeil, il s'y abandonnait. L'étoile palpitait, plus brillante. Chinito lutta contre une peur sourde qui s'était glissée en lui. Combien de temps allait-il pouvoir maintenir la barre ?

« Tu m'as dit : juste un petit moment... »

Il tenta de réveiller le dormeur de la façon dont il l'avait été lui-même. Un premier coup de pied, trop timide, ne donna aucun résultat. Il s'enhardit, tapa plus fort. Le timonier émit un soupir grognon, étira les jambes et se retourna pour dormir plus commodément.

« Étoile de Noël, aide-moi, supplia le mousse désemparé. Je... Je ne... »

Ses pensées sombraient. La fatigue, le besoin de sommeil, le silence alentour, ces gens endormis devenus tellement étrangers, tellement lointains et inaccessibles, la mer sournoisement immobile, la terre figée dans le clair-obscur, tout se liguait contre lui et rien ni personne ne pourrait le secourir.

Il essaya de se réconforter en pensant à autre chose. Lui revint en mémoire la marche des Rois Mages qu'on disait à Grenade aux approches de l'Épiphanie.

Eux aussi avaient suivi l'étoile. Ils avaient cheminé longtemps de dunes en pistes rocailleuses, traînant après eux une longue file de chameaux et de dromadaires, confiants en l'éclat du signe lumineux qui leur montrait la route. N'était-ce pas la même étoile qui brillait ?

Mais la vue de Chinito se brouillait. Deux fois, son menton toucha sa poitrine. Il sursauta, put rejeter encore le sommeil qui le harcelait. Pour se tenir éveillé, il se mit à fredonner. Sa voix, dans le silence, l'effraya.

« Ce sera bientôt minuit. Je tiendrai jusqu'à minuit et puis je réveillerai ce sale égoïste d'un coup de pied... Et comment je saurai que ce sera minuit ?... Quelque chose me le dira. À minuit, ce soir, c'est Noël ! »

Il reprenait confiance. Pas pour longtemps. Parfois une brise légère venait sécher la sueur d'angoisse sur son front, y faisait courir une onde froide.

« Bientôt minuit !... »

Soudain, un choc parcourut le navire. Une déchirure confuse emplit la nuit. Chinito fut projeté contre la barre. Une douleur dans la poitrine lui coupa la respiration. Il chancela. Tout s'était passé si vite que le malheureux enfant se trouva devant le fait accompli sans avoir pu le prévoir. Autour de lui, le branle-bas général était déclenché. Le timonier se releva. Le blasphème qu'il proféra donnait la mesure de la catastrophe. L'équipage courait en tous sens. Les hommes sortaient par l'écoutille, soufflant et crachant après avoir échappé de justesse à la noyade dans le piège mortel de la cale. Des luttes s'en suivirent pour franchir l'ouverture étroite. Les horions pleuvaient de tous côtés. On entendait un bruit de cataracte à l'intérieur de la coque. Par ses plaies béantes, la Santa-María s'abandonnait aux assauts de la mer.

L'amiral était déjà sorti de sa cabine. Juan de La Cosa le rejoignit. Au milieu des appels, des cris épouvantés, des mots qui injuriaient le ciel au cours de la Nuit Sainte, il restait étrangement silencieux. Son navire allait couler et il se savait responsable.

Car elle allait couler, la vaillante Santa-María qui s'était élancée vers l'inconnu, avait franchi les orages et l'enchevêtrement des sargasses, atteint des bords insoupçonnés, bravé bonaces et tempêtes. Sournoisement, des courants l'avaient fait dériver jusqu'à une plate-forme rocheuse à fleur d'eau et là, immobile en apparence, la mer s'était vengée. L'étrave avait heurté un récif, ouvrant une brèche si grande que l'irréparable apparut tout de suite.

« Abattez le grand mât ! ordonna l'amiral. Il faut alléger le navire ! »

La puissante colonne en bois de la sierra espagnole s'écrasa dans un enchevêtrement de haubans qui gênait les manœuvres de la dernière chance. Les planches craquèrent et se disjoignirent. L'impression de désastre en fut augmentée. Des falots couraient le long du bordage, sautaient, entretenaient le drame de leur insuffisante lumière. La peur, la colère, l'énervement emplissaient le pont de plus en plus incliné. La marée se retirait et plaquait lourdement la coque sur les rochers.

« Seigneur de La Cosa, enjoignit Christophe Colomb, demandez qu'on mette une chaloupe à la mer. Prenez deux hommes avec vous et allez jeter l'ancre à la poupe. Nous devons faire reculer le navire pour le dégager. »

Pedro Alvarez se souvenait du vent de panique qui emportait alors tout le monde. Seul, l'amiral gardait son calme. Lui, le malheureux Chinito, restait prostré, attendant le châtiment. Mais personne ne prêtait attention à lui. Chacun se sentait coupable d'une négligence. L'heure pourtant n'était pas aux états d'âme. Le bateau donnait de plus en plus de la gîte. La coque se remplissait inexorablement.

« Hâtez-vous », hurla Christophe Colomb.

Juan de La Cosa descendit dans la chaloupe et, à ce moment-là, l'inexplicable se produisit. Au lieu d'aller jeter l'ancre, le patron de la caravelle mortellement blessée rama en direction de la Niña et disparut dans la nuit.

« Êtes-vous fou ? Juan de La Cosa, êtes-vous fou ? hurla Colomb lorsqu'il comprit que le propriétaire abandonnait son navire. Revenez ! »

Il arracha le fanal des mains d'un matelot, tenta d'éclairer la scène de cet incroyable forfait. La petite flamme brandie à bout de bras ne fit qu'un halo misérable dans la clarté lunaire.

« La Cosa !... »

Un cri désespéré qui n'obtint pas de réponse. L'amiral rendit la lanterne. Il lui fallait l'ombre, un instant, pour se ressaisir. Personne ne devait voir la poussée de haine qui crispait ses mâchoires, le désarroi qui l'envahissait par autant de brèches qu'en comptait la carène de sa nef. Lui aussi allait sombrer s'il ne libérait pas un trop-plein de rage. Près de lui, Chinito tremblant de peur et de fatigue, fasciné par le mutisme de son maître, ne savait où aller ni que faire.

En écrivant ces lignes, le vieil Alvarez retrouvait l'étonnement qui s'empara de l'équipage. Qu'avait-il bien pu se passer dans l'esprit de Juan de La Cosa ? Ne comprit-il pas tout de suite que son navire était perdu ? Certes, il avait commis une faute en ne veillant pas alors qu'il était de garde, mais fallait-il aggraver encore cette faute par la plus inexcusable des désertions ?

Christophe Colomb ne contrôlait plus sa colère. Tout le monde l'abandonnait donc ? Pinzón, Juan de La Cosa, il ne pouvait compter sur personne ! Il avait su très vite que la caravelle ne pouvait plus être sauvée. Les vagues la soulevaient et, chaque fois qu'elle retombait, une voie d'eau nouvelle s'ouvrait qui remplissait la cale. Libérer la coque de la morsure du roc s'avéra impossible.

« Nous allons couler. Mettez les chaloupes à la mer ! »

La nuit se terminait. Au matin, la Santa-María gisait sur le haut-fond qui l'avait anéantie. Un jour lumineux se leva sur cette tragédie. L'eau reprit sa limpidité de turquoise, le ciel vira du rose au bleu, un vent léger secoua les palmes en bordure de la plage. La Niña avait recueilli les naufragés. Ils étaient tous sur le pont, beaucoup trop nombreux pour une seule caravelle qui, ainsi chargée, irait sûrement vers de nouveaux périls.

Christophe Colomb, en découvrant avec le jour l'ampleur du désastre, ne put retenir ses larmes. Il eut un moment de faiblesse qu'il ne voulut partager avec personne. Chacun respecta son désir de solitude. Il revint au bateau qui n'était plus qu'une épave, et donna plus tard des ordres pour sauver la cargaison. Bientôt les caisses et les barils s'entassèrent sur le sable à côté des planches disjointes apportées par la mer. Les hommes travaillèrent longtemps. Au fur et à mesure de l'enlèvement des provisions, la coque avait de brusques sursauts quand une vague la heurtait.

À une demi-lieue de la côte, la Niña, la seule qui restât, paraissait magnifique et vulnérable.

Le cacique qui les avait reçus quelques jours auparavant et leur avait parlé des mines d'or dans des contrées voisines, offrit ses bons services pour aider les naufragés. Il mit à la disposition de l'amiral des cases où fut entreposé le chargement. Il agissait en chef et, pour la première fois peut-être, les chrétiens, en mauvaise posture, ne virent pas dans ces habitants des îles que de futurs esclaves.

« Merci, Guacanagari. »

Le roi posta des gardes à l'entrée de chaque hutte. Protection toute symbolique car aucun d'entre eux n'était armé. Ils n'opposeraient aux pillards éventuels que la force de dissuasion de leurs muscles et la détermination de leurs sourcils froncés. Le contenu de la cale étalé au grand jour eut un heureux effet. Les Indiens, devant les sacs de billes qui se répandaient sur le sable, les petits miroirs dont ils ne comprenaient pas le pouvoir, les étoffes de couleur et surtout les clochettes à l'irrésistible musique, apportèrent ce qu'ils possédaient afin de l'échanger.

Et le miracle se produisit au moment du plus grand désarroi. Christophe Colomb se vit offrir enfin, plus abondants qu'ils ne l'avaient jamais été, des fragments d'or, des anneaux intacts et des pépites brutes. On lui apporta un masque aux yeux rehaussés d'or. Le métal admirable soulignait aussi les oreilles, ornait de dessins savants le front et le menton. L'amiral en tira grande joie.

« Dieu, en sa bonté inépuisable, a choisi pour nous ce lieu où nous devons nous implanter, dit-il. La Niña ne peut recueillir tout l'équipage. Elle en serait trop dangereusement surchargée. Des hommes vont rester ici, dans cette baie. Ils construiront un fort et une tour avec les matériaux tirés de la Santa-María. Mon navire a rempli sa mission. Il sera encore utile. Vous, vous êtes charpentiers, maçons, forgerons. Bien que gens de la mer, vous savez faire produire à la terre le blé dont vous aurez nécessité. Je vous laisse le contenu de la cale, du vin pour un an, des grains pour les premières semailles. Soyez ici un morceau de l'Espagne pour mieux servir nos souverains. »

Il parlait calmement, dans un enthousiasme retrouvé. Le naufrage qui l'avait abattu la veille lui redonnait des forces. Avec son épave aux débris flottants, il fondait une colonie.

« Ceux qui nous ont abandonnés dans l'adversité ont permis que nous nous attardions sur ces terres et que nous en découvrions les mérites. Un seul encore de ces mérites nous reste caché et je compte sur vous pour trouver la route qui y mène. Vous avez vu les offrandes d'un peuple bon et généreux. L'or naît près d'ici. Parvenez à la mine. »

Christophe Colomb voulut savoir s'il y avait des volontaires parmi les membres des deux équipages. Un à un, ils se rangèrent à sa droite. Certains hésitaient, se consultaient d'un regard, échangeaient deux mots à voix basse. Un mouvement de la tête provoquait une décision.

« Douze. Treize... Quatorze », comptait l'amiral.

Parfois, des pensées dissimulées derrière des fronts butés emportaient un choix fait avec une hargne envieuse.

« Vingt-six... »

Le goût de l'aventure, l'appât de l'or promis par

Guacanagari jouèrent leur rôle dans la tempête qui secoua plusieurs crânes. Peu à peu se forma un groupe qui aurait dû vivre de fraternité dans un pays où tout commençait. Christophe Colomb percevait les mobiles de chacun et feignait de n'en rien connaître.

« Trente-deux », compta-t-il imperturbablement.

Chinito assistait à la scène et il revoyait en pensée la fuite de Bartolomeo. Le Malagueño avait voulu partir seul vers un monde nouveau. Pourquoi lui aussi, Chinito, ne resterait-il pas sur une île ? Un jour peut-être, leurs routes se rencontreraient une seconde fois. En vérité, il n'avait pas aimé la vie en mer. Il était fils de la terre.

« Maître, moi aussi. »

Colomb parut interloqué. Il hésita une seconde, pris au dépourvu par ce gamin qui ne voulait pas revoir Grenade et l'affirmait si calmement.

« Non, répondit-il. Tu retourneras en Espagne. »

Que mettait-il dans ce refus ? Quelle part d'affection ou bien de simple agacement devant un morveux épris d'indépendance lui avait fait répondre sur un ton qui ne souffrirait pas de réplique ? Chinito insista.

« Maître, l'Espagne m'a été dure depuis le jour où je suis né. Ici, je serai heureux.

— Tu retourneras en Espagne. »

Pedro était devenu vieux grâce à ce refus. Une bouffée de reconnaissance le poussa vers le navigateur qui dormait depuis longtemps de son dernier sommeil après avoir emporté le secret de son être dans la tombe. Il ne doutait plus maintenant que Christophe Colomb lui avait témoigné, ce jour-là, un attachement dont il n'aurait jamais voulu montrer la force. Et, ce faisant, il lui avait sauvé la vie.

Les hommes qui avaient pour mission de fonder une colonie sur cette terre neuve laissèrent parler leurs mauvais instincts. Ils s'emparèrent de femmes, asservirent les tribus et s'entretuèrent pour la possession de l'or amassé. Les derniers survivants périrent sous les flèches d'un cacique en colère et le fort, né de la courageuse caravelle qui les avait conduits en ces lieux paradisiaques, fut réduit en cendres.

Sur une décision sans appel de son maître, Chinito pendant ce temps avait retrouvé l'Espagne.

Quelques jours avant le départ, la Niña avançait sur des fonds où roches et sables se mêlaient en créant un danger permanent. Colomb portait en lui le deuil de la Santa-María. Non pas qu'il eût aimé particulièrement cette barque lourde et lente, coupable souvent de retarder la marche, mais il gardait le remords d'un moment d'abandon au sommeil qui avait été si plein de conséquences. Rentrer en Espagne avec un seul navire meurtrissait l'amiral au plus intime de lui-même. Il multipliait les soins pour épargner à la Niña l'écueil, le banc sablonneux capable de faire perdre en quelques secondes tout espoir de retour.

« Paco ! Monte au mât et reconnais les fonds. D'ici, nous n'avons pas une visibilité suffisante. »

Le matelot grimpa et, à peine fut-il en haut qu'il poussa une exclamation comme lui seul en avait d'aussi imagées.

« Amiral, s'époumona-t-il aussitôt après, la Pinta ! »

Pinzón revenait. Quand il monta à bord, il ne semblait pas plus gêné que s'il fût revenu de promenade. Chinito se prépara à servir le vin et à laisser traîner une oreille, car il ne doutait pas que l'entretien fût animé.

Il n'y eut pas de vin des retrouvailles. Christophe Colomb blêmit en revoyant le capitaine. Il le fit entrer dans la cabine dont il referma la porte avec soin. Chinito n'entendit rien de ce qui se disait et, s'il eut envie de coller l'oreille à l'huis, il sut au dernier moment résister à la tentation.

Colomb hâta le départ. Pinzón était allé à Baneque et n'avait pas trouvé l'or. Il n'aurait servi à rien de s'attarder encore. Avant de reprendre le large, la Niña jeta l'ancre dans un port tranquille. Les marins, conscients des semaines en mer qui les attendaient, vent debout, voulurent profiter d'une ultime journée à terre.

À peine débarqués, ils furent surpris par une tribu peinturlurée de noir, armée d'arcs et de flèches. Ces hommes présentaient des visages beaucoup moins avenants que ceux des pêcheurs et chasseurs rencontrés jusque-là. Leurs longs cheveux ramenés en un chignon orné de plumes de perroquets, leur front bas aux arcades sourcilières avancées, les lèvres épaisses et, dans les yeux, quelque chose de farouche donnaient à prévoir des rapports moins heureux que les précédents.

L'un d'eux s'avança pour parlementer. Sa nudité était arrogance et le rictus qu'il arborait disait suffisamment ses intentions peu pacifiques. L'amiral tenta de se faire comprendre. Les indigènes qu'il avait emmenés des autres îles montrèrent de l'émoi à la vue de ce guerrier. Colomb s'en aperçut. Une ombre passa sur son visage. Dans le flot de paroles ponctuées de gestes, Chinito saisit un mot qui tomba sur lui comme une pluie glacée.

« Toi, connaître Caribi ? » demanda l'amiral sans quitter son interlocuteur des yeux.

L'homme nu sourit en découvrant une denture de carnassier. Les muscles de ses épaules roulaient sous la peau et il gonflait les biceps avec une fierté assez ridicule.

Caribi ! Chinito comprit alors pourquoi les autres Indiens avaient l'air aussi peu rassurés. Les cannibales tant redoutés étaient autour d'eux, dans l'ombre des feuillages, l'arc au poing et les flèches, sans doute enduites d'un venin sans remède, prêtes à frapper. À force d'entendre parler d'eux, d'île en île, et de ne les voir jamais, il avait fini par ne plus trop croire à leur existence. Êtres mythiques des légendes héroïques, il pensait qu'ils faisaient partie des hauts faits que les vieillards racontaient pour impressionner les jeunes générations. Et maintenant, il les avait devant lui. Il se mit à trembler. Une horreur indicible lui soulevait le cœur.

Le sauvage était laid de figure, mais il avait un corps aux proportions admirables. Tant de beauté se nourrissant de festins immondes ! Chinito imaginait des scènes qui le faisaient frémir. Il ferma les yeux, serra violemment les paupières pour chasser des visions de cauchemar.

L'Indien fit signe à ses complices d'approcher. Ils sortirent des frondaisons avec des mouvements souples et des mines hargneuses. Tous étaient armés.

« Mon Dieu ! Combien sont-ils ? se demanda Chinito. Et il y en a encore. Dix, au moins ! Vingt ! »

Il en sortait toujours. Ils étaient bien cinquante ! Le mousse compta les Espagnols. Ils étaient sept.

Sept !

« Vierge Marie, supplia-t-il, faites que je ne sois pas mangé ! »

Le chef jeta quelques paroles qui résonnèrent durement. Aussitôt, les cannibales déposèrent leurs arcs, leurs flèches et leurs sagaies sur la grève. Cela faisait un terrible alignement qui ne rassura qu'à moitié le moussaillon apeuré. Les Espagnols respirèrent en voyant cette obéissance générale. Des négociations commencèrent pour échanger les armes contre des billes de verre et des chiffons colorés.

Les guerriers reçurent les babioles sans exprimer de satisfaction particulière. Quand ils comprirent que la distribution était terminée, ils essayèrent de reprendre leurs arcs. Une mêlée s'en suivit, empreinte d'une agressivité certaine. Les Espagnols réalisèrent à quel point ils étaient peu nombreux. Lorsque les Indiens entreprirent de les ceinturer de leurs bras et de les ligoter avec des lianes, ils s'affolèrent. Il y eut une lutte inégale et confuse. Un marin sortit un poignard de sa ceinture et, pour se protéger, d'un coup violemment porté, il entailla une fesse comme on s'ouvre un chemin en forêt. Le sauvage hurla de douleur. Au même moment un autre reçut une flèche en pleine poitrine. Ce fut la débandade. Oubliant leur nombre qui aurait dû les rendre maîtres du terrain, les indigènes regagnèrent le dessous des arbres en abandonnant leurs armes.

Sur le sable, le premier sang versé faisait une tache sombre. Un matelot l'effaça d'un coup de pied, croyant ainsi l'ôter de toutes les mémoires.

EPILOGUE

ÉPILOGUE

Pedro Alvarez avait terminé son récit. De ce qui avait suivi, il n'avait eu connaissance que par ouï-dire. Il se rappelait bien sûr l'effroyable tempête qui avait tant rudoyé la Niña sur le chemin du retour. C'était miracle qu'ils s'en fussent sortis. Et ils étaient allés tous en pèlerinage remercier la Mère du Ciel qui leur avait permis de revoir l'Espagne.

Quand ils abordèrent à Palos, Chinito se sépara définitivement de la mer. L'amiral le laissa partir sans lui témoigner beaucoup plus d'affection qu'il n'en avait montré tout au long du voyage. Mais, avant que le mousse ne franchît pour la dernière fois la porte de la chambre amirale, il l'appela.

« Pedro Alvarez, dit-il en lui redonnant son nom, tu as bien mérité une récompense. »

Il tendait une bourse de cuir noircie par l'usure mais confortablement rebondie. Chinito hésitait à la prendre.

« Prends !

— Maître, vous croyez que j'ai bien...

— Je sais à quoi tu penses. »

Le garçon rougit. Des larmes montèrent à ses yeux.

« Je...

— N'aie pas de remords. Tu as fait ce que tu devais faire et s'il y a un responsable, c'est moi.

— La Santa-María était un beau bateau bien solide.

— Oui ! Oui ! Si on veut ! Et à présent, que vas-tu devenir ? »

Chinito prit la bourse. Il fut surpris par son poids.

« Je vais acheter une mule... Peut-être deux. Et je serai muletier. »

Il le fut, mais cela était une autre histoire.

Le vieillard poussa un soupir. Maintenant qu'il était parvenu au bout de son entreprise, une grande fatigue le prenait.

Il ferma les yeux.

C'est vrai que...

Grenade tombe le 2 janvier 1492, au terme du siège soutenu par Ferdinand d'Aragon devant le refus du jeune Boabdil, dernier roi maure de Grenade, de céder la ville aux Rois Catholiques. Le voyant se lamenter devant la perte de sa capitale, la sultane Aïcha aurait dit à son fils : « Pleure comme une femme ce que tu n'as su défendre ni comme un homme ni comme un roi ! » La prise de Grenade achevait la Reconquête.

Christophe Colomb s'embarque le 3 août 1492 à bord de la Santa-María. Il va enfin réaliser le rêve qu'il poursuit depuis huit ans, pour lequel il a supplié Ferdinand d'Aragon et Isabelle de Castille, les Rois Catholiques qui l'ont enfin autorisé à armer ses trois navires. S'il revient de son expédition, il sera fait « grand amiral de Castille et vice-roi des Indes ». Il veut en effet atteindre les Indes, l'empire du Grand Khan, regorgeant d'or et de pierres précieuses, que le navigateur vénitien Marco Polo a décrit deux siècles plus tôt. Sachant que la Terre est ronde, Colomb décide de tenter la traversée par l'ouest et non par l'est, ce qui lui semble le plus court chemin.

L'océan Atlantique, qu'on appelle alors **la mer Océane**, est quasiment inconnu et redouté des marins. Pour compléter l'armement de ses bateaux, Colomb doit recruter voleurs, hors-la-loi, fripouilles et bandits à qui on promet une remise de peine et la cessation des poursuites s'ils acceptent de s'embarquer pour une durée d'un an. Les équipages sont donc composés d'hommes durs à la peine, prompts à la révolte et à la mutinerie.

Les deux autres navires, la Pinta et la Niña avec à leur bord respectivement 40 et 24 marins, sont commandés par les frères Pinzón, notables de Palos et familiers de la mer.

Pendant le voyage, où le temps est mesuré à l'aide de sabliers dont le contenu s'écoule en une demi-heure (les **ampolletas**), Colomb ne cessera de lutter contre le découragement qui envahit les hommes, la peur qui les saisit devant cette immensité où rien ne bouge.

La mer des Sargasses, qui se situe au nord-est des Antilles, doit son nom aux longues algues brunes flottantes qui la recouvrent, concentrées par les grands courants marins, emprisonnant les navires. À cet endroit précis, l'angle formé par le nord magnétique et le nord réel diminue, ce qui terrifie l'équipage.

Le 12 octobre 1492, après plus de deux mois de navigation, Colomb pose le pied sur une île qu'il baptise **San Salvador**. Il croit alors avoir atteint le rivage de Cipango (Japon). Il a en fait découvert l'île Guanahani dont les habitants, doux et inoffensifs, sont les Arawaks.

Dans sa quête inlassable de l'or, il découvre la côte de Cuba et l'île de Bohio qu'il nomme **Hispaniola**. C'est là que le cacique Guacanagari lui offre enfin le précieux métal. C'est là que la Santa-María fait naufrage alors que Pinzón déserte avec la Pinta. C'est enfin là que Colomb laisse 36 hommes sous le commandement de Diego de Arana, pour construire un fort et créer un établissement durable, un morceau d'Espagne en terre « indienne ». Mais ces marins d'occasion enlèvent les femmes indigènes, pillent les richesses de l'île et sont massacrés par une tribu tandis que le fort est brûlé.

Christophe Colomb prend la route du retour à bord de la Niña et accoste à **Palos** le 15 mars 1493.

Table

Le Livre de Poche s'engage pour l'environnement en réduisant l'empreinte carbone de ses livres. Celle de cet exemplaire est de : 250g éq. CO$_2$
Rendez-vous sur www.livredepoche-durable.fr

PAPIER À BASE DE FIBRES CERTIFIÉES

Édité par la Librairie Générale Française - LPJ
(58 rue Jean Bleuzen, 92178 Vanves Cedex)

Composition Jouve
Achevé d'imprimer en Espagne par CPI
Dépôt légal 1re publication juin 2015
65.8902.6/05 - ISBN : 978-2-01-167244-5
Loi n° 49-956 du 16 juillet 1949 sur les publications destinées à la jeunesse
Dépôt légal : février 2017